L'arbre aux haricots

Du même auteur
chez le même éditeur

L'Arbre aux haricots
Les Cochons au paradis
Les Yeux dans les arbres

dans la même collection

Les Cochons au paradis (n° 242)
Les Yeux dans les arbres (n° 331)

Barbara Kingsolver

L'arbre aux haricots

Roman traduit de l'anglais (États-Unis)
par Martine Béquié

avec la collaboration
d'Anne-Marie Augustyniak

Rivages

Couverture : D.R.

Titre original : *The Bean Trees,*
Harper & Row, Inc., 1988

106, boulevard Saint-Germain – 75006 Paris

ISBN : 2-7436-0229-5
ISSN : 1160-0977

Pour Annie et Joe

1

Qui de nous deux arrivera à s'en sortir

L'idée de mettre de l'air dans un pneu me rend malade. Et ça depuis le jour où j'ai vu un pneu de tracteur exploser et expédier le père de Newt au sommet de la pancarte Standard Oil. C'est la stricte vérité. Le pauvre homme s'est bel et bien retrouvé coincé sur sa pancarte. Le temps que Norman Strick coure au palais de justice et siffle le rassemblement des pompiers volontaires, environ dix-neuf personnes se trouvaient sur les lieux. Les pompiers ont fini par arriver avec leur échelle et ils ont descendu le père Hardbine. Il n'était pas mort mais il était devenu sourd, et il n'a plus jamais été le même par la suite. On a dit qu'il avait trop gonflé le pneu.

Newt Hardbine n'était pas mon ami, juste un de ces grands dadais qui avaient redoublé toutes les classes au moins une fois et se retrouvaient en sixième à presque vingt ans. Il était assis au fond de la classe et passait son temps à me tirer des petites boulettes de papier mâchouillé dans les cheveux. Mais le jour où j'ai vu son père à califourchon sur la pancarte comme une vieille salopette jetée sur une haie, je me suis dit qu'il était bien mal parti dans la vie, et il m'a fait de la peine. Avant cet instant précis, je crois que je n'avais jamais vraiment pensé à l'avenir.

Ma mère disait que les Hardbine avaient une telle ribambelle de gosses qu'ils auraient très bien pu tomber dans le puits et se noyer sans que personne en sache rien. Elle devait exagérer. C'étaient pas les Hardbine qui manquaient dans le comté de Pittman, et beaucoup ont survécu jusqu'à l'âge adulte. Mais on voyait bien ce qu'elle voulait dire.

Faut pas croire que maman et moi, on était mieux loties que les Hardbine ou qu'on avait plus d'un sou en poche. À nous voir, moi et Newt, assis côte à côte sur les bancs de l'école, on aurait pu parier qu'on était frère et sœur. Et pour le peu que je savais de mon père, c'est pas moi qui vous dirai le contraire, sauf que maman se tuait à me répéter que je savais même pas qui c'était, et qu'en plus il avait disparu depuis des lustres. Mais on était fait de la même boue, pour ainsi dire, deux pauvres gosses aux genoux sales parmi tant d'autres qui se battaient comme des diables pour essayer de retomber sur leurs pieds. De toute façon bien malin qui aurait pu prédire qui de nous deux arriverait à s'en sortir.

Missy, on m'appelait, pas parce que c'était mon nom, mais à l'âge de trois ans je m'étais soi-disant mise à taper du pied et j'avais demandé à ma propre mère de ne plus m'appeler Marietta mais *Miss* Marietta, puisque c'était ainsi que j'étais obligée d'appeler tout le monde, y compris les enfants, dans les maisons où elle travaillait, Miss ceci ou Mister cela, et c'est ce qu'elle a fait dès ce jour-là. Miss Marietta et par la suite simplement Missy.

Ce qu'il vous faut comprendre, c'est que c'était typique de maman ce genre de réaction. Quand j'étais haute comme trois pommes, je partais pêcher au bord des étangs le dimanche, et je ramenais tout un tas de goujons plus maigrichons les uns que les autres et, des fois, une perche grande comme le pouce. À voir maman, on aurait dit que j'avais attrapé le fameux poisson de Shep's Lake, le rêve des vieux chiqueurs de tabac.

« Voilà ma grande fille qui ramène le souper », disait-elle. Et après avoir fait cuire le tout, elle nous le servait rien qu'à nous deux comme un repas de Thanksgiving.

J'adorais pêcher dans ces vieux étangs aux fonds boueux. En partie parce qu'elle serait fière de ce que j'en retirerais, mais aussi parce que j'adorais rester assise sans bouger. Je respirais l'odeur des feuilles qui pourrissaient dans la boue fraîche et je regardais les araignées marcher à la surface de l'eau, leurs quatre petites pattes y creusant de minuscules cavités sans jamais passer au travers. Parfois on en voyait de grosses, celles que personne n'attraperait jamais, disparaître sous l'eau comme des rêves mordorés.

Le temps que j'arrive au lycée et que je décroche mon premier travail, Newt Hardbine, lui bien sûr, n'était plus sur les bancs de l'école. Il faisait du tabac avec son père à moitié infirme et il s'était débrouillé pour mettre une fille enceinte. Donc il était marié. La fille, c'était Jolene Shanks, et les gens avaient trouvé ça un peu étonnant de sa part, ou du moins ils avaient fait semblant, mais de la part de Newt, pas du tout. Venant d'un Hardbine, rien n'étonnait plus personne.

Moi je suis restée à l'école. J'étais pas un aigle, loin de là, mais je m'accrochais, je n'avais toujours pas eu de pépins, et j'avais bien l'intention de ne pas m'arrêter en route. N'allez pas croire que je n'étais pas passée sur les banquettes arrière des Chevrolet. Greenup Road, qu'on appelait la rue des Papouilles, je connaissais, et une bite je savais à quoi ça ressemblait, et je peux dire que rien de tout ça ne m'avait encore donné envie de me retrouver femme de planteur de tabac pour le restant de mes jours. Maman disait volontiers que gros ventre et va-nu-pieds, c'était pas mon style. Elle savait.

C'est dans cet état d'esprit que je suis arrivée tant bien que mal à ma dernière année de lycée. Croyez-moi, à cette époque les filles tombaient sur le bord du chemin aussi facilement que les graines de sésame d'un petit pain, et chaque jour était un jour de gagné. C'était déjà ça. En terminale il n'y avait pratiquement plus qu'une fille pour deux garçons, et la récompense des récompenses c'était d'avoir comme prof de sciences le fameux Hughes Walter.

Parlons-en. Il a débarqué un beau jour avec ses airs de star – une version blonde de Paul McCartney –, assis sur son bureau dans son jean moulant, les manches de sa chemise bien propre retroussées juste ce qu'il fallait, les poignets rentrés. À côté, nos gars de la campagne n'avaient pas meilleure mine que les vieilles chaussettes toutes reprisées et raccommodées que maman ramenait à la maison. Hughes Walter n'avait rien d'un gars du Kentucky. Il venait d'un autre état, d'une université de la ville, plus au nord, et c'était pour ça, pensait-on, que son nom était à l'envers.

J'en étais pas toquée, pas du tout, du moins pas plus que la moyenne des filles à l'époque : les toilettes du lycée en disaient long sur le sujet. Avec la quantité de rouge à lèvres gaspillé à toutes sortes d'inscriptions dans le style « à H.W. pour toujours », on aurait pu peindre une grange entière. Passons. Ce que je veux dire, c'est qu'il a changé ma vie. Ça c'est sûr.

Et il l'a fait en me trouvant du boulot. Je n'avais jamais rien fait de plus intéressant pour gagner quelques sous qu'aider maman à repasser le linge qu'elle ramenait le dimanche et m'occuper des rejetons des gens chez qui elle faisait le ménage. Ou alors enlever les pucerons sur les pieds de haricots à raison d'un penny par pied. Mais cette fois-ci, il s'agissait d'un vrai travail à l'hôpital du comté de Pittman, qui était l'un des endroits les plus importants et les plus propres à cent miles à la ronde. Mr. Walter avait une femme, Lynda, dont l'existence était tout simplement ignorée par ces demoiselles du lycée mais qui ne s'en portait pas moins comme un charme, et qui se trouvait être l'une des infirmières-chef. Elle avait demandé à Hughes Walter s'il n'aurait pas un élève dans une de ses classes susceptible de rendre quelques menus services le soir après l'école et le samedi ; après le bac on pourrait peut-être envisager un travail à plein temps, et il nous a posé la question aussi simplement que ça.

C'était couru d'avance qu'il allait prendre une des *Candy Stripers*, ces jeunes bénévoles de l'hôpital. C'étaient des filles de la ville qui avaient les moyens de se payer l'uniforme rose et blanc, et elles vous prenaient des airs de mijaurées pour transporter les bassins le samedi comme si on leur avait confié le saint sacrement. Ou alors il allait se rabattre sur Earl Wickentot qui était capable de disséquer un ver de terre sans sourciller. C'est ce que j'ai essayé d'expliquer à maman quand je l'ai retrouvée dans la véranda derrière la maison. Maman avec son tablier sans manches, assise dans son fauteuil canné et moi juchée sur mon escabeau, toutes les deux en train d'écosser des petits pois sur un journal.

« Earl Wickentot, mon œil », voilà ce que maman m'a répondu. « Ma fille, je t'ai vue manger un ver de terre tout entier quand t'avais cinq ans. Il vaut pas mieux que toi, et ces *Candy Stripers* non plus. »

Peut-être. Mais je continuais à penser que c'était eux qu'il choisirait, et je lui ai dit.

Elle a traversé la véranda et a secoué son tablier plein de cosses de petits pois au-dessus du parterre de fleurs. Des soucis et des cosmos aussi rouges que du piment. Maman et moi, on en pinçait pour les couleurs vives. C'était de famille. À l'école les filles de la ville portaient toutes des ensembles jupes et pulls assortis de chez *Bobbie Brooks*, dans des tons de beige ou de rose ; me repérer dans un rang c'était du gâteau. Medgar Biddle, avec qui je suis sortie à une certaine époque pendant trois semaines, bal du lycée compris, disait qu'avec des habits pareils je ferais le bonheur d'un oculiste. Je suppose qu'il parlait des examens qu'on subit quand on entre dans l'armée, pour vérifier qu'on n'est pas daltonien, pas de ces grandes planches avec l'énorme E. Il m'a dit ça le jour où on a rompu, mais je me suis sentie plutôt flattée. J'avais décidé depuis longtemps que, si j'avais pas les moyens de m'habiller chic, je m'habillerais mémorable.

Maman s'est réinstallée dans son fauteuil canné et a rempli à nouveau son tablier de petits pois. Elle était pas du genre à se mouler dans un jean pour accompagner ses gosses aux matchs de softball. Elle avait passé l'âge. Elle en avait fait des folies maman avant de m'avoir, et entre autres, elle s'était mariée – pour le meilleur et pour le pire – avec un type qui s'appelait Foster Greer. Il devait ce nom à Stephen Foster, cet homme au visage doux du livre d'histoire de cinquième qui avait écrit *My Old Kentucky Home*, mais vingt-deux ans après l'avoir ainsi prénommé, la mère de Foster Greer avait apparemment succombé à un chagrin d'amour. Foster était connu pour boire du whisky dans un entonnoir à essence, et il disait toujours à maman de ne pas s'aviser de faire la mariolle et de tomber enceinte. Maman prétend que le jour où elle a échangé Foster contre moi elle a fait la meilleure affaire de ce côté du Jackson Purchase.

Elle écossait pratiquement trois petits pois quand j'en écossais un. Sa main droite basculait d'avant en arrière pour détacher le petit fil en tire-bouchon de chaque cosse et faire rouler les petits pois du bout du pouce.

« Je vais te dire ma façon de penser. Une personne, c'est rien de plus qu'un épouvantail. Toi, moi, Earl Wickentot, le Président des États-Unis, et même Dieu le Père, pour autant que je sache. La seule différence entre celui qui tient debout et celui qui se fait renverser, c'est la solidité du bâton où t'es attaché. »

J'ai gardé le silence un certain temps, puis je lui ai annoncé que je demanderais ce travail à Mr. Walter.

Il n'y avait pas un bruit à part la tondeuse d'Henry Biddle qui travaillait dans son jardin au bout de la rue, et nos petits pois qui, d'un coup sec, s'ouvraient pour livrer au monde leur précieuse marchandise.

Elle s'est ravisée : « Et puis ? Et s'il se rend pas compte que t'es capable de le faire ?

– Je le lui dirai. S'il ne l'a pas déjà donné à une *Candy Striper.* »

Elle a souri et elle a ajouté : « Tu l'auras. »

Mais Hughes Walter ne l'avait pas fait. Deux jours plus tard, comme il n'avait plus été question de rien, je suis restée après la classe et je lui ai dit que si sa décision n'était pas encore prise il pourrait peut-être me donner ma chance, je m'en tirerais comme un chef. J'avais pas eu de pépin jusque-là, j'ai ajouté, et j'avais pas l'intention de tout gâcher juste parce que j'allais bientôt quitter le lycée. Et il a dit d'accord, il en parlerait à Lynda, que je me présente lundi après-midi et elle m'expliquerait ce que je devais faire.

Je m'attendais à avoir un peu plus de fil à retordre. L'affaire a été réglée si vite qu'il m'a fallu une bonne minute pour trouver quelque chose à dire. Il devait avoir les ongles les plus propres de tout le comté.

Je lui ai demandé pourquoi il me donnait le travail à moi. Il a répondu que j'étais la première à demander. Comme ça. Quand je pense à l'énergie et au temps que les filles de cette école gaspillaient à s'imaginer qu'elles restaient après la classe pour faire des propositions à Hughes Walter, et j'étais la seule à être allée le trouver. C'est sûr qu'il y avait proposition et proposition.

Je devais travailler essentiellement pour Eddie Rickett, qui s'occupait du labo – c'est-à-dire du sang, du pipi et deux ou trois autres choses encore plus dégoûtantes, mais j'allais pas me plaindre – et des radios. Eddie était un vieux bonhomme plein de taches de rousseur, enfin, vieux pas vraiment, mais assez décrépit pour que tout le monde remarque qu'il ne s'était jamais marié. Mais bon, Eddie n'était pas le genre de type à qui on aurait été demander pourquoi.

Il ne passait pas son temps à me bichonner, comme si j'étais son poulain, ou le chouchou de la classe, ce qui m'allait très bien. Avec Eddie ça rigolait pas, j'étais là pour travailler et c'est ce que je faisais. Le labo et les radios se trouvaient dans deux pièces attenantes reliées par des portes battantes où les gens passaient sans arrêt les bras chargés, en faisant crisser leurs chaussures sur le linoléum noir. En un rien de temps j'étais dans le coup, je savais classer mes papiers et je transportais les excréments humains sans faire la grimace.

J'ai appris des choses. J'ai appris à regarder dans un microscope les cellules rouges du sang – des plaquettes on les appelle, bien qu'elles ressemblent davantage à des petits gants de base-ball qu'à des plaques –, et à les compter dans leurs petits carrés. Ma parole, c'était le genre de chose qui pouvait vous rendre aveugle à la longue, mais par chance il n'y avait pas tous les jours tant de gens que ça dans le comté de Pittman qui avaient besoin de se faire compter les plaquettes.

Il y avait tout juste une semaine que je travaillais à l'hôpital quand le ciel m'est tombé sur la tête. C'était un samedi. Les garçons de salle sont arrivés des urgences en criant à Eddie de se tenir prêt pour une catastrophe. Deux Hardbine, ils ont fait, sur le ton habituel. Eddie a voulu savoir si c'était vraiment pressé, et s'il aurait besoin d'aide pour les tenir tranquilles, et ils ont dit moitié-moitié, il y en a un qui est froid et l'autre chaud.

J'ai pas eu le temps de me demander ce que ça voulait dire que Jolene Shanks, ou plutôt Hardbine, a fait son entrée dans un fauteuil roulant, suivie de près par un brancard, qu'ils ont garé dans le couloir. Jolene ressemblait à la partie du film qu'on n'a pas envie de regarder. Il y avait du sang qui dégoulinait de son épaule droite jusqu'à sa poitrine, et toute couleur s'était retirée de ses lèvres et de son visage qui faisait l'effet d'une masse taillée dans de la pâte à pain. Mais elle se débattait et elle jurait, elle était manifestement loin d'être morte. Quand je lui ai pris le poignet pour l'aider à s'extirper de son fauteuil, celui-ci m'a filé entre les doigts. Elle continuait de crier après Newt : « Arrête ! » et d'autres choses du même style. « Vas-y, tue ton père tant que tu y es, c'est après lui que tu en as, pas après moi. » Puis elle se calmait un moment, et repartait de plus belle. Je me suis demandé ce que le papa de Newt avait à voir dans cette affaire.

On nous a annoncé que le docteur Finchley était en route, mais l'infirmière MacCullers avait examiné Jolene et c'était pas aussi méchant que ça en avait l'air. L'hémorragie avait été arrêtée, il faudrait juste une radio pour localiser la balle et voir si elle n'avait rien cassé en pénétrant dans le corps. J'ai regardé Eddie pour savoir si j'allais devoir enlever à Jolene son haut et son soutien-gorge pour lui passer une blouse, et d'un seul coup je me suis imaginée dans un monde envahi de taches de sang. J'avais grandi, qu'on le veuille ou non, dans le métier du nettoyage. Mais Eddie a décidé que non, il ne fallait pas trop la remuer. Le docteur se débrouillerait bien avec les agrafes et les pressions.

« Heureusement pour vous qu'il visait mal »,

disait Eddie à Jolene tout en lui étendant le bras sur la table.

Je l'ai prise par les coudes en essayant de ne pas lui faire plus mal qu'elle n'avait déjà, mais la pauvre, c'était un paquet de nerfs, elle se débattait, et impossible de la faire taire. Je me suis vue dans mon tablier de plomb penchée sur Jolene, et je vais vous dire à quoi je ressemblais : à un boucher qui immobilise un veau en passe de devenir une pièce de viande.

Finalement Eddie a annoncé qu'on avait terminé, je pouvais aller garder Jolene dans la pièce voisine en attendant que les clichés soient développés, il faudrait peut-être les refaire si elle avait bougé. Puis il a crié qu'on lui amène le suivant, et deux types ont fait entrer la longue civière avec le drap dessus et ont entrepris de la hisser jusque sur la table comme s'ils disposaient un mets sur une grande assiette. J'étais plantée là comme une pauvre idiote quand Eddie m'a hurlé de sortir m'occuper de Jolene, il avait pas besoin de moi pour tenir celui-là parce qu'il ne risquait pas de se sauver. Un beau tableau en perspective pour le coroner, a-t-il ajouté, mais je n'arrivais pas à le quitter des yeux. Je suis peut-être lente, mais je venais à peine de comprendre que sous ce drap, il y avait Newt.

Dans la pièce à côté se trouvait un brancard destiné à Jolene. Elle n'a rien voulu savoir. Elle a déplié un des durs sièges en bois fixés au mur et elle s'est assise dessus en pleurnichant : « Dieu merci le bébé était chez maman. » Puis : « Qu'est-ce que je vais faire maintenant ? » Elle avait sur le dos un haut rose si ample qu'il faisait toujours l'affaire, qu'elle soit enceinte ou pas. Pour autant que je sache elle ne l'était pas à ce moment-là. Ce vêtement avait des petites ouvertures aux épaules et des nœuds sur les manches, mais naturellement, il était en piteux état à présent.

Jolene était une fille lourde à la peau toute marbrée et j'avais toujours pensé qu'elle était du genre à aller chercher les ennuis juste pour montrer qu'on n'avait pas besoin d'être *pompom girl* pour se faire sauter. Le problème est que ça ne vous rapporte rien. C'est comme un gosse qui fait des tours de vélo en se lâchant des pieds et des mains et s'époumone pour attirer l'attention de sa mère. Eh bien, la mère en question ne lèvera pas les yeux tant qu'il ne se sera pas fracassé la tête contre un arbre.

Jolene et moi, on n'avait jamais été copines ni rien, elle avait un an ou deux d'avance sur moi à l'école quand elle a abandonné, mais je suppose que quand vous venez de recevoir une balle dans la peau et que votre mari est mort, vous êtes prête à vous lier d'amitié avec la première personne qui vous donnera un cachet d'aspirine à la codéine. Elle s'est mise à m'expliquer que tout était de la faute du papa de Newt, il tabassait son fils, la tabassait elle, et avait même frappé le bébé avec un seau à charbon. J'essayais de comprendre comment un vieillard à moitié mort pouvait avoir le dessus sur Newt, qui était bâti comme un taureau. Mais il faut reconnaître qu'ils vivaient tous dans la même maison, et c'était pas bien grand. Et naturellement le vieux n'entendait rien, alors on imagine bien ce que ça pouvait donner. Ils devaient pas parler beaucoup.

Je me rappelle pas ce que j'ai répondu, simplement : « Oui, oui », je suppose et : « Tu vas t'en sortir. » Elle n'arrêtait pas de répéter qu'elle ne savait pas ce qui allait leur arriver maintenant à elle, au bébé et au vieux Hardbine, oh mon Dieu, dans quel pétrin elle s'était fourrée.

C'était peut-être pas très gentil de ma part, mais à un moment donné j'ai pas pu m'empêcher de lui demander : « Jolene, pourquoi Newt ? »

Elle était affaissée sur son siège et se balançait vaguement, la main contre son épaule blessée et le regard fixé sur ses pieds. Elle avait de ces yeux qui ont l'air de ne jamais s'ouvrir complètement.

Elle m'a répondu : « Et pourquoi pas ? Mon père me traite de traînée pratiquement depuis que j'ai treize ans, alors merde, pourquoi pas ? Il se trouve que ça a été Newt. Tu sais comment c'est. »

Je lui ai répondu que je savais pas, parce que j'avais pas de père. J'avais de la chance de ce côté-là. Elle a fait ouais.

Quand tout a été enfin terminé je me suis dit qu'il devait sûrement faire nuit dehors, comme si une chose pareille ne pouvait pas se produire en plein jour. Mais il était midi, on avait du temps devant nous. Et tout le monde qui s'activait comme si on était d'humeur à gagner sa vie. Je suis allée aux toilettes et j'ai vomi deux fois, puis je suis retournée à mon microscope et aux petits gants de base-ball, tout l'après-midi je les ai comptés et recomptés. Personne n'est venu me chercher des histoires. De toute façon la femme qui avait donné ce sang en a eu pour son argent.

J'espérais que maman serait à la maison à mon retour, je voulais hurler tout mon soûl et lui dire que je laissais tomber. Mais elle n'était pas là, et quand elle est enfin rentrée avec un sac de provisions et un panier plein de linge à repasser pour le week-end, j'étais plus ou moins remise. Je lui ai raconté toute l'histoire, dans ses moindres détails, le haut rose à nœuds de Jolene, le sang et tout le reste, sans oublier Newt bien sûr, et puis je lui ai dit que j'avais probablement vu ce qu'il pouvait y avoir de pire et qu'il n'y avait pas de raison de partir maintenant.

Elle m'a serrée très fort dans ses bras et elle m'a dit : « Missy, j'ai jamais vu personne comme toi. » On n'a plus trop parlé de tout ça mais je me sentais mieux maintenant qu'elle était là, elle et moi côte à côte dans la cuisine, à faire cuire des légumes et des œufs pour le dîner, pendant que dehors la nuit avait fini par tomber. De temps en temps elle me regardait et elle secouait la tête.

Il y avait deux choses chez maman. La première c'est qu'elle attendait toujours de moi le meilleur. Et la deuxième c'est que quoi que je fasse, quoi que je ramène à la maison, c'était comme si j'avais accroché la lune dans le ciel et éclairé toutes les étoiles. À ce point.

J'ai gardé ce boulot. J'y suis restée plus de cinq ans et demi et j'ai compté plus de plaquettes que vous pouvez vous le figurer. On pensera peut-être que j'ai pas fait grand-chose de tout ce temps à part tenir compagnie à maman et sortir à l'occasion avec Sparky Pike – que la plupart des gens considéraient comme un beau parti parce qu'il était employé à relever les compteurs à gaz – jusqu'au jour où j'en ai eu marre de l'entendre m'énumérer toutes les nanas qui se retrouvaient jambes en l'air à côté de leur compteur et me décrire quels habits elles portaient – ou ne portaient pas – à la belle saison.

Et puis j'avais une idée en tête. Du temps où

j'étais au lycée, notre distraction favorite était de peindre « promotion 75 » sur le château d'eau de la ville, ou alors, pour Halloween, d'y attacher la chèvre d'un paysan, mais à présent il me fallait du sérieux. Durant mes premières années à l'hôpital du comté j'ai pu aider maman à payer le loyer et les factures, et malgré ça je suis arrivée à économiser plus de deux cents dollars. J'ai presque tout dépensé pour acheter une voiture, une coccinelle Volkswagen 55, sans siège arrière, sans starter et pour ainsi dire sans vitres. Mais c'était facile de la mettre en route soi-même une fois qu'on avait pris le coup, le pied droit sur l'embrayage et la jambe gauche dehors, surtout si on était garé en pente, ce que dans cette partie du Kentucky on pouvait difficilement éviter de toute façon. Dans cette voiture j'avais l'intention de quitter un jour le comté de Pittman et de partir sans un regard, sauf peut-être pour maman.

Le jour où j'ai ramené la voiture à la maison, elle a compris que je partais. Elle l'a simplement regardée et elle a fait : « Ma foi, puisque tu t'es trouvé une vieille voiture, autant vaut que tu saches t'en servir. » Ce qu'elle voulait dire c'est qu'il fallait être prêt à toute éventualité, je suppose, parce qu'elle s'est plantée sur la route les bras croisés et m'a regardée enlever les quatre pneus et les remettre en place.

« Parfait, Missy, a-t-elle dit. Tu peux partir maintenant. Je crois que la dernière chose que je verrai de toi, ce sera ton derrière. » Puis elle a ajouté : « Qu'est-ce que tu fais si je te dégonfle le pneu avant ? »

Ce qu'elle a fait.

J'ai répondu : « Facile, je pose la roue de secours. » Croyez-le ou non, cette vieille bagnole en possédait une.

Puis elle a dégonflé aussi le pneu arrière et elle a dit : « Et maintenant ? »

Maman avait manifestement essuyé quelques déboires du même genre, du temps où Foster et elle avaient une Oldsmobile, et elle voulait s'assurer que je ne serais pas prise de court.

Après quelques secondes de réflexion j'ai répondu : « J'ai une pompe à vélo. Je peux mettre suffisamment d'air dans le pneu pour aller jusque chez Norman Strick et terminer de le regonfler sur place. »

Elle est restée plantée là les bras croisés et j'ai bien vu que ni elle, ni Dieu, ni personne d'autre n'allait gonfler ce pneu à ma place, alors j'ai fermé les yeux et je me suis attaquée à ce pneu comme si ma vie en dépendait.

Maman n'était pas là ce fameux jour. Elle ne pouvait pas savoir que derrière mes yeux clos je ne voyais rien d'autre que le père de Newt Hardbine décrivant une courbe dans les airs, au ralenti, comme un poisson faisant irruption hors de l'eau. Et Newt étalé de tout son long comme une perche prise à l'hameçon.

Le jour où j'ai franchi les limites du comté de Pittman je me suis fait deux promesses. J'en ai tenu une, pas l'autre.

La première était que je me trouverais un nouveau nom. De tous les noms qu'on m'avait donnés jusque-là, aucun ne m'emballait vraiment, et j'estimais que c'était le moment de prendre un nouveau départ. Je n'avais pas d'idée précise en tête, j'avais juste besoin d'un changement. Plus j'y pensais, plus il me semblait qu'un nom n'est pas quelque chose qu'on a vraiment le droit de choisir, mais qui vous est donné plus ou moins par le hasard. Pourquoi ne pas laisser le réservoir d'essence décider pour moi ? Là où il serait à sec, je chercherais un signe.

J'ai bien failli devoir mon nom à la ville de Homer, Illinois, mais j'ai tenu bon. J'ai croisé les doigts en traversant Sidney, Sadorus, Cerro Gordo, Decatur et Blue Mound, et je bénis les ultimes vapeurs d'essence qui m'ont amenée jusqu'à Taylorville. Je m'appelle donc Taylor Greer. On ne manquera pas de me dire que j'ai joué mon rôle dans le choix de ce nom mais la part de destin était suffisamment importante pour que je sois satisfaite.

La deuxième promesse, celle que je n'ai pas tenue, concernait l'endroit où je me fixerais. J'avais étudié des cartes, mais comme je n'avais jamais quitté le Kentucky – je suis née bien sûr sur l'autre rive de l'Ohio à Cincinnatti, mais c'est une autre histoire – je ne pouvais pas savoir en quoi et pourquoi tel endroit pouvait être préférable à tel autre. Je n'avais vu que les photos des dépliants des stations-service : le Tennessee s'était attribué le titre de *Volunteer State*, le Missouri de *Show-me State*, ce qui ne me disait pas grand-chose, et presque chaque région semblait posséder son lot de dames aux coiffures des années 50 sur fond de cascades. Ces dépliants, naturellement, étaient loin d'être parole d'évangile. Imaginez, même Pittman avait été proclamée *All-Kentucky City*, sur quels critères, je me le demande.

Je me suis donc promis que je roulerais vers

l'ouest jusqu'à ce que ma voiture m'abandonne, et alors je m'arrêterais. Hélas, il y avait quelques petits détails auxquels je n'avais pas pensé. Maman m'avait tout dit sur les pneus, et sur bien d'autres choses encore, mais j'ignorais ce qu'était un arbre de transmission. Et je n'avais jamais entendu parler de la Grande Plaine.

À sa vue j'ai été prise de désespoir. À la sortie de Wichita, Kansas, j'ai obliqué vers le sud, espérant la contourner, mais non. J'étais en plein centre de l'Oklahoma. Je ne m'étais jamais imaginé qu'on puisse trouver des endroits aussi plats sur une terre aussi ronde. Dans le Kentucky l'horizon n'était jamais bien loin, car il y avait forcément des montagnes pour barrer la vue, et ça vous laissait toujours l'espoir d'avoir une bonne surprise au détour de la prochaine colline. Mais là-bas dans la plaine, tout se trouvait étalé devant vous, vous aviez beau écarquiller les yeux ça ne s'améliorait pas. Dans l'Oklahoma j'ai eu le sentiment qu'il ne me restait plus rien à espérer.

Ma voiture m'a lâchée quelque part au beau milieu d'un immense désert qui d'après les pancartes de signalisation était la propriété de la tribu cherokee. D'un seul coup il n'y a plus eu aucun rapport entre le volant et la direction que prenait la voiture. Par la grâce d'un miracle que je ne méritais sans doute pas encore, j'ai réussi à zigzaguer jusqu'au bord de la route, saine et sauve, et à trouver une station-service.

L'homme qui a redressé mon arbre de transmission s'appelait Bob Two Two. Je ne dis pas qu'il m'a volée – je n'avais qu'à me débrouiller toute seule – mais ce soir-là il est rentré chez lui avec un petit magot qui représentait presque la moitié de ma fortune. Je suis restée dans ce parking à parcourir du regard cette immensité déserte et désolée et je crois bien que je n'ai jamais été aussi près de lâcher prise et d'en finir. Mais ça n'avait pas de sens. Ma voiture était réparée.

Il y avait de quoi rire, vraiment. Toute ma vie, maman m'avait parlé des Cherokees comme d'un atout de secours. Elle avait eu un grand-père qui était un pur Cherokee, un des rares à avoir pu rester au Tennessee parce qu'il était trop vieux ou trop têtu pour se laisser emmener de force dans l'Oklahoma. Maman aimait à dire : « Si un jour la chance nous tourne le dos, nous pourrons toujours aller vivre chez les Cherokees. » Nous avions toutes les deux assez de sang cherokee pour y être admises. D'après maman, si on a un huitième ou plus de sang cherokee, ils vous prennent. Elle appelait ça nos « droits du sang ».

Manifestement elle n'y avait jamais mis les pieds. Sinon elle aurait bien vu que ça n'était pas un endroit où l'on pouvait avoir envie de vivre, à moins d'avoir un fusil aux fesses. J'ai compris que si on avait amené les Cherokees ici c'était pour qu'ils se couchent sur la terre et meurent sans même livrer bataille. Les Cherokees croyaient que Dieu était dans les arbres. C'est maman qui me l'a dit. Quand j'étais petite, je grimpais dans un arbre aussi haut que je le pouvais et j'y restais jusqu'au dîner. « C'est ton sang indien, disait-elle. Tu cherches Dieu. »

Mais apparemment il n'y avait pas un seul arbre dans tout l'Oklahoma.

Le soleil avançait à toute allure vers l'horizon plat, puis il n'y aurait plus rien que mes phares, douze heures durant. J'avais pas envie de traîner. Mon moteur tournait toujours grâce aux courroies de Bob Two Two, et je ne tenais pas à avoir à remettre la voiture en marche, mais j'étais fatiguée et je ne voulais pas entamer une nuit au volant sans avoir pris une tasse de café et mangé quelque chose. J'ai traversé le terrain vague qui séparait le garage d'un autre bâtiment de petite taille. Une enseigne au néon Budweiser clignotait à la fenêtre.

Quand je me suis arrêtée devant, une nuée de petits garçons s'est abattue sur ma voiture comme des abeilles sur un ours.

« On vous lave les vitres, madame ? Un dollar pour toute la voiture.

– J'ai pas de vitres », ai-je répondu. J'ai passé le bras par la portière pour leur montrer. « Vous voyez, rien que le pare-brise. Tant mieux pour moi, parce que j'ai pas de dollar non plus. »

Les garçons ont fait tout le tour de la voiture en plongeant leurs mains dans tous les trous de fenêtre je ne sais combien de fois. J'ai hésité à laisser mes affaires dans la voiture pendant que je serais au restaurant. J'avais pas grand-chose à voler, mais c'était tout ce que j'avais.

« Vous habitez dans le coin ? »

Ils se sont regardés. « Ouais, a dit l'un. Lui. C'est mon frère. Les deux autres non.

– Vous savez ce que c'est une mémoire photographique ? »

Le grand a secoué la tête. Les autres se sont contentés d'écarquiller les yeux.

« Eh bien, moi, j'en ai une, ai-je ajouté. C'est comme un appareil-photo. Je viens de prendre une photo de vous tous, alors vous avisez pas de piquer quoi que ce soit dans ma voiture, d'accord ? Sinon gare à vous. »

Les gamins se sont éloignés de la voiture en se frottant les mains sur les hanches comme s'ils voulaient se défaire de quelque chose qu'ils s'étaient déjà approprié en imagination.

Après la fraîcheur du soir, l'air chaud à l'intérieur du bar m'a fait l'effet d'une masse d'eau que j'aurais pu traverser à la nage. Près de la porte se dressait un tourniquet de cartes postales. Certaines représentaient des Indiens dans diverses poses typiques, mais la plupart étaient des vues aériennes de l'université Oral Roberts, qui apparemment était voisine, mais même si elle s'était trouvée à près de trois cents kilomètres, je suis sûre que je l'aurais vue depuis le parking.

J'en ai choisi une avec deux Indiennes, une vieille et une jeune, jolie, qui étaient debout côte à côte près d'une espèce de récipient à piler le maïs. Je m'étais souvent demandé quel huitième de ma personne était cherokee. Et sur cette photo, j'ai commencé à me faire une idée. Les cheveux longs et raides et la finesse du poignet. La jeune portait mes couleurs préférées, turquoise et rouge. Dessus, j'écrirais à maman : « C'est nous. »

Je me suis assise au comptoir et j'ai donné une pièce de dix *cents* au bonhomme pour la carte postale. Quand il a désigné le pot de café, j'ai hoché la tête et il a rempli ma tasse. Le juke-box jouait du Kenny Rogers et la télé derrière le comptoir était allumée, mais sans le son. C'était une émission sur l'université Oral Roberts, ou alors produite par elle. Je l'ai reconnue à cause des cartes postales. À tout bout de champ, un homme qui avait de grosses mains propres et une crête de cheveux comme un picvert apparaissait sur l'écran et n'en finissait plus de parler, toujours sans le son. J'ai pensé que ce devait être Oral Roberts en personne, mais bien sûr je peux pas l'affirmer. De temps en temps une ligne d'écriture bleue traversait le bas de l'écran. Parfois elle donnait un numéro de téléphone, et parfois elle disait juste « loué soit le Seigneur ». J'ai écrit ma carte à maman. « Grand-père a eu raison, je lui ai dit. Désolée, mais la nation cherokee, c'est de la merde. Je pars vers l'ouest. Bises, M. » C'était peut-être encore un peu tôt pour signer Taylor.

Il n'y avait personne à part deux hommes assis au comptoir, un Blanc et un Indien. Ils portaient tous les deux des chapeaux de cow-boy. Je me suis dit, tiens maintenant les Indiens se prennent pour des cow-boys ! Mais l'inverse n'était probablement pas vrai. L'Indien avait un chapeau marron et un beau visage brun qui me faisait penser à un aigle, même si je n'avais jamais vu d'aigle. Je l'ai situé entre jeune et plus très jeune. J'ai essayé de m'imaginer un arrière-grand-père doté d'un nez pareil et d'un menton aussi lisse. L'autre, avec son chapeau gris, ne me disait rien qui vaille. On voit tout de suite si on a affaire à quelqu'un qui cherche la bagarre. Ils buvaient des bières tout en regardant Oral sur l'écran muet, et de temps à autre, rarement, ils échangeaient quelques mots à voix basse. Ils en étaient peut-être à leur deuxième bière, ou alors ils buvaient depuis l'aube – avec ce genre de types on peut pas savoir jusqu'au moment où c'est trop tard. J'ai essayé de me rappeler où je me trouvais à l'aube ce jour-là. C'était à Saint Louis, dans le Missouri, là où un énorme *McDonald's* domine la ville, mais ça me paraissait presque impossible. Ça semblait vraiment très loin.

« Vous avez quelque chose à manger pour moins d'un dollar ? » ai-je demandé au vieux bonhomme derrière son comptoir.

Il a croisé les bras et m'a regardée longuement, comme si c'était la première fois qu'on lui posait cette question.

« Du ketchup », a dit le cow-boy au chapeau gris. « Earl a un ketchup qu'est pas piqué des vers, pas vrai Earl ? »

Et il a propulsé la bouteille de ketchup le long du comptoir avec une telle force que celle-ci est allée buter contre ma tasse et m'a renversé pour au moins cinq *cents* de café.

« Vous croyez que c'est marrant d'être fauché ? » je lui ai dit.

J'ai renvoyé la bouteille et j'ai touché sa chope de bière plein centre. Mais elle ne s'est pas renversée. Il m'a regardée et s'est retourné vers la télé, comme s'il allait pas se compliquer la vie avec quelqu'un comme moi. J'ai eu envie de cracher des flammes.

« Le prenez pas au sérieux, m'dame, m'a dit Earl. Une mouche l'a piqué. Je peux vous faire un hamburger pour quatre-vingt-dix-neuf *cents*.

– D'accord. »

Il s'est passé peut-être dix minutes ou un quart d'heure avant que je sois servie, et j'ai essayé de deviner ce que l'homme aux grosses mains disait à la télé, histoire de ne pas m'endormir. Un bon coup de brosse n'aurait pas fait de mal au restaurant de Earl. De ma place j'apercevais la cuisine, et la graisse noire qui recouvrait la cuisinière avait l'air de dater du commencement de l'humanité. L'air était si chaud et si confiné que j'avais l'impression de devoir m'y reprendre à deux fois pour en tirer de l'oxygène. Le café n'a rien fait pour me réveiller. Au moment où j'allais sortir prendre l'air, mon assiette est arrivée.

C'est là que j'ai remarqué une autre femme dans le bar, assise à une des tables du fond. Elle était ronde, pas trop vieille, et elle était enveloppée dans une couverture. C'était pas une couverture indienne, c'était une couverture de laine rose unie avec une bordure de satin, semblable à une de celles qu'on avait à la maison, maman et moi. Elle avait deux tresses maigres et sans consistance qui lui retombaient sur les épaules. Elle ne mangeait pas et ne buvait pas non plus, mais elle lançait de fréquents coups d'œil en direction des deux hommes, ou peut-être d'un seul, c'était difficile à dire. Elle avait une façon de les regarder qui m'a fait penser que si j'avais deux sous de jugeote je prendrais mes jambes à mon cou.

Mon hamburger à quatre-vingt-dix-neuf *cents* m'a un peu requinquée, mais ma tête me faisait toujours l'effet d'être remplie de ce truc blanc et cotonneux dont on bourre les gilets de sauvetage. J'avais l'impression que si je sortais j'allais m'éparpiller dans le vent. Et je flotterais sur la plaine plate et sombre comme des flocons argentés de fleurs de pissenlit.

J'ai pris mon temps. J'ai lu toutes les inscriptions sur les murs, l'une après l'autre. Elles disaient des choses comme « on ne peut pas me virer, les esclaves, ça s'achète » et « en cas d'incendie, criez au feu ». La télévision continuait à dire : « Loué soit le Seigneur. Composez le 1-800-Seigneur, numéro vert. » Ce bar ne déclenchait pas vraiment mon enthousiasme, mais je me suis efforcée de rassembler mon énergie. Puis je suis sortie. L'air était frais et je l'ai absorbé trop vite, ça m'a fait tourner la tête. Je suis restée assise les mains sur le volant pendant quelques minutes à essayer de me mettre dans la peau de quelqu'un qui va passer la nuit à conduire à travers les vastes plaines de l'Oklahoma.

J'ai sursauté quand on a frappé à mon pare-brise. C'était la femme ronde dans sa couverture.

« Non merci », j'ai dit.

J'ai cru qu'elle voulait laver mon pare-brise, mais elle a contourné la voiture et a ouvert la portière.

« Je peux vous emmener quelque part ? »

Son corps, son visage, ses yeux, tout chez elle était rond. On aurait pu la dessiner en prenant des pièces de dix *cents*, des *quarters* et des couvercles de pots de confiture et en traçant un trait autour. Elle a ouvert sa couverture et en a sorti quelque chose de vivant. C'était un enfant. Elle l'a entouré de sa couverture, une fois, deux fois, trois fois, jusqu'à ce que ça devienne un balluchon rond avec une tête, qu'elle a posé sur le siège de ma voiture.

« Prenez ce bébé », a-t-elle dit.

Ce n'était pas un bébé. Pas vraiment. Il était sans doute assez grand pour marcher, et encore assez petit pour être porté sans difficulté. À mi-chemin entre un bébé et une personne.

« Et où voulez-vous que je l'emmène ? »

Elle a tourné la tête en direction du bar, puis vers moi, et elle a dit : « Prenez-le, c'est tout. »

J'ai attendu un peu, dans l'espoir que j'allais bientôt retrouver mes esprit et que je comprendrais ce qu'elle disait. Rien. L'enfant avait exactement les mêmes yeux ronds. Ces deux paires d'yeux étaient suspendues là dans l'obscurité, suspendues à mon bon vouloir, attendant. L'enseigne Budweiser s'allumait, s'éteignait, s'allumait, s'éteignait, envoyant une faible lumière qui rendait orange le blanc de leurs yeux.

« Il est à vous cet enfant ? »

Elle a secoué la tête. « À ma sœur. Elle est morte.

– Vous voulez dire que vous avez l'intention de me donner cet enfant ?

– Oui.

– Si je voulais un bébé, je serais restée dans le Kentucky, j'ai dit pour l'informer. À l'heure qu'il est, il m'en sortirait par les oreilles. »

Un homme est apparu à la porte du bar. Chapeau gris ou marron, c'était difficile à dire car ma voiture était garée à une certaine distance. Il est monté dans une camionnette mais il n'a pas mis le contact ni les lumières.

« C'est votre mari ce type, dans le bar ? lui ai-je demandé.

– N'y retournez pas. Je peux pas vous expliquer, mais n'y retournez pas.

– Écoutez, même si vous le vouliez, vous ne pouvez pas donner un gosse à quelqu'un, comme ça. Il faut avoir des papiers, et tout le reste. Même une voiture a des papiers, pour prouver qu'on ne l'a pas volée.

– Il en a pas de papiers, ce bébé. Y'a personne qui sait qu'il est vivant. Personne que ça intéresse. Personne d'important, comme la police ou des gens comme ça. Ce bébé, il est né dans une Plymouth.

– Je veux bien, mais ça n'est pas arrivé ce matin. Plymouth ou pas, cet enfant se balade depuis assez longtemps pour que quelqu'un s'en soit aperçu. »

Je me rendais vaguement compte que je m'y prenais très mal. Cette conversation ne nous conduisait nulle part.

Elle a plongé les mains vers ce qui devait être les épaules de l'enfant, sous cet amas de couverture, et l'a calé confortablement dans le siège, comme pour lui faire sa place. Elle l'a regardé un long moment. Puis elle a fermé la portière et elle est partie.

C'est alors que je me suis dit qu'elle n'était pas vraiment ronde. Sans enfant et sans couverture, la femme qui s'éloignait de ma voiture était finalement très maigre.

J'avais toujours les mains sur le volant et j'ai enfoncé mes ongles dans mes paumes, en espérant que la douleur obligerait mon cerveau à se réveiller et à décider de la conduite à adopter. Pendant que je réfléchissais, la femme est montée dans la camionnette qui s'est éloignée toutes lumières éteintes. Je me suis demandé s'il y avait une raison, ou bien si elle n'avait tout simplement pas de phares.

« Dieu soit loué, ai-je dit tout fort. Au moins ma voiture a des phares. »

Je pouvais ramener ce petit Indien dans ce bar et le donner à Earl ou à celui des deux types qui restait. Le poser là sur le comptoir à côté du sel et du poivre et me tirer d'ici. Ou alors aller dormir quelque part, et trouver une solution demain matin.

Le temps que je me décide, les lumières du bar se sont éteintes. L'enseigne Budweiser a clignoté et disparu. Une deuxième camionnette a fait demi-tour sur le gravier du parking et a pris la direction de l'autoroute.

Il m'a fallu puiser dans mes dernières forces pour

faire démarrer la voiture. Naturellement je n'avais pas trouvé de côte pour me garer dans l'Oklahoma.

« Merde ! j'ai hurlé. Bordel de putain de merde ! »

J'ai poussé, poussé, j'ai sauté dans la voiture et j'ai passé une vitesse, je suis ressortie et j'ai encore poussé. Je voyais les grands yeux de l'enfant qui m'observaient dans le noir.

« C'est pas aussi bête que tu crois, lui ai-je dit. C'est plus facile dans le Kentucky. »

Ma voiture ne permettait pas de mesurer la distance parcourue, mais je crois que nous avons dû couvrir quelque chose comme quatre-vingts kilomètres sans rencontrer la moindre agglomération. Sans vitres, le froid commençait à se faire sentir et le pauvre petit devait grelotter, mais il n'a pas fait ouf.

« Tu sais parler ? » Je me demandais si par hasard il ne connaissait pas une autre langue que l'anglais. « Qu'est-ce que je vais faire de toi ce soir ? Qu'est-ce que tu manges ? »

Je crois que les régions plates sont plus silencieuses que les régions accidentées. Le bruit des voitures qui roulaient sur l'autoroute semblait être aspiré et emporté à travers les champs déserts où il n'y avait rien, pas même un silo, pour les empêcher de s'enfoncer à l'infini dans la nuit. Je me disais que si j'ouvrais la bouche, aucun son n'en sortirait. Je me suis mise à fredonner pour entendre au moins quelque chose. Je crois que j'aurais donné mon dernier dollar pour avoir la radio. J'aurais même accepté d'écouter Oral Roberts. J'ai parlé à ce pauvre gamin pétrifié pour rester éveillée, mais plus le temps passait, moins j'avais sommeil et plus j'étais angoissée : j'étais en train de faire quelque chose d'extrêmement bizarre.

Nous avons passé un panneau qui annonçait le *Pioneer Woman Museum* à moins de dix kilomètres. Formidable, j'ai pensé. On arrive enfin quelque part.

« T'es un garçon ou une fille ? » ai-je demandé à l'enfant.

Il avait une coupe de cheveux au bol, comme ces petits Chinois qu'on voit sur les photos. Il ou elle n'a rien répondu. Je me suis dit que je le saurais bien tôt ou tard.

Au bout d'un moment j'ai commencé à me demander si, par hasard, il n'était pas mort. La femme avait sans doute un enfant mort, assassiné peut-être, et elle l'avait déposé dans ma voiture, et moi, je conduisais avec cet enfant à côté de moi, et je lui parlais. En terminale j'avais étudié une nouvelle en cours d'anglais, sur une femme qui avait dormi avec son mari mort pendant quarante ans. C'était pratiquement la même idée que dans *Psychose* avec l'histoire de ce type et sa mère, à part que dans *Psychose* Norman Bates était taxidermiste et savait comment s'y prendre pour que sa mère ne pourrisse pas complètement. Les Indiens conservaient parfois les morts eux aussi. J'avais lu quelque part qu'il y avait des momies indiennes dans l'Ouest. On les trouvait dans des grottes. Je me suis ordonné de me calmer. Je me suis rappelé que l'enfant avait les yeux ouverts quand la femme l'avait posé sur le siège. Mais après tout, qu'est-ce que ça changeait qu'il ait eu les yeux ouverts ? Avait-il cillé ? Quelle peine encourait-on pour faire traverser plusieurs états à un petit Indien mort ?

Au bout d'un moment j'ai senti une odeur de laine mouillée.

« Miséricorde, ai-je fait. Finalement tu es toujours de ce monde. »

Au départ j'avais l'intention de dormir dans la voiture, mais naturellement je n'avais pas encore d'enfant trempé et grelottant sur les bras.

« On est vraiment dans le pétrin maintenant, tu le sais ? À la prochaine cabine téléphonique, il va falloir que je compose le 1-800-Seigneur. »

La première cabine qui s'est présentée, pour tout dire, se trouvait devant le *Mustang Motel.* J'ai ralenti pour me faire une idée de l'endroit, mais le type qui était à la réception ne m'inspirait pas outre mesure.

Il y avait quatre ou cinq motels quasiment à la suite ; de l'autoroute on voyait briller leurs petits bureaux vitrés comme des écrans de télé. Certains étaient vides. Au motel *La Flèche brisée* il y avait une femme aux cheveux gris. Bingo.

Je me suis garée sous l'enseigne au néon, une flèche rose qui n'arrêtait pas de se briser, puis je suis entrée dans le bureau.

« Salut, j'ai dit à la dame. Belle soirée. Un peu fraîche quand même. »

Elle était plus vieille que je ne l'avais cru de l'extérieur. Ses mains se sont mises à trembler quand elles les a soulevées du comptoir et sa tête tremblait tout le temps, très légèrement, comme si elle essayait de faire non en douce à quelqu'un derrière moi.

Mais ce n'était pas le cas, c'était l'âge. Elle a souri.

« L'hiver approche, elle a fait.

– Oui, madame, c'est vrai.

– Ça fait longtemps que vous voyagez ?

– Beaucoup trop. C'est joli comme endroit. Ça fait chaud au cœur. Vous êtes propriétaire ?

– Non, c'est mon fils, a-t-elle répondu, toujours en tremblant. Je suis ici le soir.

– Ah ! C'est une affaire familiale ?

– Si on veut. Ma belle-fille et moi, on fait le ménage et tout le reste, et mon fils, il s'occupe du côté gestion. Il travaille dans une usine d'emballage de viande à Ponca City. C'est pas son truc principal ici si vous voulez.

– Vous croyez que vous allez être complet ce soir ? »

Elle a ri. « Ma pauvre chérie, je crois pas que cet hôtel a été complet depuis le président Truman. »

Elle s'est mise à tourner lentement les pages du grand registre.

« Le président Truman a séjourné dans cet hôtel ? »

Elle m'a regardée. Derrière ses épaisses lunettes ses yeux flottaient comme d'énormes têtards.

« Bien sûr que non, ma chérie. Je crois pas. Je m'en souviendrais.

– Vous avez l'air très bonne, alors je ne vais pas tourner autour du pot. J'ai un gros problème. J'ai pas vraiment les moyens de payer une chambre, et je me permettrais pas de vous embêter, mais j'ai un enfant dehors dans la voiture qui est trempé et qui a froid. Il va attraper une pneumonie si je le couche pas au chaud. »

Elle a regardé en direction de la voiture et elle a secoué la tête, mais bien entendu je ne savais pas ce que ça voulait dire.

Elle a dit : « Ma foi, ma chérie, je sais pas.

– Je prendrai ce qui vous reste, n'importe quoi, et

je ferai le ménage après, et demain matin je changerai tous les lits de l'hôtel. Je ferai tout ce que vous voudrez. C'est juste pour une nuit.

– Ma foi, elle a dit, je sais pas.

– Je vais aller chercher le bébé. Si ça vous gêne pas que je l'amène un peu au chaud pendant que vous réfléchissez. »

Le plus étonnant c'est le besoin qu'avait cet enfant de se cramponner à quelque chose. Dès l'instant où je l'ai arraché à son nid de laine, il s'est agrippé à moi avec ses petites mains comme une racine qui cherche l'humidité dans le désert. Je crois qu'il aurait été plus facile de me séparer de mes cheveux.

C'était sûrement une bonne chose. J'étais épuisée, et je n'avais évidemment pas l'habitude de me demander à tout bout de champ où j'avais pu poser un bébé. Je crois que s'il n'avait pas été collé à moi je l'aurais sans doute égaré pendant que j'étais occupée à vider la voiture ou à transporter des affaires dans la petite chambre du fond de *La Flèche brisée*. En l'occurrence je me suis retrouvée à faire des allées et venues avec le bébé dans les bras. C'est comme les prélèvements à l'hôpital, je me suis dit. Il faut avoir l'œil. J'avais l'impression que j'allais passer ma vie à porter du pipi et du sang.

Quand nous avons été installés j'ai mis la couverture à sécher sur un fauteuil et j'ai fait couler un peu d'eau chaude dans la baignoire.

« La première chose à faire, c'est de te donner un bain. On s'occupera du reste demain. »

Je me suis rappelé le jour où j'avais trouvé un chiot. Je voulais le garder, mais maman m'avait d'abord obligée à faire passer dans le journal une annonce à vingt-cinq *cents* le mot. « Et si c'était le tien ? avait-elle insisté. Tu donnerais pas n'importe quoi pour le retrouver ? » Mon annonce était rédigée comme suit : « Trouvé chiot, taches brunes, proximité Floyd's Mill Road. » Je n'avais vraiment pas apprécié que Floyd's Mill Road soit en trois mots, un dollar et cinq *cents*.

Je me suis dit que cette fois-ci je paierais volontiers cent cinq dollars pour retourner mon objet trouvé à son propriétaire légitime. Mais quel genre d'annonce faire passer quand on veut savoir si quelqu'un n'aurait pas perdu un petit Indien ?

Tous les vêtements du bébé étaient beaucoup trop grands, les manches étaient retroussées, les pans de chemise repliés, et le tout aussi trempé que des bottes et aussi difficile à enlever. Il avait à l'intérieur du bras un bleu qui faisait deux fois mon pouce. J'ai mis la chemise à tremper dans le lavabo. Les mains du bébé m'attrapaient les doigts constamment et ne voulaient plus les lâcher.

« Petit diablotin », me suis-je écriée en secouant mon doigt et son petit poing. « Tu ressembles à une tortue d'eau. Quand elles vous mordent, impossible de leur faire lâcher prise. »

J'avais à peine réussi à libérer mes doigts que ses mains se sont agrippées à ma manche et à mes cheveux. Quand je lui ai retiré son pantalon et ses couches j'ai découvert de nouveaux bleus.

Des bleus et pire.

Le petit Indien était une fille. Une fille, pauvre gosse. Ce simple fait avait déjà fait peser sur sa courte vie une détresse dont je n'avais pas idée. Je croyais presque tout savoir des horreurs qu'un être humain est capable d'infliger à un autre, mais je n'aurais jamais cru possible qu'on puisse s'en prendre de la sorte à une si petite fille. Elle était tranquillement assise dans la baignoire et me regardait, et j'ai prié pour qu'elle ne tombe pas à la renverse et ne se noie pas, parce que j'allais être obligée de la lâcher. Je me suis accroupie par terre devant la cuvette des toilettes et je me suis retenue de vomir. Le sol en linoléum avait des motifs qui ressemblaient à des briques en caoutchouc prises dans du mortier. Rien, pas même Newt Hardbine, rien de ce que j'avais vu jusque-là ne m'avait jamais mise dans un tel état.

La gamine barbotait comme un crapaud. Ses doigts se tortillaient et frappaient la surface de l'eau, sûrement à la recherche de quelque chose à quoi s'accrocher. « Tiens », ai-je dit, et je lui ai tendu un gant sur la lisière duquel « Flèche brisée » était écrit au feutre indélébile. Elle a serré ce gant dans ses bras et elle a souri. Je vous donne ma parole.

Après l'avoir lavée et séchée je l'ai mise au lit dans un T-shirt que quelqu'un de la famille de maman m'avait rapporté un été de Kentucky Lake. Il était trop petit pour moi et on y lisait : « Je suis super chouette. » Je suis maigre et j'ai la poitrine plate comme un mannequin, et je peux vous assurer que j'ai toujours eu beaucoup d'allure dans ce T-shirt. Il était turquoise avec des lettres rouges, et lui arrivait aux mollets. « Il a de belles couleurs », lui ai-je dit, tout en essayant d'y faire rentrer sa tête qui dodelinait de sommeil. « Des couleurs indiennes. » Enfin, ses mains n'ont plus rien tenu et se sont détendues. Elle dormait.

J'ai sorti les timbres enveloppés de papier glacé

que j'avais mis dans mes bagages avant de partir, j'en ai pris un, j'y ai passé ma langue et je l'ai collé sur ma carte souvenir de la nation cherokee. J'ai ajouté une ligne à la fin :

« J'ai trouvé mes droits du sang, maman. Je les emmène avec moi. »

2

Le cochon du Nouvel An

Lou Ann Ruiz habitait Tucson, mais au fond elle se considérait toujours comme une fille du Kentucky, juste un peu loin de chez elle. Elle tenait ce nom de famille étranger de son mari, Angel. Mais c'était bien là tout ce qu'elle avait gardé de lui. Il était parti le jour d'Halloween.

Trois ans auparavant, à Noël, Angel avait eu un grave accident dans sa camionnette. Il s'était retrouvé avec une jambe artificielle au-dessous du genou, et d'une manière générale il n'était plus le même, sans qu'on puisse dire précisément ce qui avait changé. Lou Ann avait souvent l'impression qu'il ne l'aimait pas vraiment, mais n'en voulait-il pas à la terre entière ? Il reprochait aux gens des choses dont ils n'étaient pas responsables. Lou Ann attendait alors son premier enfant, qui devait naître dans deux mois. Elle espérait plus que tout qu'il n'arriverait pas le jour de Noël.

Bien avant d'être enceinte elle avait commencé à se dire qu'elle et Angel finiraient par se séparer, mais elle n'avait rien changé à sa vie pour autant. C'était la politique de Lou Ann. Elle pensait que le divorce viendrait tout naturellement, comme une grossesse – qu'elle et Angel trouveraient un accord sans même avoir à discuter. Ce ne fut pas ainsi que les choses se passèrent.

Quand la nuit elle commença à lui tourner le dos dans le lit, et à se lever tout doucement le matin pour lui préparer ses œufs, Angel sembla l'accepter. Il croyait peut-être qu'elle s'inquiétait pour le bébé. Puis les disputes reprirent, dont il ne sortait jamais rien. Elle n'avait jamais vécu une chose pareille. Elle avait l'impression que ses os étaient en caoutchouc, que son corps, comme les poupées Gumby, pouvait prendre n'importe quelle forme et la garder. Elle s'installait à la table de la cuisine et passait les doigts sur les nœuds de faux bois du plateau en formica pendant qu'Angel arpentait la pièce en l'accusant de le considérer comme un bon à rien. Il énumérait tout un tas de gens, surtout des amis à lui dont elle ne se souvenait pratiquement pas, et lui demandait si elle avait couché avec eux, ou si elle en avait eu envie. Angel boitait si peu que ça se remarquait à peine, mais tous les deux ou trois pas on entendait un très léger cliquetis. C'était sans doute quelque chose qui aurait pu s'arranger s'il n'avait pas été trop fier pour faire examiner sa prothèse. Il avait beau élever la voix, Lou Ann entendait toujours le cliquetis. Elle ne trouvait jamais rien à dire qui puisse changer le cours de ces disputes. C'était sans fin. Un jour, il y avait plusieurs années de cela, elle s'était mise dans une telle colère qu'elle lui avait lancé un paquet de mortadelle à la figure. Ils avaient éclaté de rire, et la dispute s'était arrêtée là. Maintenant elle n'avait plus la force de se lever pour ouvrir le réfrigérateur.

Il avait fini par admettre que c'était à cause de sa

jambe, et quoi qu'elle dise, il ne voulait rien entendre. Elle avait plus ou moins cessé de parler. Quand elle était allongée sur le dos la nuit, elle avait le sentiment que c'était la culpabilité qui pesait sur sa colonne douloureuse, et non pas le bébé.

Elle se revoyait poussant Angel dans son fauteuil roulant le long du couloir blanc de l'hôpital le jour où elle l'avait ramené à la maison, à peine deux semaines et demie après l'accident. Elle s'était sentie gonflée de fierté; ce qu'elle aimait le plus au monde se trouvait dans ce fauteuil. Angel lui semblait d'autant plus précieux qu'elle avait failli le perdre. L'un des docteurs avait dit que c'était probablement sa botte qui lui avait sauvé la vie, et elle avait eu envie d'embrasser cette botte, sauf que dans la confusion personne ne savait exactement où celle-ci était passée. La botte s'était prise dans l'encadrement de la portière, et Angel avait été traîné par terre sur plusieurs centaines de mètres par le camion qui avait fait un tête-à-queue dans un fossé d'irrigation sur la 86 à l'ouest de Tucson. Chose étonnante, le camion n'avait été que très peu endommagé. Une bouteille de Jim Beam qui se trouvait dans la cabine n'avait même pas été cassée. Il avait perdu sa jambe d'avoir été traîné à terre si violemment, mais le docteur estimait que s'il avait été éjecté du véhicule à une telle vitesse il aurait été tué sur le coup. Lou Ann avait pensé que le docteur avait peut-être dit ça parce qu'Angel ne supportait pas d'avoir perdu une jambe, mais elle avait décidé qu'il valait mieux s'en tenir là.

À son retour Lou Ann avait laissé tomber son travail à mi-temps à la maternelle des Trois Ours pour rester auprès de lui, ils s'en sortiraient très bien avec sa pension d'invalidité jusqu'à ce qu'il soit en état de reprendre son emploi à l'usine d'embouteillage. Elle avait passé des semaines à jouer au rami avec Angel sur le lit, faisant un saut à l'occasion à l'épicerie *Lee Sing* pour lui ramener tel ou tel produit. Elle était aux anges quand il manifestait un désir pour quelque chose de particulier, que ce soit le quatre-quarts de Mrs. Smith ou du Beefaroni. Elle n'aurait jamais pensé qu'Angel soit assez observateur pour s'être rendu compte qu'un même produit pouvait être vendu sous des marques différentes, sauf bien sûr la bière. Ç'avait été la période la plus heureuse de leur vie.

Lou Ann n'éprouva jamais la moindre répulsion pour son amputation. Quand le moignon fut cicatrisé ce fut très naturellement qu'elle prit l'habitude de le toucher, ce qu'Angel lui-même ne faisait jamais. Le moignon avait quelque chose de doux et sans défense qui lui faisait penser à un pénis, chose qu'elle avait toujours trouvée déplacée sur un corps d'homme. Quand il eut sa prothèse elle fut d'abord fascinée par l'assemblage des diverses pièces, puis elle cessa tout simplement d'y prêter attention. C'était juste quelque chose qui, la nuit, était posé sur le sol du côté d'Angel, tandis que le chat, Snowboots, était roulé en boule de son côté à elle. Angel mit un certain temps à s'habituer à sa nouvelle jambe, mais en fin de compte rares étaient les choses auxquelles il avait dû renoncer, comme par exemple porter des bottes de cow-boy. Les charnières des chevilles n'étaient pas assez souples pour rentrer dans des bottes. À part ça, Lou Ann ne voyait vraiment pas pourquoi l'accident aurait dû changer sa vie. Il n'était plus cow-boy depuis des années de toute façon.

Le vendredi où Angel partit, il y avait déjà longtemps qu'il avait repris le travail. Il n'avait sans doute pas pensé que c'était le jour d'Halloween, seulement le jour de paie. Lou Ann n'avait pensé à rien de tout ça, bien sûr, puisqu'elle ne se doutait pas une seconde que c'était ce jour-là que son mari avait choisi pour la quitter.

Lou Ann se trouvait dans la salle d'attente du docteur Pelinowsky où elle devait subir son examen prénatal du septième mois. Elle avait une revue sur les genoux, ou ce qu'il en restait, mais en réalité elle était en contemplation devant un énorme calendrier fixé au mur, où tous les mois de l'année figuraient sur une seule et même page. Elle s'inquiétait de savoir quel jour son enfant naîtrait. Le jour de Noël était difficile pour Angel et Lou Ann depuis l'accident, on s'en doute, et ils avaient fini par ne plus fêter Noël du tout. Avoir un bébé ce jour-là ne ferait qu'attiser les souvenirs. D'autre part elle avait lu dans *McCall's* que les enfants nés le jour de Noël trouvent injuste de n'avoir pas de jour d'anniversaire bien à eux. Lou Ann pensait que naître le lendemain, quand tout le monde en a assez de faire la fête, serait encore pire. Elle décida de demander au docteur s'il y avait un moyen de s'assurer que le bébé arriverait avant Noël, bien qu'elle fût presque sûre du contraire.

Quand le docteur Pelinowsky l'examina, il la mit de nouveau en garde. Elle prenait trop de poids. Au début de sa grossesse il avait cru qu'elle attendait peut-être des jumeaux, mais maintenant on avait la certitude qu'il n'y avait que Lou Ann et son bébé. Cette fois-ci, sa mise en garde fut plus énergique. Pour Lou Ann, dont le poids avait toujours été pratiquement inférieur à la normale selon les courbes du docteur, il semblait impensable qu'elle ne redevienne pas exactement comme avant une fois que tout serait terminé. Mais il fallait bien reconnaître qu'avec ce bébé elle avait faim en permanence. Elle expliqua au docteur que, passant son temps à faire de la cuisine pour quelqu'un d'autre, elle avait du mal à résister. Il lui suggéra de mettre son mari au régime également. Mais c'était une plaisanterie.

À la sortie, l'infirmière lui remit une brochure dans laquelle figurait un régime spécial rédigé en anglais et en espagnol. Elle faillit en demander un deuxième exemplaire à l'intention de sa mère. Au bout de quatre ans, Lou Ann éprouvait toujours le besoin de défendre sa cause, lui envoyant à l'occasion des coupures de journaux quand des Mexicains étaient nommés, par exemple, vice-présidents d'une société. Lou Ann se rendait bien compte que sa brochure n'entrait pas dans cette catégorie. Sa mère était certainement déjà convaincue que les Mexicains faisaient des enfants comme tout le monde. Elle avait même confié à Lou Ann que, d'après ce qu'elle avait entendu dire, ils en faisaient trop, ils méditaient d'envahir le monde comme les catholiques.

Lou Ann n'avait pas encore annoncé qu'à la naissance du bébé, elle avait l'intention de le baptiser dans la religion catholique. Il s'agissait de ménager la mère d'Angel, qui avait l'art de s'inventer toutes sortes de maladies plus graves les unes que les autres. C'étaient les seuls mots d'anglais qu'elle connaissait. Lou Ann avait pris la décision de baptiser le bébé pour des raisons exclusivement pratiques : si l'une des grand-mères devait avoir une attaque, autant que ce soit celle qui vivait à trois mille kilomètres plutôt que celle qui habitait à l'autre bout de la ville.

Lou Ann parcourut la brochure en attendant le bus. Comme toujours avec ce genre de littérature, il y avait en couverture la photo d'une mère avec son bébé dans les bras. Sur ces photos les femmes étaient soit blanches, soit mexicaines, soit noires. On les montrait tenant leurs bébés dans différentes positions, mais on ne les voyait jamais enceintes. Lou Ann se demanda pourquoi il en était ainsi, car après tout ces publications concernaient toutes la grossesse.

Dans le bus elle décida que c'était sans doute parce que ces brochures étaient conçues par des hommes, qui trouvaient semble-t-il nettement plus d'attrait à la vue d'une femme et de son enfant qu'à celle d'une femme enceinte. Oui, elle en était presque sûre. Dans le bus, par exemple, il y avait toujours plusieurs hommes pour se lever et lui céder une place assise, mais ils ne la regardaient pas vraiment. Les lycéens ne s'amusaient pas à faire des réflexions à voix basse à son sujet ou à venir se frotter contre elle quand le bus s'arrêtait ou prenait un virage un peu brusque. C'était bien la première fois que Lou Ann pouvait se détendre ainsi dans un bus, et elle se disait que par certains côtés ce ne serait pas si mal de rester enceinte toute sa vie.

C'était un pur plaisir que de se trouver dans un bus sans que des hommes viennent constamment se presser contre elle et la toucher. Son esprit était libre de s'évader loin de ce corps énorme et étrange qui était le sien. Pour ses neuf ans son grand-père Ormsby lui avait donné un couteau de poche, en lui expliquant que par sécurité elle devrait toujours s'entourer d'un cercle magique quand elle s'en servirait. Elle partait s'installer dans la cour de derrière où elle traçait sur le sol un cercle à l'intérieur duquel personne n'avait le droit de pénétrer, tandis qu'elle taillait des heures durant dans d'épaisses barres de savon brun. Il y avait maintenant bien longtemps que le couteau avait disparu, mais à nouveau elle se sentait protégée par une espèce de cercle magique.

Elle descendit à l'arrêt de Roosevelt Park, qui était situé à une centaine de mètres du parc lui-même. Sur le vaste terrain vague qui faisait le coin de la rue, s'étalait un établissement qui répondait au nom de *Seigneur Jésus, Pneus d'occasion*. Impossible de faire erreur sur le nom – il était peint sur la porte en grosses lettres bleues bien serrées, chaque mot étant séparé du suivant par un point : SEIGNEUR. JÉSUS. PNEUS. D'OCCASION. Sur un côté du bâtiment en tôle ondulée un immense Jésus était représenté les bras ouverts, avec des rayons de lumière jaune qui émanaient de Sa tête. Il y avait aussi un pneu à flancs blancs, ajouté après coup peut-être au décor, et vraisemblablement sans rapport direct avec le Seigneur, mais qui était suspendu en l'air au-dessous de Sa main gauche à la manière d'un grand yoyo.

De vertigineuses piles de Firestone et de Michelin bordaient le terrain pavé, formant un mur à hauteur d'épaule entre *Seigneur Jésus* et l'établissement voisin, mi-night-club mi-sex-shop, appelé *Fanny Heaven*. Pas possible ici non plus de faire erreur sur l'endroit. Les vitrines étaient passées au lait de chaux, et de grandes lettres y annonçaient FILLES FILLES FILLES d'un côté de la porte et NUDITÉ

TOTALE de l'autre. Sur la porte d'entrée de *Fanny Heaven* on avait peint une femme grandeur nature avec de longs cheveux roux et un bikini léopard. L'art populaire sous diverses formes ne manquait pas de succès dans cette rue.

Lou Ann passait devant ces deux établissements presque chaque jour. Quelque chose chez *Seigneur Jésus* lui rappelait le Kentucky, et elle se proposait de demander (mais oserait-elle ?) si les gens qui y travaillaient ne venaient pas de sa région. Quant à *Fanny Heaven*, elle tâchait de ne pas y penser. La peinture de la porte avait quelque chose d'innocent et de primitif, comme si la dame au bikini léopard avait pu être peinte par un écolier, à ceci près qu'elle était placée de telle manière que la poignée de la porte s'enfonçait dans son entrejambe quand quelqu'un la poussait. Cette porte donnait toujours des frissons à Lou Ann, mais elle essayait de ne pas s'appesantir sur le sujet.

Elle passa le coin de la rue et s'arrêta faire quelques courses chez *Lee Sing*, l'épicerie qui donnait sur le parc, exactement en face de l'endroit où elle et Angel habitaient. Elle acheta presque tous les articles recommandés par le régime de la brochure, mais certains, comme les yaourts, étaient trop chers. Elle prit un paquet de macarons car Angel les adorait.

La Chinoise qui tenait la caisse était Lee Sing en personne. Sa mère, qui, disait-on, avait plus de cent ans, vivait avec elle dans l'arrière-boutique. Lee Sing annonça à Lou Ann qu'elle allait avoir une fille. « Le bébé est très haut, ici », déclara-t-elle, se tapotant le sommet du ventre de son poing maigre. Elle disait cela chaque fois que Lou Ann entrait dans son magasin.

« Peu m'importe », répondit Lou Ann, tout de même curieuse de savoir si Lee Sing aurait raison.

Lee Sing secoua la tête en fermant sa caisse, et marmonna quelque chose qui semblait être « cochon du Nouvel An ».

« Pardon ? »

Lou Ann avait un peu peur de Lee Sing, qui disait souvent des choses bizarres comme celle-là.

« Nourrir une fille, c'est comme nourrir le cochon du Nouvel An du voisin. On se tue au travail, et au bout du compte, c'est une autre famille qui en profite. »

Lou Ann fut blessée par cette remarque, mais ne trouva rien à répondre. Certes elle était bien loin du Kentucky et de sa famille, mais elle estimait que ce n'était pas entièrement de sa faute. Et son frère ne s'était pas installé non plus tout près de la maison. Il était parti vers le nord travailler pour l'Alaska Pipeline et avait épousé une dresseuse de chiens canadienne. Ils avaient quatre filles avec des noms esquimaux que Lou Ann n'arrivait pas à retenir – quelque chose comme Chinook et Winnebago.

Dehors il commençait à faire nuit. Lou Ann se dépêcha de traverser le parc, contournant un vieux kiosque en bois où se retrouvaient des sans-abri. Comme d'habitude elle faisait effort pour ne pas se laisser gagner par la peur. Angel lui avait dit que certaines personnes, comme les chiens, sentent la peur. À son retour elle constata qu'Angel était déjà rentré du travail et qu'il était reparti, pour de bon. Elle ne comprit pas immédiatement. Elle crut tout d'abord qu'ils avaient été cambriolés, jusqu'au moment où elle prit conscience que les objets manquants formaient un tout. Elle erra quelques instants dans la maison avec son sac à provisions, découvrant les pièces à moitié vides. Au bout de quatre ans il y avait très peu de choses, en dehors des vêtements, qu'elle considérait comme la propriété de l'un plutôt que de l'autre. Étrangement, elle était fascinée de voir ce qu'il avait jugé sien. Elle constata qu'elle en apprenait davantage sur sa personnalité qu'elle n'en avait appris pendant toute la durée de leur mariage.

Il avait laissé tous les draps et les couvertures, les bibelots, et toute la vaisselle sauf trois chopes à bière assorties. Il avait pris une partie des vieilles revues et des romans policiers de la bibliothèque. Ce n'était pas qu'elle y tenait particulièrement, mais tous ces espaces vides, laids, comme des dents manquantes, avec les livres qui tombaient les uns sur les autres, ça lui faisait mal.

Dans la chambre une photo d'Angel prise à un rodéo en 1978 avait disparu. Sur la photo il était assis sur un taureau appelé Fils de P., qui avait la réputation d'être le taureau le plus méchant de l'histoire du rodéo. Dans toute l'année 1978 un seul cavalier avait réussi à tenir sur Fils de P. pendant plus de huit secondes. Il ne s'agissait pas d'Angel. Quand cette photo avait été prise, l'animal était dopé au PCP, drogue que les lads administraient aux taureaux et aux chevaux quand ils se déplaçaient. Le PCP était monnaie courante dans ce milieu. Le nom de rodéo d'Angel était Dusty, diminutif de Angel Dust.

Il avait également pris une serviette propre, le seul tube de dentifrice, et la télé.

Lou Ann avait oublié que c'était Halloween. Quand un groupe d'enfants apparut à la porte, elle fut complètement éberluée. Ces pupilles sombres qui la scrutaient à travers les petits trous de leurs masques de plastique éclatants avaient quelque chose d'effrayant. Elle n'ignorait pas que c'étaient des enfants du quartier qu'elle avait vus mille fois, mais dans leurs costumes elle ne savait plus de qui il s'agissait. Pour se calmer elle se mit à leur parler et essaya de deviner qui était un garçon et qui une fille. Elle tomba juste pour la princesse, la sorcière au visage vert, Frankenstein, et l'Incroyable Hulk (vert également). Elle se trompa sur l'extra-terrestre.

Elle se rappelait à présent pourquoi elle devait passer à l'épicerie : elle n'avait pas de bonbons à distribuer. Elle envisagea de leur donner des fruits ou des macarons, mais ce serait jeter son argent par les fenêtres. Leurs mamans vérifieraient le contenu de leurs sacs et mettraient ce genre de chose à la poubelle, par peur du cyanure et des lames de rasoir. À la télévision, on avait bien précisé que toutes les friandises devaient être scellées dans leur papier d'origine. Les enfants semblaient avoir pitié d'elle, mais ils s'impatientaient. Ils trouvaient normal d'être attendus.

« Il faut que vous nous donniez quelque chose sinon nous allons être obligés de savonner vos fenêtres, Mrs. Ruiz », lança l'extra-terrestre sans conviction.

Lou Ann décida de secouer la tirelire Mickey Mouse dans laquelle elle avait amassé des pièces de un *cent* dans l'espoir d'acheter une machine à laver pour les couches du bébé. Angel s'était moqué d'elle, lui disant que le temps qu'elle accumule une pareille somme le bébé aurait déjà des enfants à lui.

Les pièces firent le bonheur des enfants qui s'en

allèrent. Elle posa Mickey près de la porte, elle serait prête pour la tournée suivante.

À onze heures elle ne tenait plus dans ses chaussures. Elle sentait le sang battre dans ses chevilles. Depuis trois ou quatre semaines ses pieds étaient si enflés qu'elle ne supportait qu'une seule paire de chaussures, celles qui avaient une lanière à la cheville, et voilà qu'elle allait devoir se coucher sans pouvoir les quitter. Elle n'arrivait plus à se pencher suffisamment pour défaire la boucle, et Angel n'était pas là pour l'aider. Si elle en avait eu la présence d'esprit, elle aurait pu demander au dernier groupe d'enfants de le faire, mais il était trop tard à présent.

Alors qu'elle s'apprêtait à se coucher, elle surprit son image dans le miroir. Elle eut un mouvement de dégoût. Dans sa chemise de nuit, avec ses collants et ses chaussures, elle avait un air obscène, comme une fille qui travaillerait chez *Fanny Heaven*. Sauf qu'on n'y trouvait pas de femmes enceintes. L'idée était tout de même démoralisante. Elle éteignit la lumière mais resta l'oreille tendue dans le noir à guetter les bruits, des enfants qui viendraient frapper à la porte, ou Angel qui aurait changé d'avis et rentrerait à la maison. Dans son autre oreille, enfoncée dans le coussin, elle entendait le sang qui cognait jusqu'à ses pieds. On aurait dit le bruit de l'océan, qu'elle avait vu une fois avec Angel au Mexique. Le bébé lui donnait des petites bourrades avec ce qui lui semblait être des doigts, mais devait être en réalité ses minuscules coudes ou ses pieds. Elle imagina le bébé jouant dans les vagues de son sang, sur le sable lisse et sombre de ses entrailles. Elle avait mal aux pieds et ne trouvait pas de position confortable dans le lit.

Finalement, tard dans la nuit, elle pleura jusqu'à avoir l'impression que les orbites de ses yeux étaient vides. Un jour à la plage elle avait reçu de l'eau de mer dans les yeux, et c'était la même sensation. Angel lui avait recommandé de les garder fermés, mais elle tenait à voir où elle se dirigeait. On ne savait jamais quel genre de surprise on pouvait avoir dans les profondeurs de l'océan.

3

Seigneur Jésus, Pneus d'occasion

On a passé la frontière de l'état d'Arizona au lever du soleil. Les nuages étaient roses et dodus, aussi rigolos que les hippopotames en tutu de Walt Disney. La route traversait un endroit appelé Texas Canyon, qui n'avait rien à voir avec le Texas, Dieu soit loué, mais qui ne ressemblait à rien d'autre non plus. C'était une espèce de forêt, sauf qu'au lieu d'arbres il y avait tout un tas de rochers à l'air boursouflé, on aurait dit des animaux ou des hommes aux formes rebondies. Des rochers empilés les uns sur les autres comme des doryphores en train de copuler. Sitôt au soleil les rochers viraient au rose. C'était tordant, trop beau pour être vrai. On a passé un panneau indicateur sur lequel j'ai tout juste eu le temps de distinguer un dinosaure. Je me suis demandé si la pancarte donnait le nom des rochers, ou si elle signalait juste que c'étaient des crottes de dinosaures pétrifiées. J'étais pliée en deux.

« C'est trop », ai-je dit à la petite Indienne. « Y'a des années que j'ai rien vu d'aussi drôle. » Que ma voiture reste en carafe ou non, j'avais fait mon choix : je vivrais dans l'Arizona.

C'était le deuxième jour de la nouvelle année.

J'avais passé presque toute la période des fêtes à *La Flèche brisée*, gagnant un peu d'argent à faire les lits. La vieille femme qui avait la tremblote, Mrs. Hoge, avait tenu à ce que je reste quelque temps. Avec les fêtes qui approchaient, ça lui rendrait bien service, d'autant plus que sa belle-fille avait des problèmes de chevilles. Ce qui n'a rien d'étonnant. Une cheville humaine n'a pas été conçue pour porter cent vingt kilos. S'il était normal d'être aussi lourd, on aurait de grosses chevilles rondes comme celles des éléphants ou des hippopotames.

Et en effet, ils ont eu pas mal de passage à Noël, des gens qui ne faisaient que traverser l'Oklahoma, où franchement je n'avais pas l'intention de m'éterniser moi non plus. D'un autre côté, j'étais contente de pouvoir me faire un peu d'argent avant de reprendre le volant. La motivation secrète de Mrs. Hoge, je pense, était l'enfant, dont elle s'est occupée une grande partie du temps. Elle ne cachait pas que son désir le plus cher était d'être grand-mère. Dès que la grosse Irene prenait le bébé, ce qui n'était pas très fréquent, Mrs. Hoge déclarait : « Irene, ça te va à ravir. » Comme si vous deviez faire un enfant parce que ça vous va bien.

J'avais fini par trouver un nom à l'enfant, du moins provisoirement. Je l'appelais Turtle *, à cause de cette façon qu'elle avait de se cramponner. Elle ne parlait toujours pas, mais elle connaissait son nom à peu près aussi bien qu'un chat : quand on le prononçait, elle levait les yeux si elle était décidée. Mrs. Hoge ne s'était pas privée de me faire comprendre que Turtle était attardée, mais je maintenais qu'elle avait sa façon à elle de faire les choses

* *Turtle* : tortue. *(N.d.T.)*

et qu'elle n'aimait pas être brusquée. Elle ne l'avait que trop été déjà dans sa vie. Ce que, bien évidemment, j'ai tu à la vieille Mrs. Hoge et à sa belle-fille.

J'étais aux anges de me retrouver sur la route. Dans l'Arizona. Ces étendues désespérément plates de l'Oklahoma avaient fini par me donner mal aux yeux, croyez-moi. J'avais l'impression qu'il fallait toujours regarder trop loin pour distinguer l'horizon.

Alors qu'on arrivait en vue de Tucson, j'ai compris de quoi étaient remplis ces crétins de nuages roses. De grêle. En moins de cinq minutes la voiture a été couverte de glace à l'intérieur comme à l'extérieur, et pas question de conduire sur cette patinoire. La circulation avançait à peu près aussi vite qu'un chèque du gouvernement. J'ai emprunté la première sortie d'autoroute et je me suis arrêtée près d'une espèce d'abri de béton grossier soutenu par des poteaux orange, on aurait dit la cornette de la Nonne volante. C'était peut-être un ancien poste à essence, bien qu'il n'y ait pas de pompes et que le bâtiment situé au fond de la cour pavée semble abandonné. Sur les murs et sur les fenêtres condamnées par des planches quelqu'un avait peint à la bombe rouge des espèces de spermatozoïdes souriants et des maximes du genre « faut être idiot pour croire ».

Je me suis frotté les mains sur les genoux pour les réchauffer. J'entendais le tonnerre, mais je ne voyais pas d'éclairs. J'imaginais toutes les tortues d'eau d'Arizona pétaradant de concert. Y avait-il seulement des tortues d'eau en Arizona ? Un vieux monsieur chez qui travaillait ma mère professait que s'il tonne en janvier il neigera en juillet. Il n'avait manifestement jamais mis les pieds en Arizona. Ou peut-être que si.

On est sorties de la voiture et on s'est abritées sous l'aile de béton. Turtle avait l'air intéressée par la scène, ce qui était une première. Jusque-là, la seule chose qui avait semblé capter son attention était ma manière un peu spéciale de faire démarrer la voiture.

« On est dans un pays étranger, lui ai-je dit. L'Arizona. T'en sais autant que moi. Zéro à zéro. »

La grêle a viré à la pluie, et j'ai dû attendre une demi-heure. Un type est sorti du petit bâtiment et il s'est appuyé à l'un des poteaux orange près de nous. Je me suis demandé s'il habitait ici. (Si oui, est-ce que c'était lui qui avait peint les spermatozoïdes ?) Il portait un treillis de camouflage et une casquette de base-ball noire avec des rabats de tissu sur la nuque, comme Gregory Peck ou je ne sais trop qui dans ces vieux films sur la Légion étrangère. Son T-shirt annonçait : « visiteur d'une autre planète ». C'est moi, ai-je pensé. C'est moi qui devrait porter ce T-shirt.

« Vous êtes d'ici ? » a-t-il demandé au bout d'un moment, en lorgnant ma voiture.

« Non. Je vais tous les ans dans le Kentucky pour faire renouveler mes plaques d'immatriculation. » Il avait un air qui ne me revenait pas.

Il a allumé une cigarette.

« Ça vous a coûté combien ce tas de ferraille ?

– Un dollar quatre-vingt-deux.

– Vous êtes pas du genre timide, vous !

– Bien vu, mon vieux », j'ai répondu.

J'ai prié le ciel de ne pas avoir ensuite à me donner en spectacle, s'il fallait faire démarrer la voiture.

La grêle n'avait pas fini de tomber que le soleil était déjà sorti. On apercevait un arc-en-ciel au-delà des montagnes derrière la ville, et juste au-dessus, un deuxième, avec les couleurs inversées. Entre les deux, le ciel était incroyablement lumineux, comme un drap éclairé par-derrière. En quelques minutes il faisait chaud. J'avais un grand pull-over rouge et je commençais à transpirer. L'Arizona ne faisait pas les choses à moitié. Si l'Arizona avait été un film, on n'y aurait pas cru. On aurait trouvé ça mièvre à pleurer.

Je savais que j'avais intérêt à attendre encore quelques minutes pour laisser au moteur le temps de sécher. Le type était toujours là à traîner et à fumer. Il me mettait les nerfs en boule.

« Attention », a-t-il crié.

J'ai aperçu une araignée velue de la taille d'un petit animal de ferme qui traversait le trottoir. Ses pattes se déplaçaient par secousses successives, comme celles des araignées en caoutchouc suspendues au bout d'une ficelle qu'on trouve dans les distributeurs de chewing-gum.

« J'ai vu pire », ai-je répondu, ce qui, pour être honnête, n'était pas vrai. L'animal semblait tout droit sorti d'un film d'horreur.

« C'est une tarentule, il a fait. Faut se méfier de ces saloperies. Elles sautent d'un seul coup. Quand elles mordent, y'a de quoi devenir fou. Elles vous filent leur poison. »

Ça, en revanche, je l'ai pas cru. J'ai jamais compris pourquoi les hommes s'imaginent qu'ils peuvent impressionner une femme en peignant le monde sous des couleurs aussi terrifiantes. Je vous le demande, est-ce que nous ne vivons pas tous les jours de notre vie dans le même monde qu'eux?

« Et pourquoi est-ce qu'elle vient par ici, c'est votre animal favori, ou votre copine ?

– Non », a-t-il répondu en écrasant sa cigarette, et j'ai décidé qu'il était plus bête que méchant.

Il y avait un tas d'autres bestioles qui rampaient sur la dalle en ciment. Toute une colonie de fourmis noires est sortie d'une fissure et s'est agglutinée autour du mégot, s'acharnant, pour des raisons qui m'échappaient, à le mettre en pièces. Un camion avait transporté ce tabac depuis une ferme du Kentucky peut-être, celle d'un Hardbine, d'un Richey ou d'un Biddle, et voilà qu'une bande de fourmis allait en faire des miettes à apporter à leur reine. Décidément les choses avaient de bien étranges destinées.

« Il a beaucoup plu ces derniers temps, a dit le type. Quand la terre est gorgée d'eau, toutes ces bestioles sont obligées de sortir de leur trou pour sécher. »

Du bout du pied il a écrasé un gros insecte à cornes noir et luisant. Ses ailes se sont écartées et un liquide blanc s'est mis à suinter. C'était le genre d'insecte qu'on n'aurait pas imaginé avec des ailes, bien que je sache par expérience que presque tous les insectes en possèdent. À part les araignées.

Il a allumé une autre cigarette et il a jeté l'allumette en direction de la tarentule, la ratant de quelques centimètres. L'araignée a levé ses deux pattes de devant vers la flamme comme une dame prise de panique dans un vieux film.

« J'ai à faire, ai-je dit. Salut ! »

J'ai installé Turtle sur son siège, j'ai fait le tour de la voiture, je l'ai mise au point mort et j'ai commencé à pousser.

Il a rigolé.

« Qu'est-ce que c'est, une voiture ou un skateboard ?

– Écoute, mon vieux, tu peux m'aider à pousser, ou tu peux rester planté là à me regarder, c'est comme tu veux. De toute façon, je me tire. Cette voiture m'a amenée ici depuis le Kentucky, et elle me semble tout à fait capable de faire encore quelques milliers de kilomètres.

– Pas avec ces pneus, je te le garantis. »

Je me suis retournée et j'ai vu le pneu arrière qui battait contre la roue.

« Merde », ai-je fait, alors que le moteur démarrait et que la voiture faisait un bond en avant.

Dans le rétroviseur j'ai aperçu des éclats de verre qui brillaient sur la bretelle d'accès à l'autoroute, on aurait dit un lac vert scintillant.

Il était hors de question de demander de l'aide à ce lourdaud. Le pneu étant apparemment fichu, j'ai décidé de faire encore quelques centaines de mètres. Là se trouvaient une banque, quelques maisons et un parc planté de palmiers au milieu d'une pauvre pelouse. Des hommes qui avaient des couvertures roulées nouées autour de la taille donnaient des coups de pied dans la terre, sans doute à la recherche de bestioles à écraser. Juste derrière le parc j'ai aperçu une pile de pneus.

« Regarde-moi ça ! me suis-je exclamée. Si j'ai pas de la veine ! Nous aurions dû aller à Las Vegas. »

Les pneus empilés formaient une espèce de mur de chaque côté d'un vaste terrain pavé situé au coin de la rue. À l'intérieur des murs, une femme armée d'un tuyau à air comprimé chassait les insectes du trottoir, les regroupant à coups de petits jets d'air.

Elle portait un blue-jean et des bottes de cow-boy et avait un bandana rouge sur la tête. Une longue natte grise lui descendait jusqu'au milieu du dos.

« Salut », j'ai dit.

J'ai remarqué que le nom de l'endroit était *Seigneur Jésus, Pneus d'occasion*. Ça m'a fait penser à ce numéro de téléphone que je m'étais promis d'appeler, 1-800-Seigneur, juste pour voir qui j'aurais au bout du fil. Et si c'était ici ?

« Salut, ma belle, a-t-elle répondu. Ces bestioles qui grouillent partout après la pluie, ça me met les nerfs en pelote, mais je me sens pas de les écraser. Après tout, elles ont qu'une vie. Comme nous.

– C'est sûr.

– Eh bien, ma pauvre petite, on dirait que vous avez deux pneus crevés. »

En effet. Je n'avais pas vu le pneu arrière droit.

« Montez donc la voiture sur l'élévateur. On va les enlever et y jeter un coup d'œil. On va vous retaper votre petit carrosse tout de suite. »

J'ai demandé si Turtle pouvait monter sur l'élévateur, mais la femme a répondu que c'était pas prudent. Je l'ai donc sortie de la voiture et j'ai cherché un endroit où la poser. Tous ces pneus autour de moi me rendaient nerveuse. Instinctivement, je suppose, j'ai levé les yeux pour voir s'il n'y avait pas quelque chose en hauteur sur quoi aller valdinguer. Il n'y avait rien qu'un beau ciel bleu.

Légèrement à l'écart, j'ai remarqué quelques vieilles jantes et des pneus crevés. Un pneu vide n'avait pas la moindre chance d'exploser, me suis-je raisonnée, avant d'y installer Turtle.

« Comment elle s'appelle votre petite fille ? » m'a demandé la femme, et quand je le lui ai dit, elle n'a pas bronché. D'habitude les gens prenaient un air gêné ou me faisaient un sermon. Elle, c'était Mattie.

« Elle est mignonne comme tout, a dit Mattie.

– Comment avez-vous deviné que c'était une fille ? »

C'était pas de la provocation, pour une fois. Juste de la curiosité. Après tout, Turtle n'était pas habillée de rose de la tête aux pieds.

« Quelque chose dans son visage. »

On a fait rouler les pneus jusqu'à un baquet d'eau. Mattie les a frottés au savon puis elle les a plongés dans le baquet comme d'énormes beignets. Des petites colonnes de bulles sont remontées vers la surface comme des colliers de perles de verre. Des tas. On aurait dit qu'il y en avait une pleine bijouterie là-dedans.

« Désolée, ma mignonne, mais vos pneus sont pas bien jolis. Je peux vous dire tout de suite qu'aucune rustine ne tiendra là-dessus. Ils sont criblés de trous. » Elle semblait soucieuse. « Vous voyez ces trucs, le long de la jante ? Ils sont tout fendus. »

Elle a plongé la main dans l'eau pour palper les flancs du pneu. Elle avait un anneau d'or enfoncé dans la chair de son doigt, comme on en voit chez les vieilles femmes qui ne quittent jamais leur alliance.

« Je suis désolée », a-t-elle répété, et je voyais que c'était vrai. « Y'a un magasin Goodyear en bas de la rue, à environ six cents mètres. Si vous voulez les y porter pour avoir un deuxième avis.

– Pas la peine. Je vous crois sur parole. »

Du plat de la main, Turtle frappait les côtés de son pneu à flancs blancs. Son autre main s'était emparée du bidule par où rentre l'air. Je me suis demandé ce qu'on allait bien pouvoir faire à présent.

« Combien ça me coûterait des nouveaux pneus ? »

Mattie a réfléchi quelques instants.

« Je pourrais vous donner une paire de bonnes occasions, huit mille kilomètres garantis, pose et équilibrage compris, pour soixante-cinq dollars.

– Faut que je réfléchisse. »

Elle était tellement gentille que je me sentais pas le courage de lui annoncer tout à trac que j'avais pas les moyens de me payer de nouveaux pneus.

« Un coup pareil à huit heures du matin, c'est un peu dur à encaisser, m'a dit Mattie. J'étais juste en train de faire du café. Vous en voulez une tasse ? Venez donc vous asseoir.

– D'accord », ai-je répondu.

J'ai récupéré Turtle au fond de son pneu et je l'ai portée à l'arrière de la boutique. C'était un vieux bâtiment imposant à un étage, et là au fond du garage était aménagé un espace avec un évier et des étagères, des chaises pliantes peintes en bleu, une table en métal, et une machine à café. J'ai poussé un autre pneu crevé près des chaises et j'y ai installé Turtle. J'étais bien aise de me trouver à distance respectable de ce mur de pneus qui ne demandaient qu'à éclater. Rester ici serait comme vivre dans une maison pleine de bombes. Le seul bruit du tuyau à air comprimé me faisait dresser les cheveux sur la tête.

« C'est vraiment pratique tous ces pneus », ai-je fait pour montrer un peu de bonne humeur. « Maintenant je saurai quoi faire avec des pneus crevés.

– J'ai des biscuits au beurre de cacahuète », a dit

Mattie en se penchant vers Turtle. « Elle aime le beurre de cacahuète ?

– Elle aime tout. Vous avisez surtout pas de lui donner quelque chose à quoi vous tenez. Vos cheveux par exemple », lui ai-je conseillé. La natte de Mattie se balançait à portée de la zone dangereuse.

Elle a versé du café dans une tasse sur laquelle on lisait « Bill, avec un B majuscule », et me l'a tendue. Puis elle s'est servie dans une tasse blanche tapissée de lapins de bande dessinée. Ils étaient empilés les uns sur les autres comme les rochers de Texas Canyon. Au bout d'un moment je me suis rendu compte que les lapins faisaient l'amour dans un nombre incalculable de positions différentes. Cette femme m'intriguait. Pas de doute, je n'étais pas à 1-800-Seigneur.

« Vous avez dû en faire du chemin, a-t-elle remarqué. J'ai vu que vos plaques étaient immatriculées dans le Kentucky. Ou plutôt votre plaque. On est pas obligé d'en avoir deux, une à l'arrière et une à l'avant, dans le Kentucky ?

– Non. Juste à l'arrière.

– Ici, il en faut une à l'avant aussi. Pour que les flics puissent pas vous louper, je suppose. »

Elle a tendu un biscuit au beurre de cacahuète à Turtle qui l'a saisi des deux mains. Le biscuit s'est brisé en mille morceaux, et Turtle a fait des yeux ronds si tristes que j'ai cru qu'elle allait fondre en larmes.

« C'est rien, ma chérie, l'a consolée Mattie. Fourre-le dans ta bouche. Je vais t'en donner un autre. »

Et Turtle l'a écoutée. J'en croyais pas mes yeux. Elle avait jamais fait tant de grâces à Mrs. Hoge. Mattie avait l'habitude des enfants, c'était clair.

« Vous faites la route ? m'a-t-elle demandé.

– Si on veut. Du moins jusqu'ici. Je suis partie du Kentucky, avec un arrêt dans l'Oklahoma. On essaie d'en profiter au maximum. On va bien voir si on se plaît à Tucson.

– Oh, vous vous y plairez. Je suis bien placée pour en parler. J'ai passé toute ma vie ici. Y'a pas beaucoup de gens qui peuvent en dire autant, croyez-moi. Je me demande s'il reste une seule personne à Tucson qui y soit née. Vous savez, la plupart des gens viennent d'ailleurs. Mon mari, Samuel, il était du Tennessee. Il est venu ici quand il était jeune à cause de son asthme et il a jamais pu se faire à la sécheresse. Moi, j'adore ça. Je crois que tout est question d'habitude.

– Sans doute. » Je brûlais d'avoir des explications sur le nom du garage, mais je ne savais pas comment m'y prendre pour ne pas la froisser. « Est-ce que votre établissement fait partie d'une chaîne nationale, ou quelque chose comme ça ? » ai-je fini par demander. C'était pas très malin, mais au moins c'était poli.

Elle s'est mise à rire. « Non, c'est mon mari et moi qui l'avons monté. Son père était mécanicien, c'est dire que Sam a passé sa vie les mains dans la graisse. C'est lui qui a trouvé le nom. Il était plutôt du genre fanatique, vous voyez. Dieu ait son âme. » Elle a tendu à Turtle un autre biscuit. La gamine dévorait comme une maison en feu. « Il a pris des petits Mexicains pour peindre la façade. Je l'ai jamais refaite, c'est original. Y'a des tas de gens qui s'arrêtent par curiosité. Ce bébé voudrait pas un jus de fruits ? Il faudrait qu'elle boive quelque chose pour faire descendre tout ce beurre de cacahuète.

– Vous dérangez pas. Je peux lui prendre de l'eau au robinet.

– Je vais aller lui chercher du jus de pomme. J'en ai pour une minute. »

J'ai cru qu'elle partait vraiment dans une épicerie, mais elle a disparu par une porte au fond de la boutique. Apparemment le bâtiment recélait encore quelques trésors, parmi lesquels un réfrigérateur rempli de jus de pomme. Je me suis demandé si Mattie habitait sur place, peut-être au premier étage.

Pendant son absence, deux hommes sont arrivés presque en même temps. Mais ils n'étaient pas ensemble. L'un d'eux a demandé à parler à Matilda. Il venait pour un parallélisme, et passait récupérer un pneu pour son ORV. Comme si tout le monde était censé savoir ce qu'était un ORV, et tant qu'à faire, en avoir un ou deux à la maison. Le deuxième portait une chemise noire avec un col blanc d'ecclésiastique, et, contre toute attente, un blue-jean. C'était peut-être un prêtre en apprentissage. Comment savoir ? Il n'y avait pas de catholiques à Pittman.

« Elle revient tout de suite. Elle est juste allée chercher quelque chose. »

Le type à l'ORV a attendu, mais le prêtre a dit qu'il repasserait plus tard. Il semblait un peu nerveux. Quand son break s'est éloigné j'ai remarqué qu'il y avait toute une famille entassée à l'arrière. Ils avaient l'air d'Indiens.

« Tiens, comment ça va, Roger ? » a lancé Mattie à son retour. « Installez-vous, j'en ai pour une minute », m'a-t-elle dit, en me tendant une tasse orange munie d'un petit bec verseur, sans doute conçue spécialement pour les jeunes enfants. Je me suis demandé s'il était difficile de la remplir par ce petit bec. Si Turtle mettait la main dessus, elle voudrait plus la lâcher.

Roger a avancé sa voiture sur une plate-forme reliée à une machine rouge pleine de boutons et de cadrans. Mattie a mis la machine en marche, et les pneus avant de la Toyota de Roger se sont mis à tourner. L'instant d'après, Mattie était allongée en appui sur une épaule et ajustait quelque chose à l'avant. Elle s'était même pas vraiment salie, et elle savait ce qu'elle faisait ! J'avais jamais vu de femme aussi dégourdie. Curieusement je me suis sentie très fière. À Pittman, si une femme avait essayé d'ouvrir un magasin de pneus, elle aurait pas fait long feu. Ou alors les commérages seraient allés bon train, de quoi vous ratatiner les oreilles comme des abricots secs. Si Jésus est vraiment le Seigneur, me suis-je dit à part moi, Il fera que cette femme si bonne et si intelligente ne se voie pas expédiée dans les airs par un pneu trop gonflé. Ni moi non plus, tant qu'Il y est.

Mattie et l'homme se sont dirigés vers le mur de pneus et en ont retiré deux petits bien rebondis qui ont heurté le sol d'un bruit sec, nous faisant sursauter, Turtle et moi. Roger en a ramassé un et s'est mis à dribbler comme avec un ballon de basket. Lui et Mattie bavardaient, et les lèvres de Roger émettaient toutes sortes de vibrations. J'ai supposé qu'il essayait de décrire les problèmes de son ORV. Mattie l'écoutait d'un air intéressé. Il avait beau être chauve et rougeaud, et pas des plus aimables, elle était vraiment gentille avec lui. Elle l'envoyait pas sur les roses.

À son retour, Turtle avait bu tout son jus de pomme et elle frappait le pneu avec sa tasse, demandant à sa façon muette d'être resservie. Je commençais à me sentir gênée.

« Tu veux encore du jus, pas vrai ? » a susurré Mattie, comme on le fait pour s'adresser aux bébés. « J'ai bien fait de descendre la bouteille tout à l'heure.

– C'est très bien comme ça, merci, ai-je dit. On vous a suffisamment dérangée. Il faut que je vous dise la vérité, j'ai même pas de quoi acheter un pneu, alors deux ! Pas dans l'immédiat en tout cas, il faut d'abord que je trouve du travail et un endroit où loger. »

J'ai pris Turtle, mais elle a continué à frapper la tasse contre mon épaule.

« Bah, vous tracassez pas. Je cherchais pas à vendre quoi que ce soit. Je pensais juste que vous aviez besoin d'un peu de réconfort toutes les deux. »

Elle a extirpé la tasse des mains de Turtle et l'a remplie à nouveau. Le couvercle a sauté d'un seul coup. J'avais pas pensé à ça.

« Vous devez avoir vos petits-enfants pas loin, ai-je remarqué.

– Mmm-hmm. Si on veut. »

Elle a rendu la tasse à Turtle qui s'est mise à aspirer avidement. On aurait dit une grenouille. Je me suis demandé ce que Mattie entendait exactement par « si on veut ».

« L'air est tellement sec ici que les enfants se déshydratent en un rien de temps, m'expliqua Mattie. Pratiquement dans vos bras. Faut vous méfier.

– Oui, bien sûr », ai-je bafouillé.

Combien d'autres choses encore y avait-il, tapies

dans l'ombre, prêtes à s'emparer de la vie d'un enfant si l'on n'y prêtait pas attention ? Quelle imbécile j'étais ! C'était folie que de croire que je rendais service à cette enfant en la soustrayant à la nation cherokee. Elle allait finir momifiée dans l'Arizona.

« Pour le travail, vous avez une idée ? »

Mattie a rincé les tasses à café et elle les a posées à l'envers sur une étagère. Un calendrier suspendu au-dessus de l'étagère montrait un homme torse nu coiffé de plumes, avec de lourds bracelets en or, il portait dans ses bras une femme qui semblait morte ou sans connaissance.

« N'importe quoi, à vrai dire. J'ai fait des ménages, et je m'y connais en radios, analyses d'urine, et plaquettes. Ah, j'ai aussi ramassé les pucerons sur les haricots grimpants. »

Mattie s'est mise à rire. « C'est assez spécial comme curriculum vitae.

– C'est sans doute que j'ai eu une vie assez spéciale. »

Il faisait très chaud, Turtle renversait ou crachait du jus de fruit le long de mon omoplate, et mon moral dégringolait à toute allure.

« J'imagine que vous n'avez pas de haricots grimpants dans le coin, ai-je fait. Ça limite sérieusement mes perspectives d'avenir.

– Mais si, ma fille, pour sûr qu'on a des haricots grimpants. Vous avez déjà vu des haricots violets ?

– Pas des vrais.

– Venez donc par ici que je vous montre quelque chose. »

On est passées par la porte du fond, qui donnait sur une petite pièce pleine à craquer. Il y avait un bureau couvert de papiers, et tout autour, contre les murs, d'énormes piles de vieux *National Geographics* et *Popular Mechanics* et d'autres revues appelées *The Beacon,* qui montraient Jésus dans de longues robes tourbillonnantes planant au-dessus d'un phare. Derrière le bureau un escalier conduisait à une deuxième porte qui s'ouvrait sur l'extérieur. Au-dessus de moi j'entendais des pas sourds : quelqu'un qui marchait pieds nus.

Dehors c'était un paradis sauvage et coloré de fleurs, de légumes et de pièces de voitures. Des pieds de choux et de laitues poussaient parmi les vieux pneus. Des capucines fleurissaient aux fenêtres d'une carcasse de Thunderbird rouillée, sans roues, comme les pots de joubarbes que maman cultivait sous la véranda. Des plants de tomates-cerises recouvraient une sorte d'armature de tipi faite d'antennes de radio.

« Des tomates le 2 janvier, c'est incroyable non ? » s'est exclamée Mattie.

Oui, c'était incroyable. En vérité je n'en étais qu'à ma première surprise. C'était sans doute dans la cour de Mattie que mouraient les vieilles voitures avant de monter au ciel.

« D'habitude, on est pas à Thanksgiving que tout a déjà gelé, mais cette année il a continué à faire chaud. C'est tout simple, les haricots et les tomates refusent de mourir. Tiens, ma poupée, ouvre ta bouche, et l'avale pas toute ronde. »

Elle m'a tendu la tomate.

« Merci. » Je n'avais pas vu qu'elle en avait fourré une dans la bouche de Turtle et que c'était à elle qu'elle s'adressait. « Nous avons eu de la grêle ce matin, ai-je rappelé à Mattie. Pendant quelques minutes, on était pratiquement mortes de froid.

– Ah bon ? Mais où ça ?
– Sur l'autoroute. À moins d'un kilomètre d'ici.
– Elle est pas arrivée jusqu'à nous, on a eu seulement de la pluie. La grêle, ça m'aurait tué mes tomates. Ça s'est déjà vu. Ah, voici les haricots dont je vous parlais ! »

Pas de doute, ils étaient tout ce qu'il y a de plus violet : tiges, feuilles, fleurs et cosses.

« Ça alors ! me suis-je exclamée.
– C'est ma voisine chinoise qui me les a donnés. »

Elle a fait un geste en direction d'une clôture en tôle ondulée que je n'avais même pas remarquée. Celle-ci était couverte de haricots, et le jardin en patchwork continuait de l'autre côté, à l'exception des pièces de voitures. Des hordes de haricots violets semblaient envahir la rue, escaladant tout sur leur passage.

« Ces haricots proviennent de graines qu'elle a rapportées de Chine en 1907. Vous vous rendez compte ? Avoir fait durer les mêmes haricots pendant toutes ces années ? »

Oui, je me rendais compte. Je voyais très bien ces haricots traverser en rangs serrés l'océan Pacifique, partis d'un jardin quelque part en Chine pour aboutir ici même.

Je me sentais plutôt bien chez Mattie, mais vivre dans l'agitation du centre de Tucson, c'était comme me retrouver dans un pays étranger dont je n'aurais même pas entendu parler. Ou avoir sauté quelques décennies. En entrant dans le fuseau horaire des Rocheuses, j'avais retardé ma montre de deux heures et j'avais été projetée dans l'avenir.

J'ai du mal à expliquer ce que je ressentais. J'ai

fréquenté le lycée dans les années 70, mais il vous faut comprendre que dans le comté de Pittman il aurait tout aussi bien pu s'agir des années 50. Pittman avait vingt ans de retard sur le reste du pays dans pratiquement tous les domaines imaginables, sauf le taux de grossesse des adolescentes. Par exemple nous avons été les derniers à avoir des téléphones à cadran. Jusqu'en 1973, il suffisait de soulever le combiné et de dire, Marge, passez-moi mon oncle Roscoe, ou X ou Y. Le standard téléphonique était situé au deuxième étage du palais de justice d'où l'opératrice avait une vue imprenable sur la place de Main Street, banque, pharmacie et cabinet du docteur Finchley inclus. Elle pouvait vous dire si la voiture du docteur était là ou non.

À Tucson il était clair qu'il n'y avait personne pour guider vos pas. Il fallait apprendre à se diriger tout seul.

Turtle et moi avons élu domicile au *Republic Hotel* qui louait des chambres à la semaine et n'était qu'à quelques minutes à pied de *Seigneur Jésus.* Mattie m'avait proposé d'y laisser ma voiture momentanément. C'était gentil de sa part, mais j'étais assez pressée de la remettre en état de marche. J'avais des visions de navets s'échappant par toutes les fenêtres.

La vie au *Republic Hotel* n'avait rien à voir avec la vie à *La Flèche brisée*, où seules les constantes prises de bec entre Mrs. Hoge et Irene étaient là pour vous rappeler que vous n'étiez pas mort. Le centre de Tucson était vivant, avec ses secrétaires qui faisaient claquer leurs talons hauts sur les trottoirs, ses banquiers et avocats le cou engoncé dans leurs cravates, et, le soir, ses prostituées dans des accoutrements pas croyables. L'une d'elles, aux abords de l'hôtel, portait une mini-jupe qu'on aurait crue en papier alu et changeait de style de bas presque tous les jours : des bas résille de toutes les couleurs, et une paire en particulier qui avait d'authentiques petits nœuds en guise de coutures. Elle s'appelait Cheryl.

Il y avait aussi une catégorie de personnes qui vivaient dans le centre-ville à plein temps, pas au *Republic Hotel* mais à la station de bus ou sur le trottoir près de la banque du sang de la Croix-Rouge. Ces gens dormaient tout habillés. Je savais bien que ma vie au *Republic* ne me situait que quelques étages au-dessus d'eux, mais au moins je dormais en pyjama.

Et puis il y avait une deuxième catégorie. Des gens qui n'avaient pas l'air spécialement fauchés, mais qui portaient le style de vêtements dont se débarrassaient les dames de la haute que connaissait maman : vous auriez préféré aller tout nu à l'école plutôt que de les avoir sur le dos. Des jupes en forme et autres horreurs. Quand ils faisaient la queue dans les restaurants et les cafés on les voyait se masser mutuellement la nuque en susurrant : « Beaucoup de stress à ce niveau. » Ils n'habitaient généralement pas le centre-ville. Ils avaient des studios et des galeries dans des magasins désaffectés, comme *J.C. Penney* par exemple, dont certains avaient conservé leurs vieilles enseignes sur leurs façades de brique.

Tout ça pour dire qu'au début je n'avais pas la moindre idée de ce qui se tramait à l'intérieur de ces magasins. Dans l'une de ces vitrines, qui se trouvait sur mon chemin, j'avais repéré deux choses étonnantes. On aurait dit des pétards qui explosaient dans des caisses de sable mouillé, le tout figé en pleine action. La curiosité a fini par l'emporter et je suis entrée. J'avais parfaitement conscience de ne pas me trouver chez *Woolworth*.

Là étaient exposés d'autres objets du même style, dont l'un, en forme de buisson, était plus haut que moi. Tous étaient en sable durci. Au fond, une femme inscrivait quelque chose sur un carton épinglé sous l'un de ces objets qui semblait littéralement jaillir hors de son cadre de métal. La femme était vêtue d'un pull rose, de socquettes blanches, de talons hauts roses, et d'un pantalon collant taillé dans la peau d'un léopard de soie rose. Elle s'est approchée avec son calepin et elle a posé les yeux sur les mains de Turtle, qui étaient poisseuses, admettons, mais à distance respectable du buisson de sable.

« C'est magnifique, ai-je remarqué. Qu'est-ce que ça veut représenter ?

– C'est non figuratif », a-t-elle fait en me regardant comme si j'étais un insecte qu'elle venait de trouver dans sa salle de bains.

« Désolée d'exister », ai-je répondu.

Elle avait à peu près mon âge, en tout cas pas plus de vingt-cinq ans, et n'avait pas que je sache de raison de prendre de grands airs. J'ai repensé au petit poème que maman m'avait appris pour donner la réplique aux gamins qui me regardaient d'un peu trop haut : « Vous venez sans doute de Porc-Norton, où les cochons vont à la messe et jouent de l'orgue. »

L'objet était posé sur un socle carré couvert de toile marron, et la petite carte blanche qui y était fixée portait la mention *Chien Bisbee nº 6*. Je ne voyais pas le rapport, mais j'ai fait celle qui était tout à fait satisfaite de cette explication.

« Chien Bisbee numéro 6, ai-je déclaré. C'est tout ce que je voulais savoir. »

Turtle et moi, on a fait un tour pour examiner les œuvres accrochées aux murs. La plupart avaient des noms qui commençaient par le mot effet : *Effet ascendant, Effet endogène, Effet voulu, Effet galvanique.* Au bout d'un moment j'ai remarqué que des chiffres figuraient sur les petites cartes. Par exemple $ 400. « Effet comique », ai-je murmuré à Turtle. « Celui-ci c'est Effet immédiat. Tu vois, c'est un Alka-Seltzer, figé entre le ploc et le pschitt. »

Certains jours, comme celui-là, je commençais à perdre un peu la boule. C'est ce qui arrive quand tout votre argent tient au fond de votre poche, que vous n'avez pas de travail, et aucune perspective d'avenir. La manière la plus courante de gagner de l'argent dans ce quartier était de donner son sang, mais je m'y refusais. J'entendais encore la voix d'Eddie Rickett : « Le sang est l'organe le plus important du corps humain », claironnait-il. Eh bien, j'avais pas l'intention de vendre mes organes tant que je serais de ce monde. Je me suis tout de même renseignée sur les possibilités de travail, mais le responsable en blouse blanche et mocassins blancs tout plissés m'a examinée de la tête aux pieds et il a dit : « Êtes-vous phlébotomiste diplômée de l'état d'Arizona ? » sur un ton qui signifiait pour qui vous prenez-vous donc de vous imaginer que vous avez le droit d'être du côté de l'aiguille qui ne pique pas, et ça c'est terminé comme ça.

À l'autre bout du pâté de maisons se trouvait un

restaurant appelé *Burger Derby*. Les jeunes qui y travaillaient portaient des casquettes rouges, des chemises à rayures rouges et blanches, et des espèces de shorts rouges en plastique. Une fille dont le badge disait : « Salut, je m'appelle Sandi » portait également de minuscules boucles d'oreille en forme de chevaux, mais ça devait pas faire partie de l'uniforme. On pouvait pas vous obliger à vous faire percer les oreilles ; il devait y avoir une loi pour l'interdire.

Sandi assurait généralement le service du matin toute seule, et on a fini par se connaître. J'avais bien une plaque électrique dans ma chambre d'hôtel qui me permettait de réchauffer des potages en conserve, mais il m'arrivait de sortir manger, juste pour avoir un peu de compagnie. Au *Burger Derby* j'étais en sécurité. Personne ne viendrait me demander où j'accumulais mon stress.

Il s'est avéré que Sandi était fanatique de chevaux. Quand elle a découvert que j'étais du Kentucky, elle ne m'a plus lâchée. On aurait dit que j'avais personnellement gagné le derby.

« Comme tu as de la chance ! Le rêve de ma vie, c'est d'avoir un cheval à moi, de lui tresser des fleurs dans la crinière, de caracoler dans une arène, de gagner des rubans et tout ça. »

Elle s'imaginait que dans le Kentucky tout le monde possédait au moins un pur-sang, et il m'a fallu un certain temps pour lui faire comprendre que j'avais jamais vu de cheval d'assez près pour recevoir un coup de sabot.

« Dans la partie du Kentucky d'où je viens, les gens n'ont pas de pur-sang, lui ai-je expliqué. Ils seraient déjà bien contents s'ils pouvaient vivre comme eux. »

Les pur-sang avaient leurs propres piscines. Le comté de Pittman n'en possédait même pas une seule. Je lui ai raconté qu'on avait bien rigolé le jour où une bande de nantis avaient acheté Secrétariat pour six millions de dollars quand il avait cessé de courir, parce qu'il était soi-disant l'étalon le plus prisé de la terre. Pour découvrir après coup qu'il était un reproducteur récalcitrant, manière élégante de dire homosexuel. Il aurait pas approché une pouliche pour tout le sucre d'Hawaï.

Sandi a fait grise mine quand je lui ai rapporté ces informations sur la vie sexuelle de Secrétariat.

« T'étais pas au courant ? Ça a pourtant fait la une des journaux à l'époque.

– Non », a-t-elle grogné tout en récurant la plaque chauffante comme une maniaque.

Elle ne cessait de parcourir la pièce du regard pour s'assurer qu'il n'y avait personne d'autre dans le restaurant. Précaution superflue, ça va sans dire. J'y arrivais toujours vers dix heures et demie, ce qui est une heure bizarre pour manger un hot-dog, mais je m'efforçais de nous limiter Turtle et moi à deux repas par jour.

« C'est bien comme travail ici ? » ai-je demandé.

Il y avait un panneau à la fenêtre depuis près de deux semaines. Ils embauchaient des serveuses.

« Oh, c'est fan-tas-tique. »

Je te crois, ai-je pensé. Servir des *Triple Crown Chili Dogs* et des *You Bet Your Burgers*, et chasser les ivrognes et les fauchés qui font le tour des tables pour manger la crème allégée à même le pot ne pouvait être que fan-tas-ti-que. Sandi paraissait dans les quatorze ans.

« Tu devrais proposer tes services, vraiment. On pourrait pas te dire non, étant du Kentucky.

– C'est ça », ai-je répondu. Qu'est-ce qu'elle s'imaginait, que j'étais génétiquement programmée pour faire rôtir des poulets ? « Combien on gagne ?

– Trois dollars vingt-cinq de l'heure. *Plus* les repas.

– Qu'est-ce que je raconte de toute façon ? J'ai cette gosse. Il faudrait que je paie quelqu'un plus cher que ça pour la garder.

– Oh non ! T'aurais qu'à faire comme moi, l'amener à *Kid Central Station.*

– T'as un enfant ?

– Ouais, un petit garçon. Vingt et un mois. »

Je m'étais imaginé que Pittman était le seul endroit sur terre où les gens commençaient à avoir des bébés avant d'apprendre leurs tables de multiplication. Je lui ai demandé ce qu'était *Kid Central Station.*

« C'est gratuit. Tu sais, c'est cet endroit dans le centre commercial où on garde tes enfants pendant que tu fais tes courses, mais ils peuvent pas savoir. Tu comprends ? La seule chose c'est que tu dois aller pointer toutes les deux heures, pour prouver que t'es toujours en train de faire tes courses, alors j'y fais un saut pendant mes pauses. C'est direct par la ligne cinq du bus. Ou alors j'y envoie une copine. Les gens qui y travaillent ne font pas attention. Faut dire qu'avec ces milliards de gamins qui rampent partout, comment est-ce qu'ils peuvent savoir si la personne qui se présente est vraiment la mère de l'un d'eux ? »

Sandi se préparait pour l'affluence de midi, glissant les petits seaux blancs remplis de choux-fleurs, de carottes et de pois chiches dans les cavités du coin des crudités. Curieusement des grappes de raisin artificiel étaient disposées sur la glace autour des seaux.

« J'irai voir », ai-je dit, même si je me faisais une petite idée du genre d'endroit que ce serait.

« Si tu y vas tout de suite, tu pourrais pointer pour mon petit garçon ? Il s'appelle Seattle. Je suis sûre qu'il est le seul là-bas à s'appeler Seattle. Assure-toi juste qu'il va bien. D'accord ?

– Comme Seattle, dans l'état de Washington ?

– Non, comme Seattle Slew, le cheval de course. C'est un petit blondinet, tu peux pas te tromper, c'est mon portrait en plus blond. Oh, il y a un règlement, ils prennent pas les gosses qui savent pas marcher. Elle sait marcher ta fille ?

– Oui, elle marche. Quand elle a envie d'aller quelque part. »

Une branche de céleri est tombée du seau. Sandi l'a prestement ramassée par terre et a mordu dedans.

« Je pouvais quand même pas laisser un client manger ça, s'est-elle excusée.

– Ne me regarde pas comme ça. C'est pas mes oignons si t'as envie de manger tout le seau de céleri, et même les raisins artificiels. Pour trois dollars vingt-cinq de l'heure, j'estime que tu y as droit. »

Elle a mâchonné pensivement quelques instants. Ses cils collés par du mascara bleu s'ouvraient en corolles autour de ses yeux comme des pétales de fleur.

« Tu sais, ta petite fille, elle te ressemble vraiment pas du tout. Le prends pas mal, elle est jolie comme un cœur.

– Elle est pas vraiment à moi. C'est juste qu'elle m'est restée sur les bras. »

Sandi nous a regardées toutes les deux, le coude posé de travers sur la hanche et ses pinces à salade en suspension dans l'air.

« Ouais, je vois exactement ce que tu veux dire. »

4

L'eau de Tug Fork

Grand-mère Logan et le nouveau-né de Lou Ann étaient tous deux endormis dans la pièce de devant, les rideaux tirés sur la chaleur de l'après-midi. Ces deux dernières semaines, grand-mère Logan n'avait pas cessé d'arpenter la maison à pas rageurs, tirant nerveusement les rideaux dès que Lou Ann réussissait à les ouvrir, si bien que Lou Ann avait fini par capituler et tout le monde se déplaçait dans les ténèbres d'une maison mal éclairée.

« On dirait que quelqu'un vient de mourir, et pas de naître », s'était lamentée Lou Ann, mais la vieille femme avait rétorqué que la chaleur, inhabituelle pour un mois de janvier, allait faire de ce bébé un être malingre et chétif.

Quand elle se réveillait, grand-mère Logan niait avoir dormi. Elle prétendait qu'elle avait besoin de se reposer les yeux en vue du voyage retour dans le Kentucky, trois jours entiers dans un bus Greyhound.

Dans la cuisine Ivy Logan et Lou Ann remplissaient un sac en papier de sandwichs à la mortadelle, de pommes jaunes et d'un bocal de thé froid. Avec ses bras lourds et son tablier sur la poitrine Ivy occupait les lieux comme si elle avait été chez elle. Elle répétait tout bas une phrase d'un hymne : « Tous nos péchés et nos chagrins à supporter. » Inlassablement. Encore une fois et Lou Ann allait se mettre à hurler. C'était une vieille habitude.

Lou Ann écarta de son visage ses cheveux blonds mouillés et dit à sa mère qu'elle aimerait bien la garder quelques jours de plus. Chaque fois qu'Ivy posait le regard sur elle, Lou Ann sentait les demi-lunes de fatigue qui soulignaient ses yeux.

« T'as même pas eu le temps de dire trois mots à Angel. Il est de congé mardi, on pourrait prendre la camionnette et partir tous ensemble quelque part. On arrivera bien à y rentrer tous. Sinon je pourrais rester à la maison avec Dwayne Ray, et vous autres vous iriez vous promener. C'est quand même dommage d'avoir fait tout ce chemin pour avoir rien vu de la région. »

À la grande surprise de Lou Ann, Angel avait accepté de revenir jusqu'au départ de sa mère et de sa grand-mère. Certes, c'était peine perdue que de discuter avec lui ou de vouloir lui faire entendre raison, mais il fallait bien lui accorder que dès qu'il s'agissait des mères et des grand-mères, il savait s'incliner. Si grand-mère Logan avait su qu'ils allaient divorcer, elle aurait fait une attaque d'apoplexie. Dans le meilleur des cas, elle et Ivy auraient insisté pour que Lou Ann revienne à la maison.

« Mais ma chérie, on a vu des tas de choses de l'autobus, rétorqua Ivy. Ces énormes cactus et tout le reste. Seigneur, et tous ces grands buildings en ville, y m'ont fait l'effet d'être tout en verre. Y'aura encore plein de choses à voir au retour.

– D'accord, mais on dirait qu'on a rien fait

d'autre depuis votre arrivée qu'être assis à regarder le bébé.

– Eh bien, c'est pour ça qu'on est venues, ma chérie. Maintenant qu'on t'a aidée à le mettre au monde et à démarrer, on a envie de rentrer. La chaleur, ça énerve grand-mère Logan.

– Je sais. » Lou Ann prit une profonde inspiration par le nez. Elle commençait à croire que sa grand-mère avait raison : l'air sec et brûlant à l'intérieur de sa poitrine devait être un vrai poison. « J'aurais aimé mieux vous recevoir, ajouta-t-elle.

– Mais c'était gentil tout plein. Tu la connais, la reine de Saba nous aurait reçues qu'elle aurait pas vu la différence, elle aurait été à cran. Elle dort pas bien si elle est pas dans son lit, c'est tout. »

Ivy défit son tablier et lissa le devant de sa robe bleu marine. Lou Ann avait vu cent fois cette robe aux dîners de bienfaisance de l'église. D'un seul coup elle se sentit bourrée de ragoût de pommes de terre et de gâteau au Coca-Cola.

« Maman », commença-t-elle, puis elle reprit sa phrase parce qu'elle parlait trop bas. « Maman, quand papa était vivant... » Elle ne savait plus ce qu'elle voulait demander. Est-ce que vous vous parliez ? Est-ce que tu gardais des secrets à lui dire, rien qu'à lui ? Ou est-ce que c'était comme maintenant ? Une maison pleine de femmes, pour tout, pour se tenir compagnie. Ivy ne regardait pas sa fille, mais ses mains, chose rare, étaient immobiles. « Est-ce que grand-mère Logan a toujours habité avec vous, depuis le début ? »

Ivy examina le contenu du sac en papier et en roula le haut bien serré.

« C'est pas elle qu'était avec nous. C'est nous qu'étions installés chez elle.

– C'est ce que tu voulais ? » Lou Ann était gênée. « J'crois que j'ai toujours pensé que ce serait quelque chose de partir seule, comme toi. Mais y'avait tellement à faire à cette époque, pas le temps de s'amuser, et puis j'serais morte de peur toute seule quelque part.

– T'aurais pas été seule. T'aurais été avec papa.

– Pour sûr, soupira Ivy. Mais ça se faisait pas. » Elle se retourna vers le robinet pour se laver les mains, puis tira le torchon de son anneau de bois au-dessus de l'évier, le replia et le remit à sa place. « Cours donc dire à grand-mère Logan qu'il va falloir y aller. »

Ivy et sa belle-mère ne se parlaient pas. Il devait y avoir une raison, mais Lou Ann avait renoncé à suivre le détail de leurs chamailleries. Elle se demanda comment se passerait leur voyage, toutes ces journées et toutes ces nuits dans le Greyhound. Mais elles se débrouilleraient bien pour avoir une conversation. Dans le passé, en cas de nécessité, elle avait vu sa mère et sa grand-mère s'adresser la parole par l'intermédiaire de parfaits inconnus.

« Grand-mère Logan. » Lou Ann posa doucement la main sur l'épaule de la vieille femme. Elle sentait ses omoplates à travers le sombre tissu brillant de sa robe. Au moment où celle-ci ouvrit les yeux, le bébé se mit à pleurer. « T'as fait une bonne petite sieste, grand-mère ? » demanda-t-elle, se dépêchant d'aller chercher le bébé et de le planter sur sa hanche. Elle avait toujours l'impression qu'il allait s'étouffer.

« C'est juste que mes yeux avaient besoin de se reposer. Je dormais pas. » Elle se cramponna aux bras du fauteuil, le temps de retrouver ses esprits. « Je te l'ai dit. Avec cette chaleur, le bébé a attrapé des coliques. Il lui faut un cataplasme à la moutarde pour absorber toute cette chaleur.

– Maman te fait dire de préparer ton sac. Elle dit que vous avez décidé de partir ce soir.

– Il est fait mon sac.

– Alors c'est parfait. Tu veux manger un bout avant de partir ?

– Pourquoi tu reviens pas à la maison avec nous, ma chérie ? Toi et le bébé.

– Moi, *Angel* et le bébé, grand-mère. Ça fait pratiquement cinq ans que je suis mariée, d'accord ? » Elle se sentait tellement faux jeton, de leur laisser croire que son mariage marchait très bien. C'était comme si elle avait donné à sa mère et à sa grand-mère un joli paquet de Noël à rapporter chez elles, avec rien que du papier de soie à l'intérieur. Elle ne leur avait encore jamais menti, pour autant qu'elle s'en souvienne, mais quelque chose en elle se refusait à leur dire la vérité au sujet d'Angel. « Angel a un bon emploi à l'usine d'embouteillage », ajouta-t-elle. Cela, du moins, était vrai. « On se plaît bien ici.

– J'vois pas comment qu'on pourrait aimer un endroit où y pleut pas. Seigneur, je suis desséchée. Apporte-moi un verre d'eau.

– Je te l'apporte tout de suite », répondit-elle, passant le bébé sur son autre hanche. Elle savait que grand-mère Logan aurait tôt fait d'oublier sa requête. « On s'y habitue. Quand je me suis installée ici, j'avais tout le temps mal à la gorge. J'étais morte de peur. Je m'imaginais que j'avais attrapé un cancer de la gorge comme je sais plus qui à la télé. Tu sais, celle qui a été obligée de s'arrêter de chanter ? » Lou Ann s'avisa que grand-mère Logan n'était pas capable de faire la différence entre la station NBC et les haricots *pinto*. « Mais, tu penses bien, j'avais absolument rien. Et Dwayne Ray, ça le gêne pas du tout, pas vrai Dwayne Ray ? » Elle recourba un doigt sous le menton du bébé et plongea son regard dans ses yeux bleux embrumés. « Dwayne Ray est un p'tit gars de Tucson, pas vrai ? »

Le bébé de Lou Ann n'était pas né à Noël, ni même le lendemain. Arrivé de bonne heure le matin du 1er janvier, il avait failli, à quarante-cinq minutes près, être le premier bébé de l'année à l'hôpital Saint-Joseph. Lou Ann s'était dit après coup que si elle avait poussé un peu plus fort elle aurait sans doute gagné l'année de couches gratuites offerte par *Bottom Dollar Diaper Service*. C'était le prix. Ça aurait bien fait son affaire maintenant que ses économies pour la machine à laver, déjà bien maigres au départ, avaient été distribuées à tous les enfants du quartier.

« J'vois pas comment on peut faire pousser du tabac si y pleut pas, insista grand-mère Logan.

– On cultive pas le tabac par ici. On cultive pratiquement rien, y a juste des usines et tout ça, et des touristes qui viennent passer l'hiver. C'est vraiment joli dans les montagnes. On aurait pu te montrer, si t'avais pas été obligée de partir si tôt. » Le bébé se remit à tousser et elle le fit sauter sur sa hanche. « Et puis d'habitude il fait pas si chaud que ça en janvier. Tu l'as entendu toi-même, grand-mère, le type à la radio a dit qu'on avait eu les températures les plus hautes jamais enregistrées en janvier.

– Tu parles plus comme avant. Je savais que t'allais faire la fière.

– Grand-mère, c'est pas vrai.

– Me réponds pas, mon enfant, je sais ce que je dis. Je l'entends. Je suis sûre que tu vas aller raconter à ce bébé qu'il a pour famille des pauvres péquenauds des collines. »

Ivy apporta les sacs de provisions ainsi que sa valise, qui était tenue par une ceinture de cuir. Lou Ann reconnut la ceinture, elle avait été fouettée avec, il y avait des années, quand son père était encore en vie.

« Ma chérie, intervint Ivy, dis à grand-mère Logan de pas recommencer à t'embêter. Faut partir.

– Dis à Ivy de s'occuper de ses affaires et je m'occuperai des miennes. Tiens, j't'ai apporté quelque chose pour le bébé. »

Grand-mère Logan sortit son sac noir en velours, violacé par l'âge et l'usure autour du fermoir, et y enfonça ses doigts lents et enflés. Lou Ann s'efforçait de ne pas regarder.

Au bout d'un moment la vieille femme en sortit une bouteille de Coca-Cola remplie d'eau trouble. La capsule de métal tordue avait été remise en place, puis couverte d'un morceau de cellophane maintenu par plusieurs tours de ficelle.

Lou Ann déplaça le bébé sur sa hanche, rejeta ses cheveux derrière ses oreilles, et prit la bouteille de sa main libre.

« Qu'est-ce que c'est ?

– C'est de l'eau de Tug Fork. Pour baptiser le bébé. »

L'eau à l'intérieur de la bouteille semblait laiteuse et fraîche. Un léger dépôt marron resta collé au fond de la bouteille quand elle l'inclina sur le côté.

« Je me rappelle quand t'as été baptisée à Tug Fork. T'étais une petite chose de rien du tout. Et morte de peur. Quand le pasteur est venu pour te tremper dans l'eau, tu t'es mise à hurler. Dieu, comme je m'en souviens !

– C'est bien, grand-mère. Tu te rappelles des choses que moi j'ai oubliées. »

Lou Ann se demanda comment grand-mère Logan pouvait bien se représenter un baptême avec une bouteille d'eau en tout et pour tout. D'accord, l'idée de départ était d'opter pour une aspersion selon la tradition catholique, mais grand-mère n'y survivrait pas si elle l'apprenait. Et de toute façon, avec le départ d'Angel, tout était en suspens maintenant.

« Ma petite chérie, je crois qu'on est fin prêtes, annonça Ivy. Oh, que c'est donc dur de partir. Laisse-moi tenir mon petit-fils dans mes bras une dernière fois. Veille à ce qu'il ait assez à manger, Lou Ann. J'ai toujours eu beaucoup de lait pour vous nourrir toi et ton frère, mais t'es pas aussi costaude que moi. T'as jamais été costaude. C'est pas ma faute si t'as toujours refusé de manger ce que je mettais dans ton assiette. » Elle fit sauter le bébé sur sa poitrine. « Miséricorde, ce sera un grand garçon quand on le reverra.

– Je suis grasse comme un porc depuis que je l'ai eu, maman, tu le sais très bien.

– N'oublie pas de lui donner les deux seins. S'il en prend qu'un, t'auras plus de lait.

– Moi, j'crois pas que je le reverrai du tout, grogna grand-mère Logan.

– Maman, pourquoi n'attendez-vous pas le retour d'Angel ? On pourrait vous conduire à la gare routière. Vous allez être perdues si vous essayez de prendre le bus. Il va vous falloir changer en ville. »

Elles avaient déployé tant d'ingéniosité pour éviter Angel qu'on se demandait si c'était vraiment la peine qu'il soit revenu.

« C'est un péché de travailler le dimanche. Il devrait être à la maison avec sa famille le jour du Seigneur, fit grand-mère Logan en soupirant. C'est pas vraiment étonnant de la part d'un mécréant de Mexicain.

– Ils travaillent par roulements, expliqua Lou Ann pour la énième fois. Il doit y aller quand on le lui demande, un point c'est tout. Et puis il est pas mécréant. Il est né ici même en Amérique, comme nous tous. »

Tout ça parce qu'il a pas été baptisé dans un sale petit ruisseau, ajouta-t-elle beaucoup trop bas pour que grand-mère Logan puisse entendre.

« Qui le lui demande ? » s'enquit la vieille femme.

Lou Ann regarda sa mère.

« On se débrouillera bien, avec le bus et tout le reste », la rassura Ivy.

« C'est pas parce qu'un aut' mécréant lui dit de travailler le jour du Seigneur que c'est bien. »

Lou Ann trouva un morceau de papier et griffonna le nom de l'arrêt et le numéro du bus qu'elles auraient à prendre en ville. Ivy lui rendit le bébé et prit le papier. Elle l'examina attentivement et le plia deux fois, le fourra dans son sac et entreprit d'aider grand-mère Logan à enfiler son manteau.

« Grand-mère, t'auras pas besoin de ce manteau, intervint Lou Ann. Je te jure qu'il fait au moins vingt-cinq degrés là-bas.

– C'est la damnation qui t'attend si tu continues à jurer comme ça. Et t'avise pas de me dire que j'ai pas besoin de manteau, mon enfant. On est en janvier. »

Sa vieille main balaya l'air un court instant, puis Ivy s'en empara et l'emprisonna dans la lourde manche noire.

« Lou Ann, mon chou, le laisse pas jouer avec ce stylo-encre », recommanda Ivy par-dessus son épaule. « Il va se crever les yeux avant même d'avoir pris un bon départ dans la vie. »

Le bébé agitait vaguement son poing en direction du stylo bleu qui dépassait de la poche de poitrine de Lou Ann, mais il aurait été bien en peine de l'attraper ou de le sortir, même s'il en avait été de sa courte vie.

« D'accord, maman », répondit Lou Ann tranquillement. Elle enveloppa le bébé dans une fine couverture malgré la chaleur, elle ne tenait pas à ce que l'une ou l'autre femme se remette à faire des histoires. « Viens que je t'aide à descendre les marches, grand-mère », proposa-t-elle, mais grand-mère Logan écarta sa main.

Avec les vagues de chaleur qui montaient du sol, l'herbe brune et les troncs des palmiers semblaient se trémousser au-dessus du trottoir, rappelant à Lou Ann des dessins animés de lointains pays où des palmiers dansaient le tamouré. Elles arrivèrent à l'arrêt du bus flanqué de son banc en béton.

« Vous asseyez pas dessus, s'écria-t-elle. Il doit être brûlant comme un tisonnier avec ce soleil. »

Grand-mère Logan et Ivy s'écartèrent du banc tels des enfants effarouchés, et Lou Ann fut bien aise de pouvoir leur apprendre quelque chose qu'elles ne savaient pas déjà. Les trois femmes restèrent debout à côté du banc, à regarder dans la direction où apparaîtrait le bus.

« Pouah, qu'est-ce que ça pue ! » s'exclama grand-mère Logan quand le bus arriva.

Ivy entoura de ses bras Lou Ann et le bébé, puis ramassa les deux sacs et monta dans le bus, soulevant bien haut ses pieds pour atteindre les marches. Une fois dedans, elle se retourna vers sa belle-mère, et sa vigoureuse main fripée se referma sur les vieux poings osseux. Le conducteur du bus, appuyé sur ses coudes contre le volant, regardait droit devant lui.

« Si seulement t'étais pas si loin », cria Ivy alors que les portes se rejoignaient dans un sifflement.

« Je sais », répondit Lou Ann du bout des lèvres. « Fais au revoir à ton arrière-grand-mère », souffla-t-elle au bébé, mais les deux femmes étaient installées de l'autre côté et ne pouvaient pas les voir.

Elle s'imagina courant après le bus et tambourinant à la portière, le conducteur la laissant monter et s'installer avec son bébé sur le large siège entre sa mère et sa grand-mère. « Dis à ta mère de me faire passer ce pot de thé, lui dirait grand-mère Logan. Le temps qu'on arrive dans le Kentucky, je serai plus desséchée qu'une vieille clôture de bois. »

À une centaine de mètres de l'autre côté de la rue, le vieux Bobby Bingo vendait des légumes dans sa camionnette délabrée. Lou Ann avait été tentée par ses tomates, qui lui semblaient plus appétissantes que les espèces de cailloux roses vendus à l'épicerie ; plus qu'à des tomates, ils faisaient penser à ces fruits pâlichons de la ville, mûris sans doute dans quelque entrepôt. Elle avait fini par trouver le courage de demander combien elles coûtaient et avait été surprise d'apprendre qu'elles étaient moins chères que les tomates de l'épicerie. Sur le chemin du retour elle décida d'en acheter à nouveau.

« Salut, la dame aux tomates, lança Bingo. Je me souviens de vous. »

Elle rougit.

« Elles sont toujours à quarante-cinq *cents* la livre ?

– Non, cinquante-cinq. Fin de saison.

– Ça fait rien. C'est bon marché quand même. »

Elle examina toutes les tomates de la caisse, en choisit six et les tendit au vieil homme une par une de sa main libre. De l'autre main, elle ajusta le bébé sur sa hanche, prenant spécialement soin, comme on le lui avait recommandé, de soutenir sa tête branlante.

« Vos tomates sont les premières que je trouve bonnes depuis que je suis partie de chez moi. »

Elle sentit son cœur faire un truc bizarre quand elle prononça les mots « chez moi ».

La peau de Bobby Bingo ressemblait à une pomme de terre au four. Légume sur toute la ligne, pensa Lou Ann. Mais elle ne pouvait s'empêcher de l'aimer.

Il la regarda du coin de l'œil.

« Je me disais bien que vous étiez pas d'ici. » Il secoua un paquet de sacs en plastique informe, en choisit un avec des lettres rouges, et y fourra les tomates. « Soixante-quinze *cents* », annonça-t-il, les soupesant dans sa main avant de les poser sur la balance. « Et une pomme pour Johnny », ajouta-t-il, en prenant une pomme rouge qu'il agita sous le nez du bébé.

« Il s'appelle Dwayne Ray, et je suis sûre qu'il vous dit un grand merci, malheureusement il a pas encore de dents. »

Lou Ann riait. Elle était gênée, mais c'était tellement bon de rire qu'elle eut peur de se mettre à pleurer.

« Tant mieux, décida Bingo. Dès qu'ils ont des dents, ils se mettent à mordre. Vous le connaissez, mon fils ? »

Lou Ann fit non de la tête.

« Évidemment que vous le connaissez. Il passe à la télé tous les soirs, il vend des voitures. C'est vraiment quelqu'un d'important.

– Désolée, répondit-elle. J'ai pas la télé. Mon mari l'a emportée dans son nouvel appartement. »

Elle n'en revenait pas. Après avoir abusé sa propre mère et sa grand-mère pendant deux semaines entières, elle avouait à un parfait inconnu rencontré dans la rue que son mariage était un échec.

Il secoua la tête.

« C'est pas grave. Chaque fois que je le vois sur l'écran, ça me rend malade. Il a même abandonné son propre nom – Bill Bing, qu'il dit. " Présentez-vous à Bill Bing Cadillac. Bill Bing a exactement ce qu'il vous faut. " Vous savez, j'ai toujours voulu qu'il devienne quelqu'un. Eh bien, regardez-le donc maintenant. Il mange même pas de légumes. S'il était ici en ce moment il vous dirait qu'il me connaît pas. " Débarrasse-toi de cette vieille guimbarde, qu'il me dit. Qu'est-ce que t'as besoin de vendre ces saloperies ? Je pourrais te payer une maison à Beverly Hills ", il me dit. " Quoi ? j'y réponds. T'es pas fou ? Beverly Hills ? Ils mangent même pas de légumes, je parie, à Beverly Hills, rien que du crabe d'Alaska et des gressins, je lui dis. Tu veux me faire plaisir ? Donne-moi une Cadillac neuve et j'installerai mes légumes dans le coffre. " » Bingo secoua la tête. « Vous voulez du raisin ? J'en ai du bon cette semaine.

– Non, juste les tomates. »

Elle lui tendit soixante-quinze *cents*.

« Tenez, prenez le raisin. Johnny le mangera. Sans pépins. » Il le fourra dans le sac avec les tomates. « Vous voulez que je vous dise quelque chose, ma petite dame aux tomates ? Ce qu'on désire le plus fort, eh bien, c'est ce qui vous fait le plus de mal. »

De retour à la maison, elle coucha le bébé pour sa sieste, puis lava soigneusement ses légumes et les mit dans le réfrigérateur. Elle sentait en permanence le regard de sa mère posé sur ses mains. « Ce qui vous fait le plus de mal », répéta-t-elle à voix basse, jusqu'à être excédée par sa propre voix. Elle rasait presque les murs, comme si son imposante mère et son exigeante grand-mère occupaient encore quasiment tout l'espace ; la maison lui semblait à la fois vide et encombrée, et Lou Ann ressentit un désir impérieux de quelque chose à quoi elle n'arrivait pas à donner un nom, peut-être un aliment qu'elle n'avait pas mangé depuis longtemps. Elle tira les rideaux de la pièce de devant pour laisser entrer la lumière. Le ciel était dur et éclatant, pas un ciel bleu gorgé d'eau. Curieusement, elle était encore surprise parfois quand elle ouvrait cette fenêtre, de ne pas voir le Kentucky.

Elle remarqua la bouteille de Coca-Cola posée sur la commode basse en compagnie de deux épingles à cheveux de sa grand-mère. La vue de ces vieilles épingles à cheveux lui fit comme froid dans le dos. Une fois elle avait trouvé une paire de gants de travail de son père dans la grange à tabac, elles avaient gardé la courbure de ses mains, longtemps après sa mort.

La bouteille avait laissé un cercle mouillé sur le bois, que Lou Ann entreprit d'essuyer avec le bas de son pull. Elle craignait que le meuble ne se tache, car il ne lui appartenait pas vraiment. La maison avait été louée meublée. Elle se demanda un long moment ce qu'elle allait bien pouvoir faire de la bouteille, et la posa finalement sur l'étagère de verre de l'armoire à pharmacie, dans la salle de bains.

Plus tard, alors qu'elle donnait le sein au bébé dans la pièce de devant, elle ferma les yeux et s'efforça de se rappeler son baptême à Tug Fork. Elle voyait une enfant dans une robe blanche, ses bras bronzés crispés le long du corps, et elle entendit son cri alors qu'on la faisait basculer, mais elle ne parvint pas à ressentir la terreur de l'enfant quand ses genoux se relâchèrent et que l'eau recouvrit son visage. La lumière crue qui entrait par la fenêtre était comme de l'eau derrière ses paupières closes et elle voyait la scène avec une parfaite netteté. Mais elle n'éprouvait rien. Elle pensa à sa mère et automatiquement changea le bébé de côté.

Elle lui donnait toujours le sein quand Angel rentra à la maison. Elle ouvrit les yeux. La lumière de fin d'après-midi sur les montagnes les rendait roses et plates comme une carte postale.

Elle entendit Angel dans la cuisine. Il s'affaira un grand moment avant de s'adresser à Lou Ann, et elle remarqua que sa présence ne lui faisait pas le même effet que celle des femmes qui emplissaient la maison. Il pouvait très bien être là, ou pas, ça ne changeait pas grand-chose. Comme une araignée ou une souris qui gratte dans un placard la nuit – on pouvait se lever pour les chasser ou se rendormir et les laisser faire. C'était une bonne chose, décida-t-elle.

Quand il pénétra dans la pièce de devant, elle entendit le cliquetis de sa jambe.

« Elles sont parties ? demanda-t-il dans son dos.

– Oui.

– J'emporte mes affaires de rasage. » Angel portait la moustache mais il se rasait le visage souvent, à l'occasion deux fois par jour. « T'as pas vu la boucle de ma ceinture ? Celle qui est en argent avec la jambe de chien dessus.

– Avec quoi dessus ?

– La jambe de chien. C'est une corde avec un nœud.

– Oh, je me demandais ce que c'était.

– Alors, tu l'as vue ?

– Non. Enfin, pas récemment.

– Et ma casquette Toros ?

– Tu veux dire la bleue ?

– Ouais.

– Tu l'as oubliée dans la voiture de Manny Quiroz, tu te rappelles pas ?

– Merde, Manny est parti à San Diego.

– Eh bien, j'y peux rien. Tu l'as oubliée.

– Merde. »

Il se tenait suffisamment près d'elle pour qu'elle sente la légère odeur douceâtre de la bière dans son haleine. C'était une odeur familière, mais aujourd'hui Lou Ann se posait des questions sur les bars, l'usine d'embouteillage, tous ces endroits qu'Angel fréquentait chaque jour et qu'elle n'avait jamais vus. Elle tourna la tête juste à temps pour le voir quitter la pièce, les bras de chemise roulés jusqu'aux coudes, et sale d'avoir fait elle ne savait quoi toute la journée. Un bref instant, pas plus qu'un battement de cœur, il lui parut étrange de vivre dans la même maison qu'une personne qui n'était même pas de sa famille.

Mais bien sûr qu'il est de ma famille. C'est mon mari. C'était mon mari.

« Qu'est-ce que c'est que ce truc-là ? » cria-t-il depuis la salle de bains.

Elle s'adossa dans le rocking-chair orienté vers la grande fenêtre à l'est. « C'est de l'eau de Tug Fork, le ruisseau dans lequel j'ai été baptisée. Moi et pratiquement tout le reste de la famille, je suppose. Grand-mère Logan l'a apportée pour baptiser Dwayne Ray. C'est bien d'elle d'apporter quelque chose comme ça, non ? »

Elle entendit le glouglou de l'eau quand il vida la bouteille dans le lavabo. Le bébé têtait et c'était bon, elle avait l'impression qu'il allait littéralement aspirer la douleur de son sein.

5

Espace harmonieux

Le *Republic Hotel* était situé tout près du point précis où la voie ferrée, qui à une certaine époque avait plus ou moins fait fonction d'artère de la cité, trouait la vieille cage thoracique branlante de Tucson et s'apprêtait à s'enfoncer dans le dédale d'oreillettes et de ventricules de la gare ferroviaire. Autrefois, tel un vaisseau sanguin qui alimente les poumons en plaquettes, elle avait sans doute insufflé à la ville un peu de sang neuf. Mais aujourd'hui, si tant est qu'on puisse encore la qualifier d'artère de Tucson, il fallait bien admettre qu'elle était sclérosée.

À l'endroit où il pénétrait au cœur de la vieille ville, le train ralentissait et laissait échapper un long sifflement fatigué. Le sifflement s'adressait-il aux voitures arrêtées aux passages à niveau un peu plus loin, ou était-il destiné à avertir les resquilleurs tapis au fond des wagons couverts qu'il était temps de déguerpir, je ne sais. Le fait est qu'il retentissait toujours vers six heures quinze, et j'en suis venue à le considérer comme mon réveille-matin.

Parfois le son s'insinuait dans un rêve. J'entendais le train siffler interminablement dans mon sommeil, tandis que je m'efforçais de soulever une lourde bouilloire posée sur le réchaud ou pourchassais un cheval en fuite emportant Turtle qui criait au meurtre (ce qu'elle n'avait encore jamais fait dans la vie). Enfin le son forçait l'écran de mes yeux et le jour était là. Les rideaux bordeaux façon cachemire taillés dans un dessus-de-lit indien, la tache brun orangé sur le lavabo en porcelaine là où le robinet gouttait, le lit de camp de l'armée sur lequel Turtle était endormie, saine et sauve au *Republic Hotel*. Certains matins c'était comme ça.

D'autres fois je me réveillais avant que le sifflement ne retentisse et je restais là couchée à attendre comme si ma journée n'avait pas pu commencer sans lui. Et c'est ce qui se passait le plus souvent ces derniers temps.

La vie n'était pas rose. J'avais pas fait six jours au *Burger Derby* que j'ai eu avec le directeur une dispute au cours de laquelle j'ai jeté ma casquette rouge de soi-disant jockey dans le broyeur d'ordures avant de prendre la porte. J'y aurais volontiers jeté le reste de l'uniforme, mais j'étais pas d'humeur à lui offrir un spectacle à l'œil.

Je dirais pas que je n'y ai pas eu de bons moments. Quand on était de service ensemble le matin, Sandi et moi, on rigolait bien. Je lui racontais toutes sortes d'anecdotes que j'avais entendues sur les haras, comme le fait que les chevaux vraiment nerveux avaient la télé dans leur stalle. Ce qui était censé faire baisser leur tension.

« Ce qu'ils adorent, c'est les vieilles rediffusions de *Mr. Ed*, lui affirmais-je d'un air impassible.

– Non ! C'est pas vrai. Tu me fais marcher ?

– Et ils *supportent* pas les publicités pour la gélatine Knox. »

Elle démarrait au quart de tour, mais franchement elle avait bien du mérite. Elle avait reçu en héritage un plein camion de fumier sans adresse de retour. Le père de son bébé était allé raconter à tout le monde que Sandi était une schizophrène notoire et qu'elle avait tiré au hasard dans l'annuaire du lycée le nom de son futur mari quand elle avait découvert qu'elle était enceinte. Peu après, le père de ce garçon avait été muté, et toute la famille était partie s'installer à Oakland, en Californie. La mère de Sandi l'avait mise à la porte, et elle habitait à présent avec sa sœur aînée Aimee, qui en nouvelle convertie trop zélée mettait un point d'honneur à lui faire payer un loyer : elle estimait en effet que ç'aurait été fermer les yeux sur le péché que d'héberger gratuitement Sandi et son fils illégitime.

Mais rien ne semblait vraiment ébranler Sandi. Elle savait un tas de choses : comment frotter un glaçon sur les gencives d'un bébé qui faisait une dent, où se procurer des vêtements d'enfants d'occasion pour trois fois rien. On se relayait pour aller jeter un coup d'œil sur Turtle et Seattle, et à la fin de la journée on partait ensemble au centre commercial les récupérer. « J'hésite », claironnait-elle, forçant la note, alors qu'on faisait la queue à la garderie. « Vais-je choisir le fauteuil inclinable en cuir véritable ou le plaid vert avec l'apprêt anti-tache ? » « Prenez tout votre temps, je lui répondais. La nuit porte conseil. Revenez demain. »

Je retrouvais Turtle assise là où je l'avais posée le matin, les deux mains arrimées à un affreux chien en peluche éventré, à un livre déchiré, ou à la veste d'un autre enfant, les yeux fixés sur un point invisible, comme le font les chats. À croire que tout en occupant le même espace que le nôtre, ils vivent dans un monde à part rempli de choses fascinantes, des souris, des moineaux ou même des émissions de télé spéciales que nous ne voyons pas.

Kid Central Station ne valait rien à Turtle. Je le savais.

Au bout de six jours le directeur du *Burger Derby*, Jerry Speller, cette petite andouille qui s'imaginait qu'être responsable de la bonne marche d'un *steak house* faisait quasiment de vous le maître de l'univers, a déclaré que je n'avais pas la bonne attitude, et je lui ai rétorqué qu'il avait parfaitement raison, je devais avouer que je n'avais pas la vénération qui sied pour l'institution qu'il représentait. Pour l'en convaincre, j'ai jeté ma casquette dans le broyeur d'ordures et je l'ai mis en marche. Sandi a été tellement impressionnée qu'elle a fait brûler les frites deux fois de suite.

L'objet de la querelle était l'uniforme du *Burger Derby*. Les shorts, en fin de compte, n'étaient pas réellement en plastique, mais dans un mélange de coton et de polyester recouvert d'un apprêt brillant qui nécessitait un nettoyage à sec. Trois dollars vingt-cinq de l'heure, plus une branche de céleri, et il vous fallait en plus apporter votre short au pressing !

De ce fait, j'ai un peu perdu de vue Sandi. Ç'a été mon seul regret. Naturellement, j'ai dû trouver un autre endroit où petit-déjeuner. Il y avait une demi-douzaine de cafés dans le quartier, et si je ne me sentais chez moi dans aucun, j'y ai découvert néanmoins une nouvelle ressource : les journaux. Sur les tables, parmi les tasses de café douteuses, les pelures d'oranges et les miettes de croissants, les gens laissaient souvent le journal du jour.

Une femme du nom de Jessie, cheveux blancs en bataille et bottes de pluie avachies, faisait régulièrement irruption dans les restaurants et piquait les fruits et les écorces de melon sur les tables. « C'est pas pour les manger », expliquait-elle à tout le monde et à personne, alors qu'elle avançait péniblement sur le trottoir en poussant un chariot aux odeurs intéressantes qui avait appartenu en d'autres temps au supermarché Safeway. « C'est pour mes natures mortes. » Elle m'a expliqué qu'elle ne peignait que des madones : *La Madone à l'écorce d'orange. La Madone et l'Enfant aux fraises.* Ensemble, on a formé une sorte d'équipe de nettoyage. Je m'occupais des journaux, elle prenait le reste.

La lecture quotidienne des petites annonces a donné un nouveau sens à ma vie. La rubrique des locations, on s'en doute, c'était de la plaisanterie en ce qui me concernait, mais il n'était pas rare de tomber sur des offres d'appartement à partager, solution que je n'avais pas envisagée. J'entourais tout ce qui me semblait prometteur, bien que les gens me paraissent incroyablement pointilleux sur le choix des personnes avec qui ils avaient l'intention de vivre.

« Cherche artiste mûr et responsable ou étudiant licencié pour vie communautaire ; responsabilités partagées, sensibilité indispensable. »

« Femme végétarienne non fumeur cherche à partager espace harmonieux avec Vierge perspicace et chat. »

J'ai commencé à entrevoir que partager un espace harmonieux avec une Vierge perspicace risquait fort d'exiger des aptitudes plus grandes que celles d'un phlébotomiste diplômé de l'état d'Arizona.

Mon principal souci, pourtant, était d'arriver à localiser les adresses en question sur mon plan des différentes lignes de bus. À la fin de la semaine, je me suis décidée à aller voir par moi-même. Une annonce disait, entre autres choses : « Doit être ouvert aux idées nouvelles. » L'autre disait : « Jeune maman a besoin de compagnie. Chambre personnelle, loyer modéré, promets que je ne vous embêterai pas. Enfants bienvenus. » La première avait un parfum d'aventure et la deuxième me donnait l'impression que je serais acceptée d'emblée. J'ai enfilé un jean propre bien raide, j'ai natté mes cheveux et j'ai donné un bain à Turtle dans le lavabo. Elle avait maintenant des vêtements à elle, mais en souvenir du bon vieux temps je lui ai enfilé mon T-shirt je-suis-super-chouette de Kentucky Lake. Juste pour nous porter chance.

Les deux maisons étaient proches du centre-ville. La première était une grosse bâtisse en piteux état, agrémentée d'une douzaine de carillons différents qui se balançaient sous la véranda. L'un d'eux était fait avec les clefs argentées d'un instrument de musique, flûte ou clarinette, et même Turtle a semblé s'y intéresser. Je n'avais pas frappé qu'une femme s'est présentée à la porte.

Elle m'a fait entrer et a crié : « C'est les petites annonces. » Trois sujets en argent – une demi-lune, une étoile et un soleil souriant – tintaient au lobe de son oreille gauche si bien qu'on aurait dit un carillon ambulant. Elle était nu-pieds et portait une jupe qui me rappelait les rideaux de ma chambre d'hôtel. Il n'y avait pas de meubles à proprement parler dans la pièce, seulement un tapis bariolé et des piles de coussins posés çà et là. J'ai attendu de voir ce qu'elle allait faire. Elle s'est nichée dans l'une d'elles, recouvrant prestement ses genoux de sa jupe. J'ai remarqué qu'elle portait de fins anneaux d'argent à quatre de ses orteils.

Une autre femme est apparue à l'entrée de la cuisine, dans laquelle j'ai été soulagée d'apercevoir une table et des chaises. Un grand type maigre à la poitrine glabre s'est accroupi un instant à une autre porte, frottant une masse de cheveux orange qui lui donnait des airs de chat mouillé. Il ne portait rien d'autre qu'une espèce de short style surfeur tenu par une corde purement décorative. Je n'avais pas la moindre idée de leur âge. Je m'attendais à tout moment à voir apparaître à une autre porte un parent quelconque qui demanderait à l'Apollon des plages de bien vouloir remettre sa chemise, mais après tout ils étaient peut-être plus âgés que moi. Nous nous sommes tous installés sur les coussins.

« Je m'appelle Fei », a annoncé la femme aux pieds bagués, « F-E-I, et elle, c'est La-Isha. Lui, c'est Timothy. Il faut excuser Timothy, il a pris de la caféine hier et maintenant son homéostasie est déséquilibrée. »

J'ai supposé qu'ils parlaient de sa voiture, même si je ne connaissais pas les vertus automobiles de la caféine.

« C'est bien malheureux, ai-je hasardé. La caféine, je pense qu'il vaut mieux se contenter de la boire. »

Ils m'ont regardée avec des yeux ronds.

« Oh, je m'appelle Taylor. Voici Turtle.

– Turtle. Est-ce que c'est un nom d'esprit ? a demandé La-Isha.

– Certainement », ai-je répondu.

La-Isha était corpulente, ses pieds nus étaient larges et ses mollets ronds. Sa robe était une espèce de sarong, parsemé d'éléphants et de girafes noirs et blancs, et elle avait sur la tête une vraie jungle en guise de foulard. Quand je pense que j'avais été la proie des regards pour avoir porté du rouge et du turquoise ensemble ! Qu'on essaie donc de lâcher ces trois-là dans le comté de Pittman et les gens prendraient leurs jambes à leur cou.

Fei s'est chargée de l'interrogatoire.

« Est-ce que l'enfant habiterait ici avec vous ?

– Exact. Nous formons un seul et même lot.

– C'est cool, je n'ai rien contre les petites personnes, a-t-elle répondu. La-Isha, Timothy ?

– Je ne pensais pas vraiment dans ces termes-là, mais j'imagine assez bien la situation. Je suis capable de m'adapter aux enfants », a déclaré La-Isha, après quelques secondes de réflexion.

Timothy a décidé qu'il trouvait le bébé mignon, était-ce un garçon ou une fille ?

« Une fille », ai-je commencé, mais Fei ne m'a pas laissée terminer.

« Timothy, c'est une considération qui est vraiment hors de propos. » Puis, s'adressant à moi : « Les considérations de sexe sont non avenues dans cette maison.

– Oh, ai-je fait. C'est comme vous voulez.

– Que mange-t-elle ? a demandé La-Isha.

– Essentiellement ce qui lui tombe sous la main. Elle a avalé la moitié d'un hot-dog avec de la moutarde au petit déjeuner. »

Il y a eu un nouveau blanc dans la conversation. Turtle tirait d'un air bougon sur une clochette cousue à un coin d'oreiller, et je commençais moi-même à ne plus tenir en place. Tous ces genoux et ces mentons au même niveau ! Ça me rappelait un film interminable qui racontait l'histoire d'un cheik arabe. Peut-être La-Isha est-elle arabe, ai-je pensé, mais elle était manifestement très blanche, avec ses poils blonds sur les bras et ses paupières si roses. Pourquoi pas une Arabe albinos ? J'ai pris brusquement conscience qu'elle était en plein discours.

« Au moins quatre espèces différentes de toxines », expliquait-elle, davantage à la pièce tout entière qu'à moi en particulier. Ses yeux cerclés de rose commençaient à paraître enflammés. « Dans un hot-dog. » À présent, c'était bien à moi qu'elle s'adressait. « En aviez-vous conscience ?

– J'aurais plutôt dit sept ou huit, ai-je répliqué.

– Des nitrites », a ajouté Timothy.

Il tenait sa tête fermement entre ses mains, l'une collée à son menton, l'autre au sommet du crâne, et il l'inclinait d'un côté puis de l'autre jusqu'à faire entendre un léger craquement. J'ai commencé à me faire une idée sur les déséquilibres de l'homéostasie.

« Nous mangeons essentiellement des produits à base de soja, a déclaré Fei. Nous sommes en train de mettre sur pied une coopérative de lait de soja. Dans cette maison, chaque personne doit obligatoirement consacrer au moins sept heures par semaine à passer du lait caillé.

– Passer du lait caillé », ai-je répété. J'avais envie de dire : casser du vieux pédé, lâcher des pets salés. J'aime pas les pets salés, j'aime les violettes.

« C'est cela », a confirmé Fei de cette voix anormalement calme qui me donnait envie de lui jeter un coussin à la figure. « Il va de soi que l'enfant...

– Turtle, ai-je fait.

– J'imagine que Turtle en serait dispensée. Mais il nous faudrait apporter quelques modifications au partage des tâches... »

J'avais du mal à me concentrer. La-Isha plissait obstinément les yeux pour attirer l'attention de Fei. Ça m'a rappelé cette façon que Mrs. Hoge avait de branler constamment du chef comme pour dire non, non, à quelqu'un derrière vous.

« Mais parlez-nous donc un peu de vous », a fini par dire Fei. Je suis sortie brutalement de mes pensées, comme un gosse qui se fait rappeler à l'ordre à l'école. « Quel type d'espace envisagez-vous pour vous-même ? » Je rapporte ici ses propres paroles.

« Oh, Turtle et moi, on est cool, ai-je répondu. Pour l'instant, on a une chambre en ville au *Republic*. J'ai fourgué de la friture au *Burger Derby* pendant un certain temps, mais je me suis fait virer. »

La-Isha a nettement accusé le coup. J'ai imaginé tous les petits éléphants de sa robe frappés en plein cœur par un minuscule pistolet électrique. Timothy s'efforçait d'attirer l'attention de Turtle en faisant des grimaces, sans succès pour l'instant.

« D'habitude les petits enfants raffolent des grimaces, m'a-t-il informée. Elle m'a l'air un peu paumée.

– Elle est tout à fait capable de décider de quoi elle raffole.

– Elle a vraiment beaucoup de cheveux. Quel âge a-t-elle ?

– Dix-huit mois », ai-je lancé. Au hasard.

« Elle a l'air très indienne.

– Native d'Amérique, a corrigé Fei. En effet. Est-ce que son père est natif d'Amérique ?

– Son arrière-arrière-grand-père était un pur

Cherokee. De mon côté. Ça saute une génération, comme les cheveux roux, vous le saviez pas ? »

La deuxième maison de ma liste se trouvait juste de l'autre côté du parc, en face de *Seigneur Jésus.* C'était celle de Lou Ann Ruiz.

Au bout de dix minutes Lou Ann et moi on était installées dans la cuisine à boire du Pepsi Light et à se fendre la pêche à propos d'homéostasie et de lait caillé. On avait déjà découvert que les villes où on avait grandi n'étaient séparées que par deux comtés, et qu'on avait assisté au même concert de Bob Seger à la foire de l'état du Kentucky pendant mon année de terminale.

« Et alors, qu'est-ce qui s'est passé ? »

Lou Ann en avait les larmes aux yeux. Loin de moi l'idée de rabaisser ces gens, ils étaient sûrement très gentils, mais le fait est que cette histoire était de plus en plus drôle.

« Rien du tout. Ils étaient si polis à leur manière, c'en était pathétique. Tu comprends, c'était clair comme le jour qu'ils prenaient Turtle pour une demeurée et s'imaginaient que je venais d'un coin de la planète Mars où on sait même pas ce que c'est qu'une salle de bains. Ce qui les empêchait pas de continuer à me demander, entre autres choses, si je voulais pas une infusion de luzerne. »

J'avais fini par leur dire non merci, nous allions nous sauver et essayer de nous imaginer dans un autre espace.

Lou Ann m'a fait visiter le reste de la maison, à l'exception de sa chambre, où dormait le bébé. Turtle et moi, on aurait une chambre pour nous deux, ainsi que la véranda de derrière si ça nous tentait. Avec sa moustiquaire, c'était un endroit merveilleux où dormir pendant l'été. Tout en allant d'une pièce à l'autre, on parlait à voix basse pour ne pas réveiller le bébé.

« Il est tout juste de janvier », m'a expliqué Lou Ann de retour dans la cuisine. « Et le tien, quel âge il a ?

– Pour te dire la vérité, je le sais même pas. Elle est adoptée.

– Et on t'a rien dit quand tu l'as adoptée ? Ils t'ont pas donné un extrait de naissance ou quelque chose ?

– C'était pas une adoption officielle. C'est quelqu'un qui me l'a plus ou moins donnée.

– Tu veux dire que tu l'as trouvée à ta porte dans un panier, une histoire dans ce style ?

– Exactement. Sauf que c'était dans ma voiture et qu'il y avait pas de panier. Maintenant que j'y pense, il aurait dû y avoir au moins un panier. Les Indiens font de bons paniers. Elle est indienne.

– Y'avait même pas un mot ? Comment tu sais qu'elle s'appelle Turtle ?

– Je le sais pas. C'est moi qui lui ai donné ce nom. C'est provisoire. J'attends de savoir comment elle s'appelle vraiment. Ça viendra bien un jour ou l'autre. »

Turtle était assise dans une chaise haute qui me semblait beaucoup trop grande pour un gosse né au mois de janvier. Sur le plateau étaient étalées des décalcomanies de Kermit la Grenouille et de Miss Piggy, que Turtle frappait avec sa main. Elle n'avait rien à quoi s'agripper. Je l'ai soulevée de la chaise et l'ai installée sur mon épaule pour qu'elle puisse attraper ma natte. Elle ne la tirait pas, elle se contentait de s'y cramponner comme à une bouée de sauvetage. C'était une de nos positions habituelles.

« Ça me dépasse, a dit Lou Ann. Que quelqu'un la plante là comme un pauvre chiot.

– Ouais, je sais. Je crois que c'était quelqu'un qui l'aimait pourtant, aussi bizarre que ça puisse paraître. Turtle en bavait, vraiment. Je sais pas si elle s'en serait sortie autrement. »

Un gros chat gris à pattes blanches dormait sur le rebord de la fenêtre au-dessus de l'évier. C'était du moins ce que je croyais, jusqu'au moment où d'un bond il a disparu de la cuisine. Lou Ann tournait le dos à la porte, mais je voyais le chat dans la pièce à côté. Il décrivait des cercles sur le tapis du salon, jetant ses pattes en arrière de façon répétée, couvrant de sable invisible une crotte de chat invisible elle aussi.

« Tu devineras jamais ce que ton chat est en train de faire.

– Oh, que si. On dirait qu'il vient de faire caca, c'est ça ?

– Oui, sauf qu'il n'a rien fait, apparemment.

– Je sais, c'est toujours comme ça. Je crois qu'il fait un dédoublement de personnalité. Le chat bien élevé se réveille et se dit que le chat mal élevé vient de faire sa crotte sur le tapis. Tu sais, on l'a eu tout petit et je l'ai appelé Snowboots, mais Angel trouvait ça idiot et il l'appelait toujours Pachuco. Et puis un jour, avant la naissance de Dwayne Ray, il s'est mis à faire ça. Au fait, Angel est mon ex-mari. »

Il fallait un minimum de concentration pour suivre qui était le chat et qui le mari.

Lou Ann poursuivait : « Donc, l'autre jour, j'ai lu

dans une revue qu'une des causes majeures de dédoublement de personnalité c'est quand les parents traitent un enfant de façon vraiment différente, par exemple si l'un répète tout le temps que quelque chose est bien, alors que l'autre lui dit que c'est mal. Le gamin se croit obligé d'être les deux à la fois.

– C'est étonnant. Ton chat aurait sa place dans *Le Livre des prodiges.* Ou alors dans une rubrique genre courrier des lecteurs, où les gens racontent les choses adorables que font leurs animaux, comme ces perroquets qui sifflent du jazz ou ces chats qui ne veulent dormir que sur une certaine serviette avec des poissons rouges dessus.

– Oh, je voudrais pour rien au monde voir les manies de Snowboots étalées au grand jour. C'est trop gênant. C'est la preuve par neuf qu'il vient d'un foyer désuni, tu crois pas ?

– Qu'est-ce que ça veut dire Pachuco ?

– C'est un voyou mexicain. Du genre qui peint des inscriptions à la bombe sur les murs ou fait partie d'un gang. »

Pachuco alias Snowboots n'en avait pas terminé avec le tapis du salon.

« Sans rigoler, tu devrais leur envoyer ton histoire. C'est sûrement bien payé – c'est incroyable le genre de choses qui peuvent rapporter de l'argent. Au pire, ils t'enverront un paquet de nourriture pour chat.

– J'ai failli gagner une année de couches gratuites pour Dwayne Ray. C'est mon fils.

– Oh. Qu'est-ce qu'il fait ? »

Lou Ann a ri. « Oh, il est normal. Il est bien le seul dans cette maison, je peux te le dire. Tu veux encore un peu de Pepsi ? » Elle s'est levée pour nous resservir. « Alors, t'es venue jusqu'ici en voiture, en avion, ou quoi ? »

Je lui ai expliqué que c'était en traversant la réserve indienne que j'avais hérité de Turtle.

« Nos chemins ne se seraient jamais croisés si j'avais pas tordu mon arbre de transmission.

– Ma foi, quitte à avoir des problèmes valait mieux que ce soit en voiture qu'en avion », a-t-elle remarqué tout en frappant le bac à glaçons sur le plan de travail.

J'ai senti que Turtle tressaillait sur mon épaule.

« J'avais pas envisagé les choses sous cet angle, ai-je dit.

– Je pourrais jamais prendre l'avion. Ah non, ça jamais. Tu te rappelles l'hiver où un avion est tombé, plouf, tout droit dans ce fleuve glacé à Washington ? À la télé, je les ai vus qui sortaient des corps complètement raides, les genoux et les bras repliés comme ces petits cow-boys en plastique qui sont censés être à cheval, mais quand on perd le cheval ils servent plus à rien. Oh mon Dieu, c'était affeux. J'entends encore l'hôtesse en train de dire : “ Attachez vos ceintures, messieurs-dames ”, avec un calme, ma chère, comme si elle disait : “ Ne vous inquiétez pas, nous avons juste ceci à vous dire ”, et t'as pas le temps de faire ouf que t'es plus qu'un bloc de glace. Oh zut, y'a Dwayne Ray qui se réveille de sa sieste. Je vais le chercher. »

Effectivement je me souvenais de l'accident d'avion. À la télé ils avaient montré un hélicoptère qui avait lâché une corde pour récupérer la seule hôtesse survivante dans une rivière gelée remplie de gens morts. Je revoyais parfaitement comment elle s'était cramponnée à la corde. On aurait dit Turtle.

Lou Ann est bientôt revenue avec le bébé.

« Dwayne Ray, viens que je te présente nos nouveaux amis. Dis bonjour. »

Il était tout petit petit, avec une peau si fine qu'on voyait pratiquement au travers. Il m'a rappelé l'écorché de la salle de biologie de Hughes Walter.

« Il est adorable, ai-je fait.

– Tu le penses vraiment ? Tu comprends, je l'aime à la folie, ça s'est sûr, mais j'arrive pas à me sortir de l'idée qu'il a la tête plate.

– C'est normal. Ils sont comme ça au début, et au bout d'un moment, c'est comme si le front se bombait d'un seul coup.

– Ah bon ? Je savais pas. On me l'a jamais dit.

– C'est la vérité. J'ai travaillé dans un hôpital. J'ai vu tout un tas de nouveau-nés, et ils avaient tous la tête plate comme une limande. »

Elle a pris un air sérieux et a dorloté son bébé un moment sans rien dire.

« Alors qu'est-ce que t'en penses ? ai-je dit finalement. C'est d'accord pour qu'on s'installe ?

– C'est d'accord ! » L'espace de quelques secondes, ses grands yeux et sa façon de tenir le bébé m'ont rappelé Sandi. La dame au chariot Safeway aurait pu les peindre toutes les deux : *Madone étonnée aux yeux de tournesol.* « Évidemment que tu peux t'installer, a-t-elle ajouté. J'étais pas sûre que t'en aurais envie.

– Et pourquoi pas ?

– Ben ! mon Dieu, t'es là toute mince et intelligente et mignonne et tout ça, et moi et Dwayne Ray, tu vois, on est là comme des pauvres imbéciles à essayer de s'en sortir. Quand j'ai fait passer cette annonce, je m'suis dit : C'est bien quatre dollars dans le trou des toilettes ; qui est-ce qui serait assez cinglé pour venir s'installer avec nous ?

– Ça suffit. Arrête de parler comme si tu valais pas un clou. Et moi, qu'est-ce que je suis ? Juste une péquenaude qui sort de Dieu sait quel bled paumé, avec cette enfant adoptée que tout le monde me répète qu'elle est bête comme un tas de cailloux. J'ai rien à t'envier, ma fille. Crois-moi. »

Lou Ann s'est mis la main devant la bouche.

« Quoi ? j'ai demandé.

– Rien. »

Je voyais très bien qu'elle souriait.

« Allons, qu'est-ce qu'il y a ?

– Ça fait si longtemps, a-t-elle fait. Tu parles exactement comme moi. »

6

La Saint-Valentin

La première vraie gelée de l'hiver est arrivée le jour de la Saint-Valentin. Les haricots violets de Mattie pendaient à la clôture comme de longues lanières de bœuf en train de sécher au soleil. Ça m'a serré le cœur de voir cette jungle multicolore transformée en une espèce de bouillie noire et visqueuse, surtout ce jour-là où tout le monde un peu partout envoyait ou recevait des fleurs. Mais Mattie en avait vu d'autres.

« C'est le cycle de la vie, Taylor. Les vieilles choses doivent périr pour que les nouvelles puissent voir le jour. »

Elle m'a expliqué que le gel donnait meilleur goût aux choux verts et aux choux de Bruxelles. À mon avis elle en rajoutait. La veille, elle avait écouté la météo et avait récolté un plein seau de petites billes dures sur les pieds de tomates, et ce matin son four était garni de tartes aux tomates vertes. Je sais que ça peut sembler aussi appétissant que ces tartes à la terre et aux hannetons que fabriquent les gosses, mais honnêtement le four dégageait une odeur délicieuse.

J'avais accepté de travailler à *Seigneur Jésus, Pneus d'occasion.*

Si j'avais trouvé un moyen quelconque d'y échapper, je l'aurais fait. J'adorais Mattie, mais vous connaissez mon problème avec les pneus. Chaque fois que j'allais la voir pour prendre des nouvelles de ma voiture, je me faisais l'effet de John Wayne dans ce film de guerre où il enfile son casque, avale une lampée de bourbon, et fonce à travers un champ de mines en criant quelque chose du genre : « Vivez libre ou crevez ! »

Cela dit, Mattie était la seule amie avec qui je pouvais parler sans me ruiner en téléphone, jusqu'à ce que je rencontre Lou Ann bien sûr. Alors quand elle s'est mise à m'expliquer qu'elle avait besoin de quelqu'un pour l'aider au garage, j'ai essayé de changer poliment de sujet. Il se trouvait toujours quelqu'un pour la dépanner, avait-elle ajouté, mais quand on n'était pas là à demeure, on n'avait pas le temps de prendre le coup pour certaines choses comme les parallélismes et les poses de rustines. Je lui ai répondu que je n'avais pas la moindre aptitude pour ce genre de travail. Au fait, est-ce que c'était un vrai scorpion que j'avais vu à la boucle de la ceinture du type qui venait de partir ? Pensait-elle qu'il allait geler à nouveau ? Comment s'y prenait-on pour fixer toutes ces boucles et ces étoiles sur les bottes de cow-boy, est-ce qu'il existait des machines à coudre spéciales ?

Mais quand Mattie avait quelque chose dans le crâne, il était inutile d'insister. Elle était sûre et certaine que les pneus, ça m'irait comme un gant. Entre deux clients, elle bavardait avec moi et Turtle, puis elle nous renvoyait avec un sac plein de choux et de petits pois, en me disant : « Réfléchis-y, ma chérie. Retourne-le bien dans ta tête. »

Le jour où Mattie m'a annoncé qu'elle allait me donner deux pneus neufs en prime et me montrer comment réparer l'allumage de ma voiture, j'ai compris que je serais idiote de refuser. Elle payait deux fois mieux que le *Burger Derby*, et naturellement il n'y aurait pas de tenue ridicule à apporter au pressing. Si je devais exploser, au moins ce serait dans des vêtements normaux.

Par bien des côtés c'était une solution parfaite. On pouvait pas rêver mieux que Mattie. Elle était patiente et gentille, et elle me laissait prendre Turtle avec moi si ça m'arrangeait. Lou Ann gardait bien la petite certains jours, mais si elle avait des courses à faire ou un médecin à consulter, alors un seul bébé suffisait largement à son bonheur. Je me sentais un peu coupable de refiler Turtle à Lou Ann, mais elle affirmait que Turtle était si peu encombrante qu'on avait tendance à l'oublier. « Elle mouille même pas vraiment ses couches », disait Lou Ann. C'était vrai. Le but principal de Turtle dans la vie, à part s'agripper aux choses, semblait être de passer inaperçue.

Chez Mattie l'animation ne manquait pas. Elle avait dit juste : on y voyait toutes sortes de gens, et pas seulement des clients, croyez-moi. Il y circulait un tas d'autres personnes qui parlaient espagnol et habitaient avec elle au premier étage, pendant des périodes plus ou moins longues. Un jour je l'ai questionnée à leur sujet et elle m'a demandé si je savais ce qu'était un refuge.

Je me suis rappelé les dépliants des stations-service.

« Tout à fait, ai-je répondu. C'est un endroit réservé aux oiseaux, où personne n'a le droit de leur tirer dessus.

– C'est ça. Il en existe aussi pour les humains. »

Elle n'était pas disposée à en dire davantage sur le sujet.

Généralement ces gens arrivaient ou repartaient dans le break du prêtre en jean que j'avais vu le premier jour. Il arborait lui aussi une boucle de ceinture qui m'intriguait : elle était ornée non pas d'un scorpion mais d'une petite silhouette gravée, perdue dans une espèce de puzzle. Mattie m'a expliqué que chez les Indiens, c'était un symbole de vie : l'homme dans le labyrinthe. Le prêtre était petit, plutôt athlétique, et avait des cheveux blonds presque blancs un peu rebelles, pas vraiment mon style, mais beau dans le genre qui-vient-de-sortir-du-lit. Encore que tenir de tels propos au sujet d'un prêtre relève à coup sûr d'une catégorie spéciale de péché. Il s'appelait père William.

Quand Mattie nous a présentés, j'ai dit : « Enchantée », en m'efforçant de ne pas regarder la boucle de sa ceinture. Une phrase m'a traversé l'esprit : « Tu es vieux père William. » D'où me venait donc cette idée ? Il n'était vraiment pas vieux, et même s'il l'avait été, ce n'était pas une chose à dire.

Mattie et lui ont disparu au fond du magasin pour régler un problème en prenant un café accompagné d'un morceau de tarte, pendant que je montais la garde. Tout m'est revenu un peu plus tard, alors que je vérifiais un tas de vieux pneus à flancs blancs, les plongeant dans l'eau et traçant un cercle à la craie jaune sur chaque crevaison. J'ai revu trois dessins d'un petit homme rond : debout sur la tête, puis tenant une anguille en équilibre sur son nez, et enfin expédiant d'un coup de pied un garçon au bas d'un escalier. « Tu es vieux père William » était un poème d'un de mes livres d'enfant. Certaines pages étaient gribouillées au crayon de couleur, le livre m'avait donc sûrement été donné par l'une des patronnes de maman dont les enfants avaient grandi. Seul un enfant de riche aurait eu la permission de gribouiller un livre cartonné.

J'ai décidé qu'après le travail j'irais faire un tour dans l'un des magasins de jouets d'occasion de Sandi pour acheter un livre à Turtle. C'était pareil que chez les patronnes de maman, sauf qu'il y avait plus de choix.

Quand j'ai eu fini de marquer les pneus, je les ai fait rouler jusqu'à l'autre bout de la cour et j'en ai fait deux piles, les bons et les crevés. Victoire ! Ma main n'avait pas tremblé. Hélas, plus tard dans la journée, Mattie m'a vue faire un bond alors qu'une Chevy démarrait dans la rue en pétaradant. Mattie était occupée avec un client, mais dès qu'elle a eu un moment, elle m'a avoué qu'il y avait longtemps qu'elle voulait me demander pourquoi j'avais toujours les nerfs à cran. J'ai pensé à la colonne du *Reader's Digest* où les gens racontent les situations les plus délicates de leur vie. C'est toujours très attendrissant : « Le jour où mon jeune retriever a fait une razzia sur l'étendage de la voisine et nous a rapporté tous ses dessous. » Mais dans la vie, vos moments les plus embarrassants sont la dernière chose que vous voudriez voir imprimée dans le *Reader's Digest.*

« Pour rien », ai-je répondu.

Nous sommes restées quelques instants les bras croisés. La frange grise de Mattie était plus sel que poivre, coupée très court et parfaitement droite, et sa peau avait toujours l'air un peu brûlée par le soleil.

Mattie était comme une pierre au milieu de la route. On pouvait la regarder jusqu'à la saint-glinglin, ça ne la faisait pas bouger d'un pouce.

« Tu vas tout de même pas me dire que tu es recherchée par la police, a-t-elle dit finalement. J'en ai assez comme ça sur les bras.

– Non. » Que voulait-elle dire exactement ? Dans la rue, un garçon est passé à vélo, serrant sous son bras la photo encadrée d'une voiture de course. « J'ai peur des pneus qui explosent.

– Ça, par exemple.

– Je sais. Je ne te l'ai jamais dit parce que je voulais pas que tu me prennes pour une dégonflée. » Je me suis demandé quelques secondes s'il était bien malin de dire « dégonflé » dans un endroit où l'on vendait des pneus d'occasion, mais trop tard, le mal était fait. « Rassure-toi. Il n'y a pas une seule autre chose qui me fasse peur, à part celle-là.

– Ça, par exemple », a-t-elle répété.

J'ai trouvé qu'elle me regardait comme lorsqu'on s'aperçoit que quelqu'un est difforme. En sixième on avait un nouveau professeur et il nous avait fallu trois semaines pour nous rendre compte qu'il n'avait pas de main gauche. Il portait toujours un mouchoir dessus. On s'était imaginé qu'il avait des allergies.

« Viens donc par ici, m'a dit Mattie. Je vais te montrer quelque chose. »

On a traversé la cour. Elle a pris un jerricane de vingt litres, comme ceux que l'on voit accrochés à l'arrière des jeeps, et l'a rempli d'eau aux deux tiers.

« Holà ! » ai-je fait.

Profitant de ce que j'avais l'esprit ailleurs, elle me l'avait balancé dessus. Je l'avais attrapé, mais j'avais bien failli me retrouver par terre.

« Tu vois, ça t'a sonnée, mais t'en es pas morte, d'accord ?

– D'accord.

– Ça représente treize kilos d'eau. Treize kilos d'air, c'est à peu près ce qu'on met dans un pneu. Quand on le prend dessus, ça fait cet effet-là.

– Si tu le dis. Pourtant, un jour j'ai vu un type valdinguer dans les airs à cause d'un pneu. Il est allé atterrir au sommet de la pancarte Standard Oil. C'était un pneu de tracteur.

– Ça, ma fille, c'est une autre paire de manches. S'il y a un pneu de tracteur à réparer, je m'en charge. »

Je n'avais jamais envisagé les explosions de pneus en termes relatifs, même s'il allait de soi que certaines étaient plus graves que d'autres. Cela n'a en rien dissipé mes craintes, mais tout de même je me sentais mieux. Que diable. Vivez libres ou crevez.

« Bon, ai-je ajouté, on s'y mettra toutes les deux. Qu'est-ce que t'en dis ?

– Marché conclu, ma belle.

– Je peux poser ça maintenant ?

– Mais oui, pose-le. » Elle avait un air si sérieux qu'on aurait dit que le bidon d'eau était une pièce de voiture endommagée de première importance. J'ai béni Mattie de n'avoir ri à aucun moment pendant cette conversation. « Tiens, encore mieux, a-t-elle ajouté. Verse donc l'eau sur ces pois de senteur. »

Il y avait tout un tas de choses que je ne comprenais pas au sujet des plantes. Pourquoi, par exemple, les pois de senteur n'avaient-ils pas été tués par le gel ? Le même garçon est repassé sur sa bicyclette, ou peut-être un autre. Cette fois, il avait sous le bras un bouquet de roses dans un entonnoir de papier blanc. Pendant que l'eau glougloutait sur les pois de senteur, j'ai remarqué que Mattie m'observait les bras croisés. Maman me manquait tellement que j'en avais mal à la poitrine.

Turtle avait, semble-t-il, survécu jusque-là sans livre, et voilà qu'on lui en avait acheté deux le même jour. Je lui en avais pris un qui s'appelait *Le vieux MacDonald avait un appartement*, avec des illustrations qui montraient le vieux MacDonald en train de faire pousser du céleri dans des jardinières sur le rebord d'une fenêtre, des brocolis dans la baignoire et des carottes sous le tapis du salon. Ses voisins du dessous voyaient les carottes sortir brusquement du plafond. Je l'avais acheté parce qu'il me faisait penser à Mattie, et parce qu'il avait des pages en carton qui, je l'espérais, résisteraient à la poigne de fer de Turtle.

Pendant que j'étais en ville, j'avais également cherché une tardive carte de Saint-Valentin pour maman. Déjà que je me sentais coupable de l'avoir quittée, changer de nom, c'était le comble de la trahison. Mais maman ne voyait pas les choses ainsi. Elle trouvait que Taylor, c'était vraiment une bonne idée, ça m'allait comme un jean délavé. D'ailleurs, elle avait toujours eu des regrets en ce qui concernait Marietta.

J'ai trouvé exactement la carte qu'il lui fallait. Dessus il y avait des cœurs, et un petit texte qui disait : « Ne vous manquerait-il pas quelque chose de gros et de costaud pour dévisser les bocaux récalcitrants ? » À l'intérieur il y avait la photo d'une clé à pipe.

Lou Ann, entre-temps, avait acheté à la caisse du supermarché un livre du genre *Choisissez un prénom pour votre enfant.* À mon retour le livre était ouvert à la verticale sur le réchaud, et tout en préparant le repas Lou Ann énumérait à voix haute les prénoms de fille. Turtle et Dwayne Ray étaient tous deux calés à table dans des chaises trop grandes pour eux. La tête de Dwayne Ray pendouillait lamentablement, il était trop petit pour la tenir tout seul, et il se tortillait en direction du sol. Turtle était simplement assise à regarder rien du tout, ou plutôt quelque chose sur la table qui était aussi réel pour elle que le caca invisible l'était pour Snowboots.

Lou Ann manipulait des couvercles de casserole dans un vacarme à réveiller les morts et stérilisait des biberons. Elle avait cessé d'allaiter et mis Dwayne Ray au lait maternisé, terrorisée à l'idée de ne pas avoir assez de lait pour le nourrir.

« Leandra, Leonie, Leonore, Leslie, Letitia », claironnait-elle, tout en surveillant Turtle par-dessus son épaule comme si elle s'attendait à la voir cracher des pièces de monnaie telle une machine à sous, quand elle trouverait la combinaison gagnante.

« Pitié, me suis-je écriée. Depuis quand tu fais ça ? T'as commencé avec les Agathe et les Amy ?

– Oh, salut, je t'avais pas entendue entrer. » Elle avait l'air un peu coupable, comme un enfant surpris à dire des gros mots. « Je pensais en faire la moitié aujourd'hui et le reste demain. Tu sais quoi ? Lou Ann est exactement à la page du milieu. Je me demande si ma mère avait un livre comme ça.

– Le livre que nos mères avaient, c'était la Bible, pas un torchon à cinquante *cents* qu'on trouve dans le même rayon que le *National Enquirer.* » Je savais très bien qu'aucun de mes multiples noms ne sortait de la Bible, pas plus que celui de Lou Ann, mais je m'en moquais. J'étais de méchante humeur, voilà tout. J'ai installé Turtle sur mon épaule. « Qu'est-ce que tu crois qu'elle va faire si tu dis le nom juste, Lou Ann ? Qu'elle va sauter et crier et t'embrasser comme ces gens que tu vois aux jeux télévisés ?

– Sois pas fâchée, Taylor, je fais pas ça pour t'embêter. Elle m'inquiète. Je veux pas dire qu'elle est bête, mais on dirait qu'elle a pas trop de personnalité.

– Mais si, elle en a, ai-je répliqué. Elle s'accroche aux choses. C'est ça, sa personnalité.

– Écoute, le prends pas mal, mais pour moi c'en est pas. Les bébés font ça machinalement. J'ai pas travaillé dans un hôpital ni rien, mais ça, j'en suis sûre. La personnalité, c'est quelque chose qui s'apprend.

– Et tu crois qu'en lui lisant la liste de tous les noms de la terre tu vas lui apprendre à avoir de la personnalité ?

– Taylor, c'est pas à moi de te dire ce que t'as à faire, mais toutes les revues disent qu'il faut jouer avec les enfants pour développer leur personnalité.

– Et alors ? Je joue avec elle. Je lui ai acheté un livre aujourd'hui.

– D'accord, tu joues avec elle. Excuse-moi. »

Lou Ann a plongé sa louche dans la grosse casserole posée sur le réchaud et apporté à table plusieurs bols de soupe. Son propre bol contenait environ deux cuillères à café de bouillon rouge. Elle s'affamait pour perdre le poids qu'elle avait pris pendant sa grossesse, localisé surtout dans sa tête pour ce que j'en voyais.

« C'est une soupe russe au chou et à la betterave, a-t-elle annoncé. Ça s'appelle du bortsch. C'est à cause des betteraves qu'elle est rouge. Normalement on ajoute de la crème aigre par-dessus, mais ça nous faisait encore un bon paquet de calories dans le popotin. J'ai trouvé la recette dans *Ladies' Home Journal.* »

Je la voyais très bien mouiller son index et feuilleter les pages d'un article intitulé : « Petits délices familiaux pour l'hiver », histoire d'écouler tous ces choux que je ramenais de chez Mattie. J'ai repêché une patate rose et je l'ai écrasée dans le bol de Turtle.

« C'est très bon, Lou Ann. Ne m'en veux pas. Je suis de mauvais poil, c'est tout.

– Attention, y'a des petits pois là-dedans. La trachée d'un enfant, ça se bloque avec n'importe quoi, du moment que c'est plus petit qu'une balle de golf. »

Pour Lou Ann, vivre c'était risquer sa vie à chaque instant. Rien sur cette terre n'était totalement inoffensif. Outre sa collection d'articles sur les directeurs de banque hispaniques (qu'elle commençait à négliger maintenant qu'Angel parlait de divorce), elle conservait les coupures de journaux qui relataient les catastrophes les plus invraisemblables qu'on puisse imaginer. Des convives paisiblement attablés dans un restaurant, décapités par un ventilateur tombé du plafond. Des bébés propulsés tête la première dans une glacière remplie de cannettes de bière et noyés dans la glace fondue pendant que la famille jouait au frisbee. Une femme, mère de sept enfants, sortant d'une quincaillerie, frappée en plein cœur par un pistolet clouteur à air comprimé manipulé par erreur depuis un chantier de l'autre côté de la rue. Selon le raisonnement de Lou Ann, cela prouvait que non seulement les glacières et les chantiers étaient dangereux, mais également les quincailleries et les frisbees.

Je lui ai promis qu'en aucun cas je ne donnerais à Turtle quelque chose de plus petit qu'une balle de golf. Je m'amusais en pensant au chou : devait-on considérer qu'une feuille roulée en boule équivalait à une balle de golf ? Ou fallait-il s'en tenir à la taille du chou tout entier et décider qu'il ne présentait aucun danger ?

Lou Ann soufflait sur une bouchée encore trop chaude pour être mangée.

« Je sais exactement ce que ma grand-mère Logan dirait si j'essayais de lui faire avaler de la soupe russe. Elle dirait qu'on va tous devenir communistes. »

Plus tard ce soir-là quand les gosses ont été couchés, j'ai compris ce qui me mettait les nerfs en boule : l'image de Lou Ann qui épluchait les revues en quête de conseils d'éducation et de recettes de cuisine, et moi qui rentrais le soir en rogne après une dure journée de travail. Nous étions comme ces familles dans les pubs de la télé.

Quand Lou Ann est réapparue, elle était en peignoir de bain, une serviette bleue enroulée autour de la tête. Elle s'est pelotonnée sur le canapé et s'est remise à feuilleter son livre de prénoms.

« Pour l'amour du ciel, enlève ça de ma vue avant que je t'inflige tous les noms de garçons. Il doit y avoir cinquante mille prénoms plus beaux que Dwayne Ray, et je ne veux pas les connaître. C'est trop tard maintenant... Lou Ann, bois donc une bière avec moi. J'ai quelque chose à te dire, et promets-moi de ne pas te vexer. »

Elle a pris la bière et s'est redressée comme si je venais de lui donner un ordre. Je savais que ça n'allait pas marcher.

« Vas-y, parle. »

À son ton, on aurait dit que j'étais armée d'un M-16.

« Lou Ann, je suis venue habiter ici parce que je savais qu'on allait s'entendre. C'est sympa de ta part de préparer à manger à tout le monde, et de t'occuper de Turtle à l'occasion, et je sais que t'as les meilleures intentions du monde. Mais on ressemble comme deux gouttes d'eau à Blondie et Dagwood. Il nous manque plus qu'un petit chien stupide du nom de Spot pour aller me chercher mes pantoufles. On n'est pas une famille, bon sang. Tu as ta vie, et moi j'ai la mienne. T'as pas à faire tout ça pour moi.

– Mais, j'ai envie de le faire.

– Eh bien moi, j'ai pas envie que tu le fasses. »

Le reste à l'avenant.

Le temps de liquider trois bières, un sachet de tortilla chips, un paquet de fromage en portions au piment et une boîte de sardines à la moutarde, Lou Ann pleurait. Je me souviens avoir dit quelque chose comme : « J'en ai même pas eu de père, alors pourquoi veux-tu que je me conduise comme si j'en étais un ? »

C'est toutes ces cochonneries qu'on mange, ai-je pensé. Avec un tel régime, les gamins élevés au lait de soja seraient complètement défoncés.

Tout à coup Lou Ann n'a plus bougé, elle avait

les deux mains sur la bouche. J'ai cru qu'elle s'étouffait (après son discours sur les balles de golf), et j'ai pensé immédiatement au poster décrivant la manœuvre de Heimlich affiché au mur du magasin de Mattie. C'est dire qu'elle en avait du monde à nourrir ! Alors que je m'efforçais de me rappeler s'il fallait ou non donner des tapes dans le dos du malade, les mains de Lou Ann sont montées de sa bouche à ses yeux.

« Oh, mon Dieu, a-t-elle dit. Je suis soûle.

– Lou Ann, t'as bu trois bières.

– Il m'en faut pas plus. Je bois *jamais*. Je crève de trouille à l'idée de ce qui pourrait arriver. »

Voilà qui était intéressant. Cette maison était pleine de surprises. Mais cette fois-ci, ça n'avait rien à voir avec le chat. Lou Ann m'a expliqué que ce qui la terrifiait était de perdre son sang-froid et de faire quelque chose de terrible.

« Comme quoi ?

– Je sais pas. Comment savoir ? N'importe quoi. J'ai l'impression que si j'ai des amis, c'est parce que je fais toujours attention à ne pas dire quelque chose de totalement stupide, et si je fais une bourde, c'est fichu. Il suffit d'une fois.

– Lou Ann, ma puce, c'est vraiment une drôle de façon de concevoir l'amitié.

– Mais c'est plus fort que moi. Depuis qu'Angel est parti, je repense souvent à ce jour au mois d'août dernier où son ami Manny et sa femme Ramona sont venus nous voir et on est tous partis dans le désert pour aller regarder les étoiles filantes. Il devait y en avoir des tas, une vraie pluie, d'après ce qu'on disait à la télé. Mais on a attendu et attendu, et entre-temps on avait descendu une bouteille de

José Cuervo jusqu'à la dernière goutte. Le lendemain matin Angel n'arrêtait pas de s'exclamer : “ Dis donc, c'est incroyable cette pluie de météores ? Quoi ? Tu t'en souviens même pas ? ” Honnêtement je me rappelais rien du tout, à part d'avoir cherché l'étoile en saphir de la bague de Ramona qui était tombée quelque part. En fin de compte, elle l'avait perdue depuis longtemps. Elle l'a retrouvée chez elle dans la gamelle de leur chien, tu te rends compte ? »

Je m'efforçais de trouver une case à Angel dans la partie de mon cerveau qui contenait ce que je savais des hommes. J'aimais bien cette nouvelle version d'un Angel capable de partir contempler des étoiles filantes, mais je détestais ce qu'il avait révélé de lui le lendemain matin quand il s'était payé la tête de Lou Ann avec quelque chose qui ne s'était sans doute jamais produit.

« Peut-être qu'il te faisait marcher, ai-je dit. Peut-être qu'il n'y a jamais eu de pluie de météores. T'as posé la question à Ramona ?

– Non, ça m'est pas venu à l'idée. Je l'ai cru.

– Eh bien, pourquoi est-ce que tu ne l'appelles pas pour le lui demander ?

– Elle et Manny sont partis habiter à San Diego », pleurnicha-t-elle. Comme s'ils avaient déménagé dans le seul but de cacher cette information à Lou Ann.

« C'est bête. »

Elle a persisté. « Mais c'est même pas vraiment la question. C'était pas seulement que j'avais raté quelque chose d'important. J'arrêtais pas de penser que si j'étais capable de rater une pluie de météores, eh bien, j'avais probablement fait autre chose de complètement ridicule. Va savoir, j'avais peut-être couru toute nue dans le désert en chantant *Skip to my Lou.* »

J'en avais des frissons. Toute nue ! Avec toutes ces figues de barbarie et ces cactus bourrés de piquants.

Elle fixait d'un air affligé le sachet de chips vide.

« Et maintenant c'est la Saint-Valentin. Et y'a pas une nana sur cette terre qui soit pas à la maison avec son petit mari en train de se bécoter sur le canapé tout en regardant la télé, mais Lou Ann, je t'en fiche. Elle a tout viré, son mari *et* la télé. »

Cette fois-ci je ne savais même plus par où commencer. J'ai retrouvé un des dictons de maman : « Les cochons deviennent sourds à la moisson. » Cela signifiait que les gens n'entendent que ce qu'ils veulent bien entendre. Maman a grandi dans un élevage de cochons.

Lou Ann semblait anormalement aplatie contre le dossier du divan. J'ai pensé à son père mort, écrasé, m'avait-elle dit, par son tracteur qui s'était renversé. On l'avait retrouvé encastré dans un talus de terre, et quand on l'en avait retiré il avait laissé une empreinte parfaite. « Une empreinte de papa », elle avait appelé ça, et elle avait voulu remplir le trou de plâtre de Paris pour la garder, comme elle l'avait fait à l'école pour l'empreinte de sa main à l'occasion de la fête des mères.

« Je me suis toujours demandé si cette soirée où on s'est soûlés avait un rapport avec le fait que je l'ai perdu », a-t-elle dit.

Je n'y étais plus. Je pensais toujours à son père.

« Je croyais que tu étais contente quand Angel est parti.

– Sans doute que oui. Mais quand même, tu sais, quelque chose s'est détraqué. On est censé aimer la même personne toute sa vie jusqu'à ce que la mort vous sépare et tout ça. Et si c'est pas le cas, eh bien, c'est qu'on a dû merder quelque part.

– Lou Ann, tu lis trop de revues. »

Je suis allée dans la cuisine et j'ai ouvert le réfrigérateur pour la quinzième fois de la soirée. Toujours le même tableau : choux et beurre de cacahuète. J'ai fouillé dans un placard pour voir ce qui se cachait derrière les boîtes de haricots sautés et de sauce tomate. Il y avait une bouteille de mélasse Black Strap, une boîte de bouillie de maïs instantanée, et une boîte de saumon rose. J'ai envisagé toutes les combinaisons possibles et me suis décidée pour un deuxième sachet de tortilla chips. Voilà ce qui arrive aux gens qui n'ont pas la télé, ai-je pensé. Ils bouffent des saloperies jusqu'à en crever.

À mon retour dans le salon, Lou Ann était toujours déprimée au sujet d'Angel.

« Je vais te dire ce que j'en pense moi, de passer toute sa vie avec le même homme, ai-je dit. Tu sais ce que c'est qu'un flotteur ? »

Elle s'est un peu requinquée. « Un quoi ?

– Un flotteur. C'est ce bidule dans le réservoir d'eau des toilettes qui monte et qui descend quand on tire la chasse. Ça bloque l'eau.

– Ah !

– Un jour, à l'époque où je travaillais dans un motel, y'avait une fuite dans les toilettes, et il a fallu que je remplace le flotteur. Voici ce que disaient les instructions sur l'emballage. Je l'ai gardé jusqu'à ce que je les sache par cœur. “ Prière de noter. Vous trouverez les pièces nécessaires à toutes les installations, mais aucune installation ne requiert la totalité des pièces. ” C'est un peu ma philosophie sur les hommes. Je ne crois pas qu'il existe une installation qui requiert toutes mes pièces. »

Lou Ann a placé sa main devant sa bouche pour dissimuler un rire. Qui avait bien pu lui dire que rire était un délit puni par la loi ?

« Je te parle sérieusement, Lou Ann. Il s'agit de capacités mentales, de plein de choses. Il s'agit pas seulement de pièces de voiture ou de morceaux de poulet, tu comprends ? »

À ce stade, elle riait franchement.

« Je te raconte mes secrets les plus intimes et toi tu te marres », me suis-je écriée, prenant un air vexé.

« Tu trouveras toujours des amateurs pour le blanc, ou la cuisse, ou le pilon, mais va-t-en dénicher quelqu'un qui voudra de cette saloperie de cou !

– Et les ailes, ai-je ajouté. Ils sont toujours prêts à te dévorer les ailes illico presto. »

J'ai versé le reste des chips dans la coupe posée entre nous sur l'ottomane. J'étais juste en train de me dire que je devrais aller chercher le pot de beurre de cacahuète.

« Tiens, je vais te montrer la carte de Saint-Valentin que j'ai trouvée pour ma mère », ai-je dit, fouillant à l'intérieur de mon sac. Mais Lou Ann avait déjà un tel accès de fou rire que si je lui avais montré la facture d'électricité elle aurait pensé que c'était la chose la plus drôle qu'elle ait jamais vue.

« Oh ! mon Dieu », a-t-elle fait, laissant la carte tomber sur ses genoux. Après ce rire haut perché, sa voix avait dégringolé harmonieusement, comme une reine du bal de fin d'année descendant l'escalier du gymnase. « Moi aussi j'aurais bien besoin d'une bonne clef dans cette maison. Ou encore mieux, une de ces... comment qu'on les appelle déjà ? Ce truc qui ressemble à un zizi ? »

Je ne voyais pas de quoi elle parlait.

« Un pistolet à joints ? Une perceuse coudée ? Un nettoyeur de cosses de batterie ? »

En fin de compte, quasiment tous les outils ressemblaient à un zizi ou à un pistolet, simple question de point de vue.

« L'obélisque de Washington ? » ai-je hasardé. Et voilà que Lou Ann était repartie ! S'il y avait vraiment eu une loi contre le rire, à l'heure qu'il était nous étions mûres pour Sing-Sing.

« Oh ! mon Dieu, ils devraient mettre ça sur une carte de la Saint-Valentin, dit-elle. Je me vois en train d'envoyer ce genre de chose à la mienne de mère. Elle nous ferait un coup de sang là en plein milieu de la cuisine. Et grand-mère Logan qui s'agiterait et se tordrait les mains en disant : " Qu'est-ce que c'est ? Je comprends pas. " Elle se lancerait à la poursuite du facteur et lui dirait : " Hé, jeune homme, voulez-vous bien revenir tout de suite. Demandez donc à Ivy ce qui la met dans cet état. " Oh, mon Dieu, mon Dieu », répétait Lou Ann en se séchant les yeux.

Elle a fourré deux ou trois chips dans sa bouche d'un geste théâtral, puis s'est léché ostensiblement les doigts. Elle était sur le divan, drapée dans son peignoir de bain vert en éponge, avec son turban bleu sur la tête, telle Cléopâtre descendant le Nil, Snowboots, chat-fou royal, roulé en boule à ses pieds. Dans l'Égypte ancienne, je l'avais lu quelque part, les schizophrènes étaient adorés comme des dieux.

« Écoute ce que je vais te dire, a annoncé Lou Ann. Quand quelque chose tracassait Angel, il aurait jamais passé la moitié de la nuit debout avec moi à parler et à manger tout ce qui lui tombait sous la main. T'es plus en colère, dis ? »

J'ai levé deux doigts. « Paix, ma sœur », ai-je fait, sachant très bien qu'il fallait être le dernier des ploucs pour dire une chose pareille dans les années 80. Les colliers d'amour sont arrivés à Pittman la même année que le téléphone à cadran.

« Paix et amour, défoncez-vous et envolez-vous avec la colombe », a-t-elle conclu.

7

Comment on mange au paradis

« Andy rencontra inopinément trente hommes mondains et trois Indiens qui urinaient élégamment ! »

Lou Ann avait fermé les yeux et elle était entrée en transe pour aller déterrer cette perle parmi ses souvenirs de CM1, comme les témoins d'un hold-up qui se font hypnotiser dans l'espoir de retrouver la couleur de la voiture en fuite.

« C'est ça ! Arithmétique ! » s'est-elle écriée, en sautant de joie. « Je vise personne en parlant des Indiens. »

Personne n'a eu l'air de se sentir visé.

« Ah oui, je me souviens de ces phrases, a dit Mattie. Il y en avait une pour chaque matière. Pour l'histoire c'était : Herbert innocemment se tripotait – je sais plus quoi. Qu'est-ce que ça pouvait bien être ?

– C'est répugnant, s'est exclamée Lou Ann. C'est à faire vomir un ver de terre. »

Je n'avais pas la moindre idée de ce qu'Herbert pouvait bien se tripoter qui commence par un O.

« Tu dois te tromper, ai-je dit à Mattie. C'est sans doute autre chose, comme " se tricotait ".

– Se tartinait ? a proposé Lou Ann.

– Se targuait », a hasardé le bel homme brun que Mattie avait invité avec sa femme à pique-niquer avec nous.

Je n'avais pas encore vraiment compris comment ils s'appelaient : Es-quelque chose et Es-quelque chose. L'homme avait enseigné l'anglais à Guatemala. L'origine de cette conversation était un petit poème dont il se servait pour aider ses élèves à prononcer les voyelles anglaises. Puis on avait discuté orthographe.

« Qu'est-ce que ça veut dire se targuer ? a demandé Lou Ann.

– C'est comme se vanter », a-t-il expliqué.

Il paraissait un peu gêné. Lou Ann et moi, on lui avait déjà répété trois ou quatre fois qu'il parlait un meilleur anglais que nous deux réunies.

Nous étions étalés à plat sur les rochers comme une armée de lézards soûlés de soleil, trop bien pour avoir envie de bouger. Lou Ann balançait ses pieds dans l'eau. Elle avait hésité à venir en short, sous prétexte qu'elle ressemblait à un char d'assaut, mais avait fini par en mettre un malgré tout, complété par un bustier rose élastique, qu'Angel, nous avait-elle informés, appelait son moule à nénés. J'avais enfilé un jean et l'avais regretté aussitôt. Il s'était remis à faire doux tout de suite après les gelées de février, et mars avait plus ou moins emboîté le pas, on transpirait presque. Lou Ann et Mattie n'arrêtaient pas de dire que c'était certainement l'hiver le plus doux qu'on ait jamais connu. Un beau jour, les anciens se souviendraient de cette année comme de celle où l'on n'avait pas eu d'hiver, à l'exception de la gelée que Dieu avait envoyée à la Saint-Valentin pour qu'on ait nos tartes aux tomates vertes. Un peu avant Pâques, quand les fleurs des champs ont commencé à s'ouvrir, Mattie a déclaré qu'on pouvait pas s'y tromper, le Seigneur nous invitait à prendre le chemin des collines pour aller faire un petit pique-nique. Difficile de dire ce qu'était le Seigneur pour Mattie. En gros, ça changeait tout le temps.

Nous étions arrivés dans un endroit vraiment inattendu pour un désert : un petit coin à l'abri des regards au bord d'un torrent qui, après avoir dévalé les montagnes, se terminait dans cette gorge où il débouchait d'une immense falaise et se brisait dans de profonds trous d'eau transparents. Des rochers blancs sortaient de l'eau en file indienne comme de bonnes grosses fesses d'hippopotames. Des peupliers se rafraîchissaient les talons dans le sol humide, se rapprochant et se séparant au-dessus de nos têtes dans un léger chuchotement.

C'était Lou Ann qui avait eu l'idée de passer la journée dans ce coin : elle et Angel y venaient souvent quand elle était arrivée à Tucson avec lui. Je n'aurais pas pu dire si c'était bon ou mauvais signe qu'elle ait fait ce choix. En tout cas elle n'avait pas l'air malheureuse d'être ici sans lui. Elle s'inquiétait plutôt de savoir si tout le monde était content.

« Alors, ça vous plaît. C'est sûr ? » ne cessait-elle de répéter, jusqu'au moment où nous l'avons suppliée de nous croire sur parole, c'était l'endroit le plus merveilleux de la terre pour faire un pique-nique, et elle s'est détendue.

« Moi et Angel, on avait même parlé de se marier ici », avait-elle avoué, plongeant et replongeant ses pieds dans l'eau.

Il y avait des araignées d'eau ici aussi, mais elles n'avaient pas la grâce de celles de mon enfance, avec leurs longues pattes si délicates. Celles-ci ressemblaient plutôt à ma voiture. Penchées sur le côté, elles décrivaient des cercles sur l'eau comme dans un circuit automobile. Un vrai rassemblement. On aurait dit un bal de fin d'année au pays des Volkswagen.

« Ç'aurait été un sacré mariage, a remarqué Mattie. Avec une bonne petite marche pour les invités.

– Oh, non, on serait tous venus à cheval. Vous trouvez pas ça génial ? »

Oui, peut-être. Dans une revue comme *People Magazine.* Avec mon aversion pour tout ce qui concernait les chevaux, j'oubliais toujours qu'Angel avait gagné le cœur de Lou Ann et l'avait arrachée à son Kentucky natal à l'époque où il faisait des rodéos.

« De toute façon, on aurait jamais pu mettre notre projet à exécution à cause de la mère d'Angel. Elle nous avait balancé un truc du genre : “ Parfait, les enfants, allez-y. Quand je tomberai de cheval et que je me fracasserai la tête sur les rochers, passez-moi sur le corps et n'interrompez surtout pas la cérémonie. ” »

Le professeur d'anglais murmurait quelque chose en espagnol à sa femme, et elle souriait. Une grande partie de notre conversation devait se perdre dans la traduction. Mais en l'occurrence il s'agissait d'une anecdote traduite par Lou Ann à partir de l'espagnol de Mrs. Ruiz (Lou Ann prétendait que les seuls mots anglais que connaissait sa belle-mère étaient des noms de maladies), et l'histoire faisait sans problème le chemin inverse. Il y a des mères qu'on retrouve dans toutes les langues du monde.

Ils s'appelaient Esperanza et Estevan. Avec des noms pareils, on se serait attendu à se trouver en face, non pas d'un jeune couple, mais de jumeaux, ce dont, par bien des côtés ils avaient l'air. Ils étaient petits et bruns tous les deux, avec ces mêmes yeux placés très haut qui semblaient toujours aux aguets et ce même visage à l'ossature robuste que j'avais admirés dans les bars, les stations-service et sur les cartes postales de la nation cherokee. Mattie m'avait dit que plus de la moitié des gens au Guatemala étaient indiens. Je ne le savais pas.

Mais si la petitesse d'Estevan le faisait paraître sec et nerveux, comme s'il avait eu des barres de fer à l'intérieur du corps là où la plupart des gens avaient de la graisse et de la sciure, Esperanza semblait au contraire avoir rétréci. Comme un pull de laine lavé à l'eau chaude. Il semblait impossible que ses mains soient si menues, que les losanges rouges et bleus et les oiseaux verts qui ornaient le devant de son petit chemisier puissent avoir été brodés avec une aiguille de taille normale. Je me disais qu'à un certain moment de sa vie elle avait été plus grande, que quelqu'un l'avait ouverte par le milieu, comme ces poupées gigognes, pour découvrir à l'intérieur cette version miniature. Elle ne tenait pratiquement pas de place. Alors que les autres bavardaient, s'éclaboussaient et riaient, elle était assise, immobile, réplique colorée des rochers environnants. Elle me faisait penser à Turtle.

Il s'était passé quelque chose de bizarre entre elle et Turtle au début de la journée. Nous étions partis à deux voitures, Lou Ann, les deux gosses et moi en tête avec mes pneus fraîchement rechapés, et les trois autres à notre suite dans le pick-up de Mattie.

Quand nous sommes arrivés au début de la piste, nous nous sommes garés dans l'ombre ajourée des prosopis – de vrais jupons de dentelle –, et avons sorti les glacières, les couvre-lits et les bidons. Il ne restait plus que Dwayne Ray et Turtle.

Esperanza était en train de poser le pied hors de la voiture. À la vue des enfants, elle est retombée contre son siège, comme frappée par treize kilos d'air. Pendant le quart d'heure qui a suivi elle était aussi décolorée qu'un légume qu'on sort de l'eau bouillante. Elle ne quittait pas Turtle des yeux.

Alors que nous suivions la piste, je me suis trouvée derrière Estevan et je lui ai fait la conversation. Lou Ann marchait en tête, portant Dwayne Ray sur son dos dans un porte-bébé et tenant au-dessus de sa tête son siège de voiture en plastique moulé comme une capeline futuriste. Derrière elle, et devant nous, allait Esperanza. Vue de dos, on aurait pu la prendre pour une écolière, avec ses deux longues nattes qui se balançaient jusque sur ses reins et sa démarche bien sage, une petite sandale après l'autre. Le bidon orange en plastique posé sur son épaule semblait être un fardeau venu d'un autre monde.

J'ai fini par demander à Estevan si sa femme n'avait pas un problème. Et il a répondu que non, pas du tout, tout allait bien, mais il savait de quoi je parlais. Un peu plus tard il m'a dit que ma fille ressemblait à une enfant qu'ils avaient connue au Guatemala.

« C'était peut-être elle, allez savoir. »

Je riais. Je lui ai expliqué que Turtle n'était pas vraiment ma fille.

Pendant tout le temps où on est restés assis sur les

rochers à manger nos sandwichs à la mortadelle, Esperanza n'a pas quitté Turtle des yeux.

Estevan et moi avons finalement décidé d'affronter l'eau froide. « Ne regardez pas », ai-je lancé, et j'ai quitté mon jean.

« Taylor, non, arrête, a crié Lou Ann.

– Pour l'amour du ciel, Lou Ann, on me voit pas les fesses.

– Non, je veux juste dire qu'il faut attendre une heure après le repas pour se baigner. Vous allez vous noyer tous les deux. C'est rapport à la nourriture qu'on a dans l'estomac, ça vous fait couler.

– Je sais que je peux compter sur toi, Lou Ann. Si on coule, tu nous repêcheras. »

Je me suis bouché le nez et j'ai sauté.

L'eau était si froide que je ne comprenais pas pourquoi elle n'était pas restée sous forme de glace là-haut sur les sommets enneigés. Tous les deux, nous retenions notre souffle, nous poussions des cris, nous éclaboussions les autres, jusqu'au moment où Lou Ann a menacé de nous tuer. Mattie, qui n'y allait pas par quatre chemins, nous lançait des pierres grosses comme des pommes de terre.

« Si vous vous imaginez que je vais venir vous tirer de là, vous êtes complètement siphonnés », a-t-elle crié.

Estevan a cessé de crier pour se mettre à chanter en espagnol, prenant d'étonnantes inflexions de chanteur tyrolien. Il a nagé à la chienne en direction d'Esperanza et a posé son menton à ses pieds sur le rocher, chantant toujours, balançant la tête au rythme des paroles. Ce qu'elles disaient était facile à deviner : « Mon doux rossignol, ma rose, tes yeux sont des étoiles. » Il était incroyablement beau, avec ce sourire qui était capable de vous casser le cœur en deux.

Mais Esperanza était absente, toute seule quelque part. De temps à autre, elle jetait un coup d'œil vers le couvre-lit bleu où les enfants étaient endormis. Et comment le lui reprocher ? Ils étaient si beaux. Avec l'ombre des peupliers qui ondulait sur eux, ils ressemblaient à ces images que l'on trouve dans les vieux livres d'enfants où des bébés, dans un décor de fond des mers, soufflent des bulles transparentes et se cramponnent à des queues de poissons. Dwayne Ray, qui portait un immense chapeau marin blanc, avait basculé en avant dans son siège de voiture, tandis que la bouche de Turtle était ouverte vers le ciel. Ses cheveux mouillés étaient collés à ses tempes en mèches sombres, son front plus dégagé que d'habitude. Même de loin, je voyais ses yeux danser sous des paupières aussi fines que des peaux de raisin blanc. Turtle avait toujours des rêves parcourus de drames intenses. Dans son sommeil, semblait-il, elle était libre de faire toutes les choses qu'elle devait se contenter d'observer à l'état de veille.

Nous avons pris le chemin du retour à cette heure où s'annonce le crépuscule mais où les phares ne sont encore d'aucun secours. Mattie a déclaré qu'elle n'y voyait goutte, et c'est Estevan qui a pris le volant.

« Sois prudent », l'a-t-elle averti, alors qu'ils grimpaient tous trois dans la cabine. « Il ne manquerait plus qu'on se fasse arrêter. »

Lou Ann, les enfants et moi avons suivi dans ma voiture.

Par chance, l'endroit où nous avions laissé les voitures était légèrement en pente. Ça a été du gâteau de démarrer dans ces conditions. Je n'avais pas dit trois grossièretés qu'on était en route. Mattie avait tort de s'inquiéter ; Estevan conduisait très prudemment. Alors que nous allions notre petit bonhomme de chemin, Lou Ann était obligée de se tourner constamment vers les gosses installés au fond du trou qui tenait lieu de siège arrière, pour les faire tenir tranquilles. Ils avaient dormi pendant tout le trajet à pied, et maintenant ils n'avaient plus sommeil.

« Oh, mince, j'ai pris des coups de soleil sur mes nichons », s'est-elle écriée en fronçant les sourcils en direction de sa poitrine. « Bonjour les vergetures et tout le tremblement. »

Le pick-up de Mattie s'est arrêté si brutalement que j'ai failli lui rentrer dedans. J'ai donné un violent coup de frein et on a tous piqué du nez. Il y a eu un bruit sourd sur le siège arrière, puis un autre bruit, à mi-chemin entre une toux et un vagissement.

« Seigneur, c'était Turtle, ai-je fait. Lou Ann, c'était bien elle, n'est-ce pas ? C'est elle qui a fait ce bruit ? Elle s'est pas cassé le cou ?

– Elle a rien, Taylor. Tout va bien. Regarde. » Elle a soulevé Turtle pour me faire constater qu'elle allait bien. « Elle a fait un saut périlleux. Je crois que ce que t'as entendu, c'était son rire. »

C'était sans doute vrai. Turtle se cramponnait au moule à nénés de Lou Ann comme une désespérée, et elle souriait. On n'en revenait pas. Alors on a regardé devant nous le hayon du pick-up, immobile au milieu de la route.

« Qu'est-ce qui se passe ? » a demandé Lou Ann.

J'ai répondu que je ne savais pas. Puis j'ai ajouté :

« Regarde. » Sur la route, quelques mètres plus loin, il y avait une caille, avec une grande plume sur le sommet de la tête comme ces chapeaux de femme des années 40. On voyait juste qu'elle s'agitait fébrilement au milieu de la route, puis petit à petit sont apparus deux douzaines de bébés qui couraient en tous sens autour d'elle. On aurait dit des roulements à bille duveteux qui allaient et venaient au fond d'une boîte.

On était là, cloués sur place, à ouvrir et refermer la bouche. On aurait pu klaxonner, ou faire de grands gestes que ça n'aurait pas créé une panique plus grande que celle que cette pauvre mère avait à maîtriser. De fait, on est restés parfaitement immobiles. Même Turtle. Au bout d'une minute ou deux la caille a rassemblé sa famille au bord de la route dans un fourré de broussailles. Les feux arrière de la camionnette ont fait une sorte de clin d'œil, et Estevan a démarré. Il y avait dans cette scène quelque chose qui me faisait monter les larmes aux yeux. J'ai décidé que j'allais avoir mes règles.

« Tu sais, a dit Lou Ann plus tard, si ç'avait été Angel, il se serait donné deux points à chaque fois qu'il en aurait touché une. »

Savoir que le premier son émis par Turtle était un rire me procurait un soulagement sans fin. Si je lui avais fait traverser la moitié du pays pour lui saboter purement et simplement son enfance, aurait-elle ri ? Sûrement pas, pensais-je. En attendant son heure, elle aurait préparé des mots, des phrases entières même. Des choses comme : Tu peux être fière de toi !

Je suppose que Lou Ann avait un peu déteint sur

moi, pour que j'en arrive à considérer ce rire comme un signe. C'était Lou Ann qui lisait son horoscope tous les jours, plus le mien, et celui de Dwayne Ray, Lou Ann qui se tourmentait de ce que nous ne saurions jamais le vrai signe de Turtle (ce qui me semblait être le cadet de ses soucis), et qui adhérait à une étrange forme de logique qui voulait qu'un homme abandonne sa femme si elle avait raté une pluie de météores ou acheté la mauvaise marque de cookies. Si le facteur ne passait pas à l'heure cela signifiait que quelqu'un, la plupart du temps grand-mère Logan, venait de mourir.

Pourtant, nous n'avons ni l'une ni l'autre été capables d'interpréter le premier mot de Turtle. C'était « haricot ».

Ce jour-là on se trouvait dans la cour, derrière chez Mattie, on l'aidait à faire les plantations d'été, avec un retard considérable, disait-elle, étant donné le temps qu'il avait fait. La devise de Mattie semblait être : « Ne laissez pas l'herbe pousser sous vos pieds, mais employez-vous à ce que quelque chose pousse partout ailleurs. »

« Viens voir, Turtle, ai-je dit. On plante des choses, tout comme le vieux MacDonald dans ton livre. »

Mattie m'a jeté un regard noir. Je crois que lorsqu'elle avait insisté pour que Turtle nous regarde travailler, elle voulait avant tout lui remettre les idées en place. Elle craignait que Turtle passe toute sa vie à croire que les carottes poussent sous les tapis.

« Ça, c'est des graines de courgettes, lui ai-je dit. Et ça, c'est des graines de poivrons, et voici des aubergines. »

Turtle contemplait les petits disques plats d'un air pensif.

« C'est tout juste bon pour lui embrouiller les idées, s'est insurgée Mattie. Ces graines n'ont rien à voir avec les légumes qu'elles vont devenir. Quand les enfants sont aussi petits, ils vous croient rarement sur parole.

– Ah ! » ai-je fait.

Il me semblait au contraire que Turtle était bien obligée de croire presque tout sur parole.

« Montre-lui donc quelque chose qui ressemble à ce qu'on mange ! »

J'ai pris une poignée de gros haricots blancs dans l'un des pots de Mattie.

« Voici des haricots. Tu te rappelles la soupe aux haricots blancs avec du ketchup ? Miam, tu adores ça.

– Haricot, a répété Turtle. Miamharicot. »

J'ai regardé Mattie.

« Allons, ne reste pas assise comme une idiote, cette enfant est en train de te parler », m'a dit Mattie.

J'ai soulevé Turtle et je l'ai serrée dans mes bras.

« Très bien, c'est un haricot. Et toi tu es la gamine la plus extraordinaire que je connaisse. »

Mattie souriait.

Pendant que je plantais les haricots, Turtle m'a suivie le long de la rangée, les déterrant au fur et à mesure que je les plantais et les remettant dans le pot. « Bien sage », lui ai-je dit. Je voyais toute une ère nouvelle s'ouvrir devant Turtle, et devant moi.

Mattie a suggéré que je lui donne des haricots à elle pour jouer. Ce que j'ai fait, même si la mise en garde de Lou Ann sur les trachées artères et les balles de golf me suivait partout où j'allais ces temps-ci.

« Ceux-ci sont pour toi, ai-je expliqué à Turtle. Ne les mange pas. C'est des haricots pour jouer. Il y a des haricots pour manger à la maison. Et ceux qui restent ici sont des haricots pour mettre dans la terre. »

Ma parole, je crois qu'elle a compris. Pendant la demi-heure qui a suivi, elle est restée tranquillement assise entre deux montagnes de courgettes, à jouer avec ses propres haricots. Finalement elle les a enterrés sur place, où ils sont restés oubliés de tous jusqu'au jour où une armée de haricots têtus a fait son apparition parmi les courgettes.

Sur le chemin du retour, Turtle m'a montré du doigt tous les coins de terre qui bordaient le trottoir. « Haricots », elle disait.

Lou Ann traversait une période où elle se coupait les cheveux tous les deux jours. En l'espace de quelques semaines ils étaient passés des épaules à un style qu'elle avait baptisé « à étages », en passant par plusieurs étapes qui portaient les noms de diverses championnes de patinage artistique.

« Je n'ai pas d'opinion sur ta coupe à étages, l'ai-je sermonnée, mais il faut savoir se fixer des limites, sans quoi tu vas te retrouver comme ce type qui vient tout le temps chez Mattie avec sa coiffure à l'iroquoise. Il s'est fait tatouer " Né pour mourir " sur la partie chauve de son crâne.

– J'aimerais encore mieux me raser complètement », a dit Lou Ann.

Je crois qu'elle n'écoutait pas vraiment. Je m'efforçais toujours de faire voir à Lou Ann le bon côté des choses, tout en sachant qu'avec elle, même les compliments pouvaient être reçus comme une sorte d'insulte; elle plissait alors le front et me conseillait de prendre rendez-vous avec un oculiste. Elle détestait son physique et avait à son actif plus de façons de le dire que je n'en avais jamais entendu.

« On devrait me flinguer, avec une allure pareille », lançait-elle au miroir du couloir avant de sortir. « On dirait qu'on m'a fait traverser l'enfer à reculons, disait-elle dans ses bons jours. Je me fais l'effet de la mort réchauffée. D'un vomi de chat. »

J'avais envie que le miroir lui réponde : Chut ! c'est archifaux ; mais évidemment celui-ci lui renvoyait ses propres paroles, et la laissait si désemparée que j'avais parfois la tentation d'y coller des petits mots. Je pensais à mon T–shirt de Kentucky Lake, qui appartenait à Turtle maintenant. Ce dont Lou Ann avait besoin, c'était d'un miroir je-suis-super-chouette.

Ce soir-là, nous avions demandé à Esperanza et à Estevan de venir dîner. Mattie devait passer à la télé, aux informations de six heures, et Lou Ann avait suggéré de les inviter à la regarder sur un poste que nous n'avions pas. Elle oubliait sans arrêt qu'Angel avait emporté certaines choses qu'elle envisageait, par exemple, de prêter. Nous avions fini par régler le problème en invitant également des voisines qui avaient un téléviseur portable. Lou Ann s'était justifiée en disant qu'elle avait l'intention de les avoir à dîner de toute façon, elles étaient très gentilles. Elles s'appelaient Edna Poppy et Virgie Mae Valentine Parsons, c'est du moins ce qu'annonçait leur boîte aux lettres. Je ne les avais jamais rencontrées, mais avant mon arrivée, m'avait dit Lou Ann, elles avaient gardé Dwayne Ray maintes fois, par exemple le jour où, Snowboots ayant avalé une boule de naphtaline, elle avait dû l'emmener de toute urgence chez le vétérinaire.

Enfin Lou Ann a renoncé à vitupérer contre ses cheveux et a installé la planche à repasser dans la cuisine. Moi, je préparais le repas. Nous nous étions organisées : je faisais la cuisine le week-end, et aussi tous les soirs de semaine où Lou Ann avait eu la charge de Turtle. C'était une sorte de rétribution. Elle passait l'aspirateur, parce qu'elle aimait ça, et je m'occupais de la vaisselle parce que ça ne me dérangeait pas. « Et le septième jour on lave les merdes de haricots », avais-je proclamé. Au début, il m'avait semblé mesquin de se mettre dans un état pareil pour une histoire de corvées ménagères. Maintenant je commençais à en voir l'intérêt.

Le loyer et les charges étaient partagés en deux. Lou Ann avait des économies qui lui restaient de la pension d'invalidité d'Angel – curieusement il n'avait pas touché à cet argent –, et il envoyait également des chèques, mais tous les trente-six du mois. Je m'inquiétais de savoir ce qu'elle ferait quand la source serait tarie, mais j'avais décidé qu'il valait mieux la laisser gérer sa propre vie.

Pour notre soirée je m'étais lancée, plus ou moins par défi, dans une recette de poulet aigre-doux trouvée dans un magazine de Lou Ann. Il faudrait que les gens du *Burger Derby* me voient maintenant, pensais-je. À l'origine, j'avais projeté de faire une soupe aux haricots secs, en l'honneur du premier mot de Turtle, mais à la fin de la semaine elle avait dit tant de mots nouveaux que je n'aurais pas pu les caser tous dans un goulash hongrois. Son vocabulaire se limitait apparemment à un seul registre, comme celui de la belle-mère hypocondriaque de Lou Ann, sauf que Turtle en pinçait pour les légumes plutôt que pour les maladies. J'imaginais parfaitement une conversation entre elles deux : « Sciatique, urticaire, roséole, méningomalacie », dirait Mrs. Ruiz avec son fort accent espagnol. « Maïs, pomme de terre, haricot », répondrait Turtle.

« Tu peux me dire pourquoi tu ris comme une idiote ? m'a demandé Lou Ann. J'espère que je vais rentrer dans cette robe. J'aurais dû l'essayer d'abord, je ne l'ai pas mise depuis Dwayne Ray. »

J'avais remarqué que beaucoup de choses pour Lou Ann, en plus de sa ligne, étaient classées *avant* et *après* Dwayne Ray.

« Mais oui, tu vas y entrer, ai-je répondu. Tu t'es pesée ces derniers temps ?

– Non, je veux pas savoir combien je pèse. Si tant est que la balance aille assez haut.

– Tu me feras pas croire que t'es grosse, c'est tout. Si tu dis un mot de plus sur le sujet, je me bouche les oreilles et je chante *Blue Bayou* jusqu'à ce que tu aies terminé. »

Ça lui a cloué le bec quelques minutes. Le sifflement du fer à vapeur et l'odeur du coton chaud et mouillé me rappelaient les dimanches après-midi avec maman.

« Pourquoi est-ce qu'elle passe à la télé, Mattie ? m'a-t-elle demandé.

– Je sais pas trop. Ça a un rapport avec les gens qui vivent chez elle. »

Le temps que la télé soit branchée, les informations de six heures étaient à moitié finies. Il y avait eu un malentendu avec les voisines qui attendaient qu'on vienne chercher le poste. Elles n'avaient pas compris qu'elles étaient invitées à dîner.

Entre-temps, Estevan et Esperanza sont arrivés. Estevan faisait la cour à ces dames, me complimentant sur ma tenue, n'avais-je pas une sœur un peu garçon manqué qui travaillait pour une maison de pneus d'occasion ? « Exquise » est le mot précis qu'il a employé, et « garçonmanqué » comme si ça s'écrivait en un seul mot. Je me suis mise à battre des cils et j'ai répondu que oui, en effet, c'était bien ma sœur, la seule personne de la famille qui avait oublié d'être bête.

Je suppose que, de fait, j'étais relativement élégante. Lou Ann m'avait fait une raie sur le côté (« Ce qu'il te faut, c'est une de ces grandes fleurs blanches bien froufroutantes derrière l'oreille », avait-elle dit, et « Mon Dieu, je serais capable de tuer pour avoir des cheveux noirs comme toi. » « Tuer quoi ? avais-je riposté. Une mouffette ? ») et elle m'avait obligée à enfiler une robe qu'elle avait achetée *avant* Dwayne Ray dans une boutique de fripes du quartier résidentiel. C'était une de ces robes moulantes en satin noir qu'on doit impérativement essayer en présence d'une copine – vous retenez votre respiration pendant que celle-ci vous y enferme au moyen de la fermeture Éclair. J'avais accepté de la mettre dans le seul espoir que si nous portions les mêmes vêtements, Lou Ann cesserait de nous casser les oreilles avec ses histoires de chars d'assaut. Et parce qu'elle m'allait.

Mais c'était Esperanza qui était vraiment exquise.

Elle portait une longue robe droite dans une étoffe tissée de manière étonnante qui évoquait le double arc-en-ciel que nous avions vu, Turtle et moi, le jour où nous étions arrivées à Tucson : deux fois plus de couleurs que vous n'en soupçonniez l'existence.

« Elle vient du Guatemala ? » lui ai-je demandé.

Elle a acquiescé. Elle semblait presque heureuse.

« Parfois je regrette Pittman, et c'est à peu près aussi passionnant qu'une clôture de bois, ai-je dit. On doit mourir d'envie de retourner dans un endroit où l'on fabrique des choses aussi belles que celle-ci. »

La pauvre Lou Ann était au téléphone, aux prises avec Mrs. Parsons pour la quatrième fois en dix minutes, et elle n'avait apparemment toujours rien résolu : Mrs. Parsons et Edna arrivaient par la porte d'entrée avec la télé au moment précis où Lou Ann sortait par-derrière pour aller la récupérer.

L'une des deux femmes ouvrait la marche et l'autre, qui semblait la plus âgée, portait le poste par la poignée, chancelant légèrement sous le poids, comme une femme chargée d'un sac trop lourd. Je me suis précipitée pour l'en débarrasser et elle a paru un peu décontenancée quand ses mains se sont retrouvées vides. « Oh, mon Dieu, j'ai cru qu'il lui avait poussé des ailes », a-t-elle dit. Elle m'a informée qu'elle était Edna Poppy.

Elle me plaisait bien. Elle avait des cheveux de neige coupés court et des bras maigres et robustes, et elle était vêtue de rouge de la tête aux pieds, jusqu'à ses coquines chaussures vernies.

« Enchantée, ai-je dit. J'aime beaucoup votre tenue. Le rouge, c'est ma couleur.

– À moi aussi. »

Mrs. Parsons portait une robe de dame patronnesse et un petit chapeau blanc plat, orné d'un ruban de velours de soie fané. Elle ne m'a pas semblé particulièrement chaleureuse, mais il faut dire que nous étions tous dans la fièvre des préparatifs. J'étais encore à me demander quelle chaîne nous cherchions, quand tout à coup, mystérieusement, le visage de Mattie est apparu en noir et blanc sur l'écran.

Signataires des Nations unies bla-bla-bla sur les droits de l'homme, disait Mattie, ce qui signifie que la loi nous place dans l'obligation de recueillir les personnes dont la vie est en danger.

Un homme qui avait un micro accroché à sa cravate lui a dit : Et les moyens légaux ? Puis il a posé une autre question sur le droit d'asile. Ils se tenaient contre un bâtiment de brique égayé de petits palmiers. Mattie a répondu que sur les quelques milliers de Guatémaltèques et de Salvadoriens qui en avaient fait la demande, seulement un demi pour cent d'entre eux avaient obtenu satisfaction, et il s'agissait principalement de parents de dictateurs, pas des gens qui avaient tout abandonné pour sauver leur peau.

Puis la télé a montré Mattie et le journaliste qui parlaient sans le son, et une autre voix nous a informés que le service d'Immigration et de Naturalisation avait renvoyé deux immigrés clandestins, une femme et son fils, dans leur Salvador natal la semaine dernière, et que Mattie avait « prétendu » qu'ils avaient été arrêtés au sortir de l'avion à San Salvador et que plus tard on les avait retrouvés morts dans un fossé. Je n'aimais pas le ton de cet homme. Je ne voyais pas comment Mattie pouvait avoir connaissance de choses pareilles, mais si elle disait qu'il en était ainsi, il en était ainsi.

Tout était embrouillé de toute façon. Mrs. Parsons avait passé son temps à expliquer que si elle devait rester assise dans un certain type de fauteuil, son dos la lâchait, après quoi Lou Ann avait fait irruption par la porte de derrière en criant : « Merde, elles sont pas chez elles. Oh ! »

Mrs. Parsons a émis un petit reniflement. « Nous sommes ici, si ça vous intéresse.

– Quelle émission vouliez-vous voir ? a demandé Edna. J'espère que nous n'avons pas tout gâché en arrivant trop tard ?

– C'était ça. On vient de la voir », les ai-je informées, bien que cela paraisse ridicule. Trente secondes et c'était terminé. « C'est une amie à nous, ai-je expliqué.

– Tout ce que j'ai compris, c'est qu'il y avait des problèmes avec des clandestins et des revendeurs de drogue, a dit Mrs. Parsons. Grand Dieu, il me faut un coussin pour mes reins, sinon je ne vais pas pouvoir sortir du lit demain matin. Votre chat vient de faire des saletés dans la pièce à côté. »

Je suis partie chercher un coussin et Lou Ann a couru mettre le chat dehors. Estevan et Esperanza, je venais de m'en rendre compte, étaient restés assis ensemble sur l'ottomane pendant tout ce temps, plus ou moins en marge de toute cette agitation. J'ai dit : « Je voudrais vous présenter mes amis...

– Steven, a enchaîné Estevan, et voici ma femme, Hope. »

Il ne m'avait jamais fait ce coup-là.

« Ravie de faire votre connaissance », a répondu Edna.

Mrs. Parsons a ajouté : « Et est-ce que cette créature toute nue leur appartient ? Elle a l'air d'un petit Peau-Rouge. »

Elle parlait de Turtle, qui n'était pas toute nue, même si elle ne portait pas exactement de chemise.

« Nous n'avons pas d'enfants », a répondu Estevan.

Esperanza avait l'air d'avoir reçu une gifle en pleine figure.

« Elle est à moi, ai-je dit. Et, entre nous, c'est bien un petit Peau-Rouge, si vous voulez savoir. Si nous passions à table ? »

J'ai pris Turtle sous le bras et je me suis dirigée d'un pas digne vers la cuisine, laissant Lou Ann voler de ses propres ailes. Qu'est-ce qui avait bien pu la conduire à qualifier cette vieille mijaurée de gentille dame ? Ça dépassait mon imagination. Je me suis attelée aux finitions de dernière minute qui, disait la recette, devaient être exécutées « à table dans un wok grésillant sous le regard admiratif des invités ». Un wok grésillant, mes fesses ! Qui donc, croyaient-ils, lisait leur magazine ?

Une minute plus tard Esperanza m'a rejointe dans la cuisine et m'a silencieusement aidée à mettre la table. J'ai posé la main sur son bras : « Je suis désolée », ai-je dit.

Ce n'est que lorsque tout le monde a été installé à table que j'ai eu vraiment le loisir d'examiner ces femmes. Elles n'avaient manifestement pas eu le temps de s'habiller pour la soirée et leur tenue en disait long. (Encore que Mrs. Parsons avait certainement eu le temps de se poudrer le nez et de se munir de son petit chapeau blanc.) Edna avait même des épingles rouges dans les cheveux, deux au-dessus de chaque oreille. Je ne voyais pas où l'on pouvait se procurer de tels articles, dans un drugstore je suppose. Je me plaisais à imaginer Edna les découvrant sur une étagère, exposées entre des barrettes violettes et des pinces à cheveux en forme de cookie et s'écriant : « Bonté divine, regardez, Virgie Mae, des épingles à cheveux rouges ! Ma couleur. » Virgie Mae était tout à fait du genre à éviter le rayon d'hygiène féminine en détournant pudiquement les yeux, pour faire ensuite un sermon au garçon à la caisse parce qu'il vendait des préservatifs.

Estevan a sorti un paquet, dans lequel nous avons eu la surprise de découvrir des baguettes chinoises. Il y en avait une vingtaine, enveloppées dans du papier cellophane crissant, qui portaient sur le côté des inscriptions noires en caractères chinois. « Un cadeau pour le préposé à la vaisselle », a-t-il annoncé, en nous tendant à chacun une paire de baguettes. « On s'en sert une fois, puis on les jette. » Je ne comprenais pas comment il avait su que nous allions faire un repas chinois, puis je me suis rappelé que j'étais tombée sur lui il y avait un jour ou deux à l'épicerie *Lee Sing*, où nous avions discuté d'un ingrédient appelé oreilles de bois. Il faisait partie de la recette, mais j'avais mes principes.

« La préposée à la vaisselle te remercie », ai-je dit.

J'ai remarqué que Lou Ann en mettait prestement une paire hors d'atteinte de Dwayne Ray, et j'ai entendu les mots « crever les yeux » aussi distinctement que si elle les avait prononcés à voix haute. Dwayne Ray s'est mis à brailler, et Lou Ann a demandé la permission d'aller le mettre au lit.

« Qu'est-ce que c'est, des baguettes pour manger ? » a demandé Edna en les caressant du doigt.

« Cela nous promet une grande aventure, mais je vais m'en tenir à ce que je connais, si vous n'y voyez pas d'inconvénient. Merci tout de même. »

J'ai remarqué qu'Edna mangeait très lentement, avec des mouvements progressifs et précis de sa fourchette. Mrs. Parsons, quant à elle, a fait savoir qu'elle n'était pas femme à se laisser entraîner dans de telles sottises.

« Je n'ai jamais parlé de sottises », a rectifié Edna.

Les autres ont joué le jeu, transperçant des morceaux de poulet, soulevant des rondelles de poivrons verts et pourchassant le riz autour des assiettes. Même Esperanza faisait de son mieux. Estevan trouvait que nous avions des gestes trop agressifs.

« On les tient comme ceci. »

Et il nous a fait une démonstration, les tenant d'une main comme des crayons dont il faisait claquer les extrémités. J'adorais sa façon de dire « ceci » et « cela ».

Turtle m'observait et suivait mon exemple. « C'est pas moi qu'il faut regarder. Je ne suis pas la spécialiste. » J'ai désigné Estevan du doigt.

Lou Ann est revenue à table.

« Où est-ce que t'as appris à faire ça ? a-t-elle demandé à Estevan.

– Ah ! je travaille dans un restaurant chinois. Je suis plongeur. C'est pour cette raison que j'aime les baguettes.

– Je savais pas. Depuis combien de temps tu y travailles ? » ai-je demandé.

Mais de quel droit avais-je la prétention de tout savoir sur Estevan ? Sa vie entière, en fait, était un mystère pour moi.

« Un mois, a-t-il répondu. Je travaille avec une

famille très sympathique. Ils ne parlent que le chinois. Seule leur fille de cinq ans parle anglais. Son père me fait expliquer par elle ce que je dois faire. Heureusement, elle est très patiente. »

Mrs. Parsons a marmonné que c'était une honte. « En un rien de temps le monde entier sera ici à baragouiner et à jacasser n'importe quoi et l'Amérique ne ressemblera plus à rien.

– Virgie, surveillez votre langage, est intervenue Edna.

– Mais c'est la vérité. Ils devraient rester dans leur propre saleté, pas venir ici prendre notre travail.

– Virgie », a répété Edna.

J'avais l'impression de m'être assise sur une abeille. Si maman ne m'avait pas appris à bien me tenir, je crois que j'aurais dit à cette vieille vipère de poser sa fourchette et d'aller se faire voir ailleurs. J'avais envie de lui crier : Cet homme que vous avez en face de vous est professeur d'anglais. Il n'est pas venu ici pour récurer des assiettes pleines d'œufs à la *foo yung* et recevoir des ordres d'une gamine de cinq ans.

Mais Estevan ne semblait pas perturbé, et j'ai compris qu'il devait entendre ce genre de discours tous les jours de sa vie. Comment pouvait-il rester aussi calme ? À sa place j'aurais déjà assassiné quelqu'un, me semblait-il, j'aurais trouvé à ces baguettes un des nombreux usages meurtriers que seule Lou Ann était capable d'imaginer.

« Est-ce que quelqu'un désire encore quelque chose ? a demandé Lou Ann.

– Non merci, nous avons très bien mangé », a répondu Edna, manifestement habituée à jouer le service de relations publiques de Virgie Mae. « C'est un délicieux repas que vous nous avez fait, les enfants. »

Esperanza a montré Turtle du doigt. C'était la première fois que je la voyais sourire, et je me disais quelle charmante femme elle était quand on arrivait à communiquer avec elle. Puis le sourire l'a quittée à nouveau.

Turtle, brandissant une baguette dans chaque main, avait réussi à attraper un morceau d'ananas. Petit à petit elle l'a soulevé jusqu'à sa bouche grande ouverte, mais les baguettes étant plus longues que ses bras, l'ananas est resté suspendu en l'air au-dessus de sa tête. Puis il est tombé par terre derrière elle. Nous avons ri et l'avons encouragée, mais Turtle était si surprise qu'elle s'est mise à pleurer. Je l'ai prise sur mes genoux.

« Tortolita, je vais te raconter une histoire, lui a dit Estevan. C'est une incroyable histoire indienne d'Amérique du Sud sur l'enfer et le paradis. » Mrs. Parsons a pris un air pincé et Estevan a poursuivi. « Si un jour tu vas visiter l'enfer, tu verras une pièce comme cette cuisine. Sur la table, il y a une casserole pleine d'un délicieux ragoût qui dégage l'arôme le plus délicat que tu puisses imaginer. Tout autour, des gens sont assis, comme nous. Seulement ils meurent de faim. Ils baragouinent et ils jacassent », il a regardé de façon particulièrement insistante Mrs. Parsons, « mais ils ne peuvent pas toucher à ce merveilleux ragoût que Dieu a fait pour eux. Pourquoi donc en est-il ainsi ?

– Parce qu'ils sont en train de s'étouffer ? Pour l'éternité ? » a demandé Lou Ann. L'enfer, pour Lou Ann, était forcément un endroit rempli d'objets pointus et de petites choses rondes à manger.

« Non, a-t-il répondu. Bonne idée, mais non. Ils meurent de faim parce qu'ils n'ont que des cuillères avec de très longs manches. Longues comme ça. » Il a désigné le balai-brosse que j'avais oublié de ranger. « Avec ces abominables cuillères ridicules les gens en enfer peuvent atteindre la casserole mais ils ne peuvent pas mettre la nourriture dans leur bouche. Dieu, comme ils ont faim ! Comme ils jurent et s'insultent ! » Son regard s'est à nouveau posé sur Virgie Mae. Il s'amusait.

« Maintenant, a-t-il poursuivi, tu peux aller visiter le paradis. Surprise ! Tu vois une pièce exactement comme la première, la même table, la même casserole de ragoût, les mêmes cuillères aussi longues que des balais-brosses. Mais les gens sont tous heureux et gras.

– Vraiment gras, ou alors tu veux dire bien nourris ? a demandé Lou Ann.

– Simplement bien nourris. Parfaitement, magnifiquement bien nourris, et très heureux. Pourquoi, à ton avis ? »

Il a coincé un morceau d'ananas entre ses baguettes, sans bavure s'il vous plaît, et lui a fait traverser toute la table pour l'offrir à Turtle. Elle l'a pris comme un oisillon qui vient de naître.

8

Le miracle du parc aux crottes de chien

Comble du ridicule, maman se mariait. Avec Harland Elleston, ni plus ni moins, carrossier chez le célèbre El-Jay. Elle avait appelé un samedi matin alors que j'étais allée faire un saut chez Mattie, c'était donc Lou Ann qui avait pris le message. J'ai été pratiquement la dernière à l'apprendre.

Quand j'ai rappelé, maman avait une drôle de voix. Elle était essoufflée. Elle n'avait que le nom d'Harland à la bouche.

« Tu étais dans le jardin ? lui ai-je demandé. Tu plantes des cosmos ?

– Des cosmos, non, on n'est même pas à la fin avril ! J'ai des mange-tout dans le petit carré sur le côté, mais pas de cosmos.

– J'avais oublié. Tout marche à l'envers ici. On plante la moitié des choses à l'automne.

– Missy, je suis dans tous mes états. » Elle m'appelait Taylor dans ses lettres, mais nous n'avions pas l'habitude des coups de téléphone. « Entre Harland et tout le reste ! Il est très gentil avec moi, mais c'est arrivé si vite que je sais plus par quel bout prendre le cochon. Dommage que tu sois pas là. Tu me mettrais un peu de plomb dans la cervelle.

– Oui, dommage.

– Tu plantes des choses à l'automne ? Et ça gèle pas ?

– Non. »

Enfin, elle avait quand même pensé à demander des nouvelles de Turtle.

« Elle est en superforme. Un vrai moulin à paroles.

– C'est comme ça que tu étais. Tu prenais ton temps pour démarrer, mais une fois que c'était fait, on pouvait plus t'arrêter. »

Qu'est-ce que tout cela voulait dire ? Tout le monde se comportait comme si Turtle était ma propre fille. C'était une conspiration.

Lou Ann voulait connaître les moindres détails de ce mariage, ce que j'étais à des lieues de savoir, ou d'avoir envie de savoir.

« Tout le monde a droit à sa part de gâteau, Taylor, a insisté Lou Ann. Est-ce qu'elle a quelqu'un d'autre dans la vie, tu peux me le dire ?

– Moi.

– Mais non, tu es ici. Tu serais en Chine communiste que ça serait du pareil au même.

– J'ai toujours eu dans l'idée de faire venir maman ici. Elle m'a même pas consultée, du jour au lendemain elle décide d'épouser ce balourd de carrossier.

– Je crois vraiment que t'es jalouse.

– C'est tellement drôle que j'en oublie de rire.

– Tu sais, quand mon frère s'est marié, j'avais l'impression qu'il nous avait abandonnés. Un jour il nous envoie une lettre avec une petite photo ridicule, tout ce qu'on arrivait à voir c'était des chiens, et il nous annonce qu'il épouse une personne qui s'appelle Louve Qui Chasse Aux Premières Lueurs de l'Aube. »

Lou Ann s'est mise à bâiller et s'est déplacée sur le banc pour que ses bras soient davantage exposés au soleil. Elle avait décidé qu'elle était trop pâle et qu'elle avait besoin de prendre des couleurs.

« C'est grand-mère Logan qui a failli y passer. Elle arrêtait pas de demander si les Esquimaux faisaient partie des êtres humains. Elle croyait qu'ils étaient à moitié animaux, tu vois le genre. C'est vrai, qu'est-ce que tu veux qu'on pense avec un nom pareil ? Mais je me suis habituée à cette idée. Ça me plaît de l'imaginer là-bas en Alaska avec toutes ces petites filles dans leurs grands manteaux en fourrure. Pour moi, ils habitent dans un igloo, mais c'est sûrement des idées. »

Nous étions allées passer un moment avec les gosses à Roosevelt Park, que les mômes du quartier appelaient le parc de l'herbe morte ou le parc aux crottes de chien. Pour être honnête, c'était assez minable. Il n'y avait que deux ou trois arbres un peu feuillus, qui étaient en partie morts, et un palmier pas bon à grand-chose, si haut et si maigre qu'il donnait de l'ombre sur le toit de l'usine située au bout de la rue. L'herbe poussait par plaques, luttant pour sortir parmi la terre luisante et chauve. On ne pouvait pas s'empêcher de penser à un animal galeux. Des constellations de papiers de chewing-gum étincelaient autour des poubelles.

« Disons les choses autrement, au moins elle a pas cassé sa pipe, a poursuivi Lou Ann. J'ai l'impression que la vie de ma mère s'est arrêtée quand mon père est mort. Tu veux que je te dise ? Ils avaient même des pierres tombales jumelles. Celle de papa du côté droit, et l'autre côté déjà gravé pour maman. Ivy Louise Logan, 2 décembre 1934 – un blanc. Chaque fois que je la vois, ça me donne la chair de poule. Comme si la pierre attendait qu'elle en finisse avec ses affaires et qu'elle meure pour qu'on puisse remplir le blanc.

– C'est vrai que c'est comme si elle avait déjà un pied dans la tombe.

– Si maman venait à se remarier, je danserais la gigue le jour de ses noces. Je sauterais carrément au plafond. Je l'aurais plus sur le dos, tu comprends. Elle serait plus là à me seriner d'aller vivre avec elle et grand-mère. »

Dwayne Ray a toussé dans son sommeil et Lou Ann a agité sa poussette deux ou trois fois. Turtle tapait par terre avec une pelle en plastique, cadeau de Mattie. « Chou, chou, chou », disait-elle.

« Je connais un type qui adorerait ta fille, a dit Lou Ann. T'as déjà vu ce type en ville qui vendait des légumes dans un camion ? »

Mais Turtle et Bobby Bingo ne discuteraient jamais de leur passion commune. Il avait disparu, sans doute pour suivre la mère d'un môme quelconque.

« Ta mère n'épouserait jamais Harland Elleston », ai-je dit à Lou Ann, revenant à notre sujet.

« Bien sûr que non ! Ce super canon est déjà pris.

– Lou Ann, tu tournes cette histoire à la rigolade.

– Ben, j'y peux rien, ça me ferait ni chaud ni froid que ma mère épouse l'éboueur du quartier.

– Mais Harland Elleston ! Il n'est même pas... »

J'allais dire il n'est même pas de la famille, mais

bien sûr ce n'était pas ce que je voulais dire. « Il a des verrues sur les coudes et des sourcils qui se touchent au milieu.

– Je te jure, Taylor, tu parles des hommes comme si c'étaient des boutons d'acné. À t'entendre on dirait que l'homme a été mis sur cette terre uniquement pour que les pissotières servent à quelque chose.

– C'est pas vrai. J'aime bien Estevan. » Mon cœur a fait comme un bond quand j'ai dit ça. Je savais exactement quelle allure cela aurait sur un électrocardiogramme : deux petits pics, et un grand.

« Il est pris. Ensuite ?

– Tout ça parce que je passe pas mon temps à courir après tous les Fred et tous les Jim qui passent sur mon chemin.

– Donne-moi un nom. T'as jamais le moindre mot aimable pour un seul de tes anciens copains.

– Lou Ann, pour l'amour du ciel. Dans le comté de Pittman rien de ce qui porte culotte ne valait la peine, tu peux me croire sur parole. À part notre professeur de science, et tout ce qu'il avait pour lui, c'était des ongles propres. »

Je venais seulement de me rendre compte à quel point les choix étaient limités à Pittman. Pauvre maman. Si seulement j'avais pu la faire venir à Tucson.

« Et où tu crois que j'ai grandi, à Paris, en France ?

– Je te fais remarquer que tu ne t'es pas contentée des gars du pays non plus. Il a fallu que tu te tires avec un cow-boy du Far West qui faisait des rodéos.

– Pour ce que ça m'a rapporté !

– Eh bien ! t'as quand même hérité de Dwayne Ray dans l'affaire. »

Maman m'avait toujours dit que j'étais la meilleure affaire de ce côté du Jackson Purchase, je ne l'oubliais pas.

« Oh, Taylor, si seulement tu avais pu le voir. Comme il était beau. » Elle avait les yeux fermés et le visage levé vers le soleil. « La première fois que je l'ai vu, il se tenait sur une barrière comme le type de Marlboro, les bras écartés et une botte sur le barreau du bas. Il mordillait tranquillement une allumette en attendant l'heure de faire entrer le taureau suivant. Et tu sais pas quoi ? »

Elle s'est assise et a ouvert les yeux.

« Quoi ?

– À ce moment précis, le type qui était dans l'arène a plus ou moins battu un nouveau record du monde du temps passé sur un taureau, et y'avait tout le monde qui criait et qui lançait tout un tas de trucs, et ma copine et moi, tu parles, on avait jamais vu un rodéo de notre vie et on trouvait que c'était la chose la plus extraordinaire depuis qu'Elvis était entré dans l'armée. Mais Angel, il a même pas levé les yeux. Il regardait droit devant lui en direction du champ de foin derrière le snack-bar. Rachel a dit : " Regarde le gros dur là-bas près de la barrière, quel connard, il fait même pas attention. " Et tu sais ce que j'ai pensé en moi-même ? J'ai pensé, je te parie qu'il va faire attention à moi. »

Juché sur un tricycle en plastique à grandes roues, un enfant avec un débardeur Michael Jackson est passé à grand fracas sur l'allée de gravier, faisant deux fois plus de bruit que sa taille ne semblait le permettre. C'est un ORV, nous a-t-il crié. Maintenant je savais.

« Je te connais », a-t-il dit en désignant Lou Ann du doigt. « C'est toi qui donnes de l'argent pour Halloween. »

Lou Ann a levé les yeux au ciel. « Je sens que cette histoire va me poursuivre toute ma vie. Cette année ils vont venir de Phoenix et de Flagstaff pour me taper.

– Méfiez-vous, c'est bientôt l'heure des clochards, nous a-t-il prévenues. Rentrez tout droit chez vous. »

Et il est reparti en pédalant comme un dératé.

L'allée de gravier coupait le parc en son milieu. Elle partait d'un monument en forme de pénis, au niveau d'une rue proche de chez Mattie, et se terminait à un endroit où nous aimions aller nous asseoir. Lou Ann l'avait baptisé la tonnelle. C'était ce qu'il y avait de mieux dans le parc. Les bancs étaient disposés en demi-cercle sous un vieux treillis de bois qui projetait une ombre de nappe au point de croix. Des plantes grimpantes épaisses et noueuses s'enroulaient autour des piliers et se déployaient sur le dessus. À l'endroit où elles sortaient du sol, elles me rappelaient les bras du type qui était venu livrer le nouveau réfrigérateur de Mattie. Lou Ann m'avait répété pendant tout l'hiver que c'étaient des glycines. Moi je les croyais mortes, comme tout le reste dans ce parc, mais Lou Ann me répétait : « Attends de voir. »

Elle avait raison. Vers la fin du mois de mars, une fine couche de feuilles frissonnantes et pâles était apparue et à présent les fleurs étaient près de s'ouvrir. Ici et là un pétale, tel une langue violette, sortait craintivement d'un gros bourgeon vert. De temps en temps une abeille bourdonnante faisait une petite station au-dessus des fleurs pour voir où elles en étaient. C'était à se demander d'où pouvait bien venir toute cette vie. Cela me rappelait cette histoire de la Bible où quelqu'un frappe une pierre et en fait jaillir de l'eau. Sauf qu'ici, c'était bien mieux, des fleurs qui sortaient d'un sol nu. Le miracle du parc aux crottes de chien.

Lou Ann était intarissable sur maman.

« J'imagine parfaitement ta mère... À propos, comment est-ce qu'elle s'appelle ?

– Alice. Alice Jean Stamper Greer. Il lui manque plus que d'ajouter Elleston à tout ça.

– ... Je vois très bien Alice et Harland courir vers leur nid d'amour. Pour peu qu'elle te ressemble, elle doit avoir de la suite dans les idées. Maintenant au moins elle fera repeindre sa voiture à l'œil.

– Il n'est pas le seul propriétaire, il y a aussi Ernest Jakes. C'est pas comme si le magasin lui appartenait.

– *Alice et Harland assis dans un arbre*, chantait-elle, *s'embrassaient.* »

Je me suis bouché les oreilles et j'ai chanté moi aussi : « *Je repartirai un jour ! Advienne que pourra ! Au Blue Bayou !* »

Turtle frappait le sol et chantait une recette de *succotash.*

Soudain, j'ai aperçu Mrs. Parsons et Edna Poppy qui descendaient l'allée bras dessus, bras dessous. De loin on aurait pu les prendre pour un de ces couples de vieillards usés qui arpentent les allées d'un jardin dans une scène grotesque de mariage en plein air. Nous leur avons fait de grands signes de la main. Turtle a levé les yeux et agité le bras dans notre direction.

« Mais non, c'est à elles que nous faisons signe », lui ai-je dit en les désignant du doigt.

Elle s'est retournée puis a ouvert et refermé sa main dans la bonne direction.

De temps à autre, à présent, pas seulement en cas d'urgence, nous laissions les gosses à Edna et à Virgie Mae qui les gardaient sous leur véranda. Edna était si gentille que nous espérions qu'elle atténuerait l'amertume de Virgie, comme le miel et le vinaigre dans ma fameuse recette chinoise. C'était vraiment pratique, de toute façon, et Turtle n'avait rien contre. Elle les appelait Poppy et Persil. Elle connaissait certainement plus de noms de légumes que bien des épiciers. Son livre préféré était un catalogue Burpee de chez Mattie, que je devais lui lire impérativement tous les soirs avant de la coucher. L'intrigue avait pris quelques rides à mon avis, mais elle adorait les personnages.

« Ma Poppy », s'est écriée Turtle en les voyant approcher.

Elle appelait toutes les femmes Ma quelque chose. Lou Ann était Ma Wooahn, ce qui évoquait, pensait Lou Ann, quelque chose qu'on mangerait avec des baguettes, et moi j'étais simplement Ma. Nous ne lui avons jamais appris ces noms, elle les a trouvés toute seule.

Les deux femmes avançaient toujours vers nous avec une lenteur incroyable. J'ai pensé à un jeu qui occupait nos fins de récréation à l'école : celui qui arrivera le dernier. Edna portait un haut rouge tricoté, un bermuda rouge écossais, et des tennis de femme rouges à semelles de corde. Virgie avait un chapeau tutti-frutti et une robe noire constellée d'espèces de pilules. Je me suis demandé s'il existait vraiment un endroit où l'on pouvait acheter ce genre de robe, ou si après être restée suspendue dans votre placard pendant cinquante ans, une robe normale finissait par se transformer.

« Bonjour, Lou Ann, Taylor, les enfants », a lancé Mrs. Parsons, en nous adressant un signe de tête à chacune.

Elle était si cérémonieuse qu'on avait envie de lui répondre des obscénités.

« Comment va ? » a répondu Lou Ann. Et, désignant le banc : « Asseyez-vous. »

Mais Mrs. Parsons a répondu que non, merci, elles faisaient seulement leur promenade hygiénique.

« Je vois que vous portez ma couleur préférée aujourd'hui, Edna », ai-je remarqué.

C'était une plaisanterie. Je ne l'avais jamais rien vu porter d'autre. Quand elle disait que le rouge était sa couleur, il fallait, contrairement à la plupart des gens, le prendre au pied de la lettre.

« Oh oui, toujours, a-t-elle répondu en riant. Vous savez, j'ai commencé à m'habiller en rouge à l'âge de seize ans. J'ai décidé que si je devais être un coquelicot, un coquelicot je serais. »

Edna disait les choses les plus surprenantes. Elle ne vous regardait pas vraiment quand elle vous parlait, elle fixait un point au-dessus de votre tête, comme si elle y voyait quelque chose de merveilleux.

« Allons, nous avons déjà entendu tout ça », s'est impatientée Mrs. Parsons, serrant vivement le coude d'Edna entre ses doigts. « Nous devons partir. Si je reste immobile trop longtemps mes genoux ont tendance à me lâcher. » Elles ont commencé à s'éloigner, mais Mrs. Parsons s'est bientôt arrêtée, et après un petit signe de tête, elle s'est retournée vers nous. « Lou Ann, quelqu'un vous cherchait ce matin. Votre mari, ou je ne sais trop qui.

– Vous voulez parler d'Angel ? »

Elle a fait un tel bond qu'elle a buté dans la poussette et a réveillé Dwayne Ray, qui s'est mis à hurler.

« Comment le saurais-je ? » a répondu Virgie sur un ton qui aurait tout aussi bien pu signifier : Combien de maris avez-vous eu ?

« Mais quand ? Ce matin quand j'étais à la laverie automatique ?

– Je n'ai pas la moindre idée de l'endroit où vous étiez, ma chère, je sais seulement que *lui* était *ici*.

– Qu'est-ce qu'il a dit ?

– Il a dit qu'il reviendrait plus tard. »

Lou Ann a secoué le bébé jusqu'à ce qu'il s'arrête de pleurer. « Merde », a-t-elle fait quelques minutes plus tard quand les deux femmes ne pouvaient plus l'entendre. « Qu'est-ce que ça veut dire à ton avis ?

– Peut-être qu'il voulait te remettre un chèque en main propre. Peut-être qu'il veut partir pour une deuxième lune de miel.

– C'est ça », a-t-elle répondu, regardant l'autre extrémité du parc.

Elle secouait toujours Dwayne Ray, n'ayant sans doute pas remarqué qu'il avait cessé de pleurer.

« Pourquoi est-ce qu'elle envoie pas promener cette tourte ? Ai-je demandé.

– Quelle tourte ? Cette vieille peste de Virgie ? Oh, elle fait rien de mal. » Lou Ann a reposé le bébé dans sa poussette. « Elle me fait penser à ma grand-mère. C'est le même genre. Une fois ma grand-mère m'a présentée à des cousins à elle par alliance. Je portais une jupe mi-longue toute neuve que je venais de me faire. Et la voilà qui dit : “ Je vous présente ma petite-fille Lou Ann. Elle a pas les jambes arquées, c'est juste la jupe qui lui donne cette allure. ”

– Oh ! Lou Ann, ma pauvre. »

Elle a froncé les sourcils et a essuyé de la main des taches de rousseur sur son épaule, comme si elles avaient brusquement décidé de se détacher.

« Ce matin j'ai lu dans le journal que le soleil donnait le cancer de la peau, a-t-elle dit. À quoi ça ressemble au début, tu le sais ?

– Non. Mais je ne crois pas qu'on puisse l'attraper en passant un après-midi au grand air. »

Elle faisait aller la poussette d'avant en arrière d'un air absent, creusant deux ornières jumelles dans la poussière.

« Quand j'y pense, je crois que c'est pas tout à fait la même chose que pour Mrs. Parsons. Il me semble que c'est plus excusable d'être méchant avec sa propre famille. »

Elle s'est frotté le cou et a tourné de nouveau son visage vers le soleil. Lou Ann avait un petit visage rond, joli à sa manière, comme un œuf sur le plat. Mais au fond de moi, je l'imaginais parfaitement sortant un beau matin et s'arrêtant devant le miroir pour lui dire : « Laide comme un péché au plus fort de l'été. » Je suis sûre que le miroir lui renvoyait aussi l'image de grand-mère Logan, l'observant pardessus son épaule.

Au bout d'un moment je lui ai dit : « Lou Ann, il y a quelque chose qu'il me faut savoir, pour Turtle et pour moi, alors dis-moi la vérité. Si Angel voulait revenir, je veux dire reprendre la vie commune et tout le reste, comme avant, est-ce que tu dirais oui ? »

Elle m'a regardée d'un air surpris. « Qu'est-ce que je pourrais faire d'autre ? C'est mon mari, non ? »

Il y avait peut-être des tas de choses que je ne comprenais pas, mais je savais reconnaître la méchanceté quand elle passait d'un être humain à un autre. Ce que Mrs. Parsons avait dit à propos des étrangers était mal, et cruel, et je me sentais toujours aussi gênée, même si plusieurs semaines s'étaient écoulées depuis. J'ai fini par m'excuser auprès d'Estevan. « Il y a quelque chose de mauvais chez elle, lui ai-je dit. Si on a la malchance de tomber sur un chien comme ça, on le donne à quelqu'un qui a une grande ferme. Je ne sais pas ce qu'il faut faire quand il s'agit d'un voisin. »

Estevan a haussé les épaules.

« Je comprends, a-t-il dit.

– Vraiment, je ne crois pas qu'elle savait ce qu'elle racontait, quand elle a dit que la femme et l'enfant qui ont été tués devaient être des revendeurs de drogue ou quelque chose dans ce goût-là.

– Oh ! moi je crois que si. C'est très américain, comme façon de voir les choses. » Il me regardait d'un air pensif. « Vous autres, vous croyez que si quelque chose de terrible arrive à quelqu'un, c'est qu'il a dû le mériter. »

J'avais envie de lui dire que c'était faux, mais j'en étais incapable. « Je pense que tu as raison. Cela doit nous donner un sentiment de sécurité. »

Estevan partait de chez Mattie tous les jours vers

quatre heures pour se rendre au travail. Souvent il descendait un peu plus tôt et nous bavardions pendant qu'il attendait son bus.

« Je peux te dire quelque chose ? Je pense que tu parles merveilleusement bien. Depuis que je te connais, je lis le dictionnaire tous les soirs et j'essaie de caser dans la conversation des mots comme constellation et scénario. »

Il a ri. Tout chez lui était parfait, même ses dents, elles auraient pu sortir d'un livre sur le corps humain.

« J'ai toujours pensé que tu parlais d'une façon délicieuse. On n'a pas besoin d'aller pêcher de grands mots dans le dictionnaire. Tu es poétique, *mi'ija.*

– Qu'est-ce que ça veut dire *mi'ija* ?

– *Mi hija*, a-t-il répété plus lentement.

– Ma quelque chose ?

– Ma fille. Mais ce n'est pas la même chose en anglais. Nous le disons à nos amis. Tu pourrais m'appeler *mi'ijo*.

– Eh bien, merci du compliment, mais me dire ça à moi, je préfère te prévenir que c'est donner des perles aux cochons. Je ne vois pas quand j'ai pu dire quoi que ce soit de poétique.

– Donner des perles aux cochons, c'est poétique. »

De fait, ses yeux pétillaient.

Son bus est arrivé, et prestement il a bondi du trottoir, a empoigné la porte et s'est balancé à l'intérieur du bus alors que celui-ci se mettait en branle. Il devait avoir ces mêmes gestes quand il attrapait son bus à Guatemala. Pour aller faire ses cours. Mais aujourd'hui il n'était pas chargé de livres, de copies corrigées, et les manches de sa chemise blanche bien repassée étaient roulées en prévision d'une soirée de plonge.

J'étais déprimée ce soir-là. Mattie, qui apparemment connaissait un nombre incalculable de choses intéressantes, m'a raconté l'histoire de Roosevelt Park. J'avais toujours pensé que le parc devait son nom à l'un des présidents, mais il s'agissait en fait d'Eleanor. Un jour où elle voyagcait à travers le pays dans son train particulier, elle s'était arrêtée ici et avait prononcé un discours debout sur une estrade dressée sur son wagon. Ce devait être un wagon spécial, décoré, pas rempli de bétail et de vagabonds. Mattie racontait que les gens étaient assis sur des chaises pliantes au milieu du parc et l'écoutaient parler de ceux-là qui sont moins fortunés que nous.

Naturellement, Mattie n'avait pas entendu le discours d'Eleanor Roosevelt, mais elle vivait ici depuis très longtemps tout de même. Il y avait trente ans, disait-elle, les demeures qui bordaient le parc appartenaient aux gens les plus riches de la ville. Mais aujourd'hui les maisons semblaient toutes un peu séniles, avec leurs gonds arthritiques et leurs moustiquaires qui tombaient de guingois. La plupart avaient été divisées ou transformées pour privilégier l'utile aux dépens de la beauté. Il y avait de nombreux duplex. La maison de Lee Sing faisait fonction à la fois d'habitation, d'épicerie et de laverie. Celle de Mattie, on le sait, était un magasin de pneus et un refuge.

Je comprenais peu à peu ce que ce mot recouvrait. D'abord les gens ne faisaient que passer. Et ensuite ils se tenaient tranquilles. Sur le côté de la maison de Mattie, au-dessus de la peinture murale que Lou Ann et moi appelions *Jésus autour du monde*, se trouvait une fenêtre qui donnait sur le parc. J'y apercevais des visages, parfois celui d'Esperanza, parfois d'autres, le regard perdu dans le lointain.

Il arrivait à Mattie de s'absenter pendant plusieurs jours d'affilée, me laissant alors la charge du magasin.

« Comment peux-tu partir comme ça ? lui demandais-je. Imagine qu'on m'apporte un pneu de tracteur ? » Mais elle me répondait en riant : « Aucune chance. » Elle m'expliquait que les marchands de pneus, c'était comme les vétérinaires. Il y a les vétérinaires de campagne, qui raccommodent les chevaux et les petits veaux, et il y a les vétérinaires des villes qui coupent les ongles des caniches. Elle, elle était un vétérinaire de la ville.

Et elle partait. Mattie avait de nombreuses voitures en état de marche, mais en ces occasions elle prenait toujours son quatre-quatre Blazer et ses jumelles, et revenait les pare-chocs maculés de boue. « Je m'en vais observer les oiseaux », me disait-elle immanquablement.

À son retour, il arrivait parfois qu'un homme roux du nom de Terry débarque à bicyclette et monte passer environ une heure en haut chez Mattie. Il ne paraissait guère plus âgé que moi, mais Mattie m'avait dit qu'il était déjà médecin. Il transportait sa mallette de docteur dans une sacoche spéciale à l'arrière de sa bicyclette.

« C'est un homme bon, disait-elle. Il s'occupe de ceux qui arrivent ici malades et blessés.

– Qu'est-ce que tu veux dire, qui arrivent blessés ?

– Blessés, répétait-elle. Il y en a beaucoup qui arrivent avec des brûlures, par exemple. »

Je ne comprenais pas. « Je ne vois pas pourquoi ils auraient des brûlures. »

Elle m'a regardée avec une telle insistance que j'en étais toute retournée.

« Des brûlures de cigarettes. Dans le dos. »

Le soleil se couchait, et la plupart des fenêtres à l'ouest dans la rue réfléchissaient une violente lumière orange, comme si les maisons avaient pris feu de l'intérieur, mais je distinguais clairement ce qui se passait à l'étage chez Mattie. Une femme se tenait à la fenêtre. Ses cheveux parsemés de fils blancs tombaient sur ses épaules, et elle pliait des pantalons d'homme. Elle écrasait lentement chaque pli du plat de la main, comme si plier des pantalons avait été la seule tâche qui l'attendait dans la vie, et comme si tout dépendait du fait qu'elle le fasse correctement.

Fidèle à sa parole, Angel est revenu. Non pas pour reprendre la vie commune, mais pour annoncer à Lou Ann qu'il partait pour toujours. J'avais rendez-vous chez le médecin pour Turtle, je n'ai donc pas été témoin de la scène. Tout ce que je peux dire c'est que cet homme avait un don certain pour poser des bombes chez vous pendant que vous étiez tranquillement installé dans la salle d'attente du docteur Pelinowsky. Mais la vie d'Angel ne me concernait en rien. C'était une simple coïncidence.

Turtle se portait comme un charme, mais étant donné ce qu'elle avait subi, je me disais que je n'avais que trop tardé à l'emmener voir un médecin. (Lou Ann me demandait régulièrement : Tu crois pas que tu devrais avertir la police ? Appeler le 88-Crime ou quelque chose comme ça ? Mais tout cela appartenait au passé maintenant.) J'avais pensé poser la question à Terry, le docteur aux cheveux roux, mais j'avais toujours reculé. En fin de compte j'avais pris rendez-vous avec le fameux docteur P., sur la recommandation de Lou Ann, bien qu'il ne soit pas exactement le genre de docteur qu'il me fallait. Son assistante avait accepté qu'il voie mon enfant pour cette fois.

Si nous n'avons eu aucun mal à trouver le cabinet du docteur, inscrire Turtle a été une autre histoire. Le formulaire qu'on m'a donné à remplir contenait à peu près toutes les questions sur Turtle auxquelles je ne pouvais pas répondre. Avez-vous eu la rougeole ? La gale ? Connaissez-vous la date de votre dernière vaccination anti-polio ? Le seul renseignement d'ordre médical que je possédais sur son passé était absent du formulaire, à moins qu'il ne figure sous un nom que je ne connaissais pas.

Turtle était sur mes genoux. Pour une fois elle ne s'agrippait pas à moi car elle avait besoin de ses deux bras pour tourner les pages de sa revue à la recherche de légumes. Sans grand succès. Une femme sur deux dans la salle d'attente était enceinte, et toutes les revues étaient pleines de réclames de soutiens-gorge d'allaitement.

J'étais capable de me sortir de presque n'importe quelle situation, mais il est tout simplement impossible d'inventer l'histoire médicale de quelqu'un. Quand je suis allée taper à la vitre pour attirer l'attention de l'infirmière, j'ai constaté qu'elle était enceinte elle aussi, et j'ai retrouvé une vieille panique.

« Oui ? » a-t-elle fait.

D'après son badge elle s'appelait Jill. Elle avait la peau blanche et de grosses traînées de poudre rose devant les oreilles.

« Je ne peux pas répondre à ces questions.

– Vous êtes la mère ou le tuteur ?

– C'est moi qui en ai la charge.

– Dans ce cas, nous avons besoin du passé médical pour pouvoir remplir une feuille de consultation.

– Mais je ne sais pas grand-chose sur son passé.

– Alors vous n'êtes ni la mère ni le tuteur ? »

On commençait à tourner en rond.

« Écoutez, ai-je dit. Je ne suis pas sa vraie mère, mais c'est moi qui m'en occupe actuellement. Elle n'est plus dans sa famille d'origine.

– Oh, vous êtes une famille adoptive. » Jill avait retrouvé son calme, elle cherchait quelque chose dans une nouvelle pile de papiers. Elle a cligné lentement des yeux d'un air entendu et j'ai aperçu sur ses paupières des arcs-en-ciel de maquillage lavande et rose. Elle m'a tendu un nouveau formulaire qui comportait beaucoup moins de questions. « Est-ce que vous avez apporté son carnet de santé et le certificat d'abandon ?

– Non...

– Eh bien, n'oubliez pas de les apporter la prochaine fois. »

Quand nous avons enfin été admises dans le cabinet du docteur Pelinowsky, j'étais dans l'état d'esprit de quelqu'un qui aurait gagné cet homme à un concours où l'on répond à cinquante questions différentes sur le fromage américain. Il avait la cinquantaine et un air un peu fatigué. Il se tenait voûté, de sorte que l'on sentait un vide à l'intérieur de sa blouse blanche. Il portait des chaussures Derby noires, et des chaussettes en nylon avec de minuscules hippocampes au-dessus des chevilles.

Turtle s'est remise à s'agripper quand je lui ai enlevé son T-shirt. Elle tordait dans ses poings les pans de ma chemise pendant que le docteur Pelinowsky lui cognait sur les genoux et dirigeait dans ses yeux la lumière de sa lampe. « Hé ! tu es avec nous ? » a-t-il demandé. Le seul moment où elle est sortie de sa torpeur a été quand il a examiné l'intérieur de ses oreilles et a dit : « Pas de pommes de terre là-dedans ? » La bouche de Turtle a esquissé un petit O, mais elle a décroché tout de suite après.

« Je ne pensais pas vraiment que vous alliez lui trouver quelque chose. D'une manière générale, elle se porte plutôt bien.

– Je serais très étonné de trouver quoi que ce soit sur le plan clinique. Elle me fait l'effet d'une enfant de deux ans en parfaite santé. »

Il a jeté un coup d'œil sur ses notes.

« La raison pour laquelle je vous l'ai amenée est que j'ai des inquiétudes sur quelque chose qui lui est arrivé il y a un certain temps. On ne s'est pas très bien occupé d'elle. » Le docteur Pelinowsky me regardait, en faisant cliqueter son stylo-bille. « Je suis sa mère adoptive », ai-je continué, et il a aussitôt levé un sourcil interrogateur. C'était un miracle, ce mot nouveau qui satisfaisait tout le monde.

« Vous voulez dire qu'elle a été l'objet de privations ou de mauvais traitements chez ses parents biologiques », a-t-il dit.

Sa technique favorite consistait à avoir l'air de vous apprendre ce que vous veniez juste de lui dire.

« Oui, je crois qu'elle a été maltraitée, et qu'elle

a... », je ne savais pas comment formuler la chose. « Qu'elle a subi des violences. Des violences sexuelles. »

Le docteur Pelinowsky a enregistré cette information sans réaction apparente. Il écrivait quelque chose sur la feuille dite de consultation. J'ai attendu qu'il ait terminé, pensant que j'allais devoir me répéter, mais il a déclaré : « Je vais l'examiner de manière approfondie, mais comme je vous l'ai dit, je ne pense pas trouver quoi que ce soit dans l'immédiat. Cette enfant est à votre charge depuis cinq mois ?

– À peu près. Oui. »

Pendant qu'il l'examinait, il m'a fourni des explications sur les excoriations, les contusions et les processus de cicatrisation. Je me disais que c'était exactement ainsi que j'avais procédé avec Jolene Shanks, tranquille comme Baptiste, pendant que son défunt mari était étendu sous un drap à deux mètres de là. « Une fois cette période écoulée, il se pourrait que nous constations des troubles du comportement, a conclu le docteur, mais il n'y a pas de dommages physiques résiduels. »

Après avoir griffonné quelques mots, il a décidé qu'il serait souhaitable de procéder à un examen du squelette, et que, dans un avenir proche, il faudrait mettre à jour ses vaccinations.

J'étais curieuse de voir la salle de radiologie, qui se trouvait au bout du couloir dans une autre partie du cabinet. Tout était grand et propre, et ils avaient une machine qui sortait les radios instantanément comme avec un Polaroïd. À mon avis le docteur Pelinowsky ne connaissait pas vraiment sa chance. Moi, je passais des après-midi entiers dans une petite chambre noire à développer ces trucs-là, à tremper les plaques de plastique rigides dans plusieurs cuvettes de liquide, puis à les suspendre à un fil à l'aide de minuscules épingles à linge vertes. Je disais à maman que ce n'était rien de plus qu'une lessive de luxe.

Nous avons dû attendre un peu avant de le revoir, le temps qu'il examine un autre patient et interprète les radios de Turtle. J'ai traîné un moment à poser des questions au technicien et à montrer à Turtle d'où sortaient les radios, encore que les machines ne soient pas vraiment son rayon. Elle était occupée à se colleter avec mon épaule.

Quand nous avons été rappelées dans le bureau du docteur Pelinowsky, je l'ai trouvé un peu chose.

« Qu'est-ce qui se passe ? » lui ai-je demandé.

Tout ce qui me venait à l'esprit, c'était le mot tumeur au cerveau, la fréquentation assidue de Lou Ann, je suppose, qui tenait toutes ses connaissances de *General Hospital.*

Il a plaqué une partie des radios contre la vitre. La fenêtre du bureau du docteur Pelinowsky donnait sur un jardin rempli de pierres rondes et de cactus. Sur les négatifs noirs je distinguais les os pâles et le crâne de Turtle, et mon sang s'est glacé, comme c'était certainement arrivé à Lou Ann le jour où elle avait vu le nom de sa mère bien vivante gravé sur une pierre tombale. Je tremblais de la tête aux pieds.

« Nous avons ici des fractures cicatrisées, dont certaines sont compliquées », m'a-t-il informée en les désignant du bout de son stylo d'argent.

Il a déplacé lentement son stylo le long du bras et des os de la jambe, puis vers les mains, qui selon lui étaient une excellente indication de l'âge. D'après sa taille et son poids il avait conclu qu'elle devait avoir autour de vingt-quatre mois, mais le développement du cartilage dans les carpes et les métacarpes indiquait qu'elle était plus proche de trois ans.

« Trois ans ?

– Oui. » Il semblait presque hésiter à me dire cela. « Il arrive que dans un environnement de carence physique et affective un enfant s'arrête tout simplement de grandir, même si une certaine maturation interne se poursuit. C'est un état que nous appelons refus de se développer.

– Mais elle se développe maintenant. Je suis bien placée pour le savoir. C'est moi qui l'habille.

– Eh bien, oui, naturellement. Cet état est parfaitement réversible.

– Naturellement », ai-je répété.

Il a plaqué d'autres radios à la fenêtre, en prononçant des mots comme « fracture fibulaire spiroïdale ici », et « excellente cicatrisation » et « quelques entraves au développement psychomoteur ». J'avais du mal à l'écouter. À travers les os, je voyais le jardin de l'autre côté. Il y avait un cactus aux bras touffus, couvert de piquants jaunes aussi épais que de la fourrure. Un oiseau y avait construit son nid. Il volait parmi ces horribles branches épineuses, y entrant et en sortant à tout moment, sans jamais hésiter. On avait du mal à comprendre comment il avait pu en faire sa maison.

Mattie m'avait donné ma journée, et il était entendu que je rejoindrais Lou Ann au zoo après le rendez-vous de Turtle. Nous avons pris le bus. Mattie et moi n'avions pas trouvé le temps de réparer l'allumage de ma voiture, et la faire démarrer était une prestation que je réservais pour des occasions exceptionnelles.

En route j'ai essayé d'effacer de mon esprit les mots « incapacité à se développer ». Je préférais me préparer à l'aventure qui m'attendait : me retrouver avec Lou Ann et les gosses à la merci de périls inédits. Il y aurait des histoires d'éléphants qui perdaient la boule et piétineraient leurs gardiens ; de tendres menottes arrachées et avalées par je ne sais quel animal apparemment inoffensif. Quand je me suis dirigée vers le portail et l'ai vue plantée là avec des larmes qui lui coulaient le long des joues, j'ai machinalement porté mon regard sur Dwayne Ray dans sa poussette pour vérifier qu'il était toujours entier.

Les gens étant obligés de contourner Lou Ann pour passer par le tourniquet, je l'ai attirée sur le côté. Elle parlait tout en sanglotant.

« Il dit qu'il va s'engager dans le premier spectacle de rodéo qui voudra bien d'un clown unijambiste, et c'est pas juste, je le sais, parce qu'être clown, c'est le boulot le plus difficile, ils doivent distraire les taureaux en faisant toutes sortes de simagrées pour qu'ils ne piétinent pas la tête des cowboys. »

Je n'y comprenais rien. Y avait-il un éléphant à un moment quelconque dans cette histoire ?

« Lou Ann, ma chérie, tu racontes n'importe quoi. Tu veux rentrer à la maison ? »

Elle a secoué la tête.

« Alors, on entre au zoo ? »

Elle a acquiescé. J'ai réussi à faire franchir le tourniquet à tout le monde et nous nous sommes installés sur un banc entre la mare aux canards et les tortues géantes. Le bruit de l'eau qui tombait goutte à goutte d'une petite cascade dans la mare aux canards donnait une impression de fraîcheur. Je me suis efforcée de distraire les enfants pour laisser à Lou Ann le temps de m'expliquer ce qui se passait.

« Regarde Turtle, regarde ces grosses tortues », ai-je dit.

Les mots « crise d'identité chez l'enfant », lus dans une des revues de Lou Ann, m'ont traversé l'esprit, mais Turtle semblait beaucoup plus intéressée par les morceaux de fruits à moitié grignotés qui jonchaient l'enclos des tortues.

« Pomme », s'est-elle écriée.

Elle semblait remise de sa visite chez le docteur.

« Il a parlé du circuit Colorado-Montana, et j'ai rien compris, sinon qu'il s'en va. Et il a dit qu'il n'enverra sans doute plus de chèques pendant un moment, le temps de retomber sur ses pieds. Il a même dit sur *son* pied, tu te rends compte ? Il a une façon de se voir ! On dirait qu'il parle d'une jambe artificielle à laquelle on a attaché une personne. »

Une femme assise sur un banc voisin s'est arrêtée de lire et a renversé légèrement la tête en arrière, comme on le fait quand on veut surprendre une conversation. Elle portait des tennis blanches, un short blanc, et une visière. On aurait dit qu'elle était en route pour une partie de tennis dans un Country Club et que s'étant trompée de bus, elle s'était retrouvée ici.

« C'est son mari le problème, ai-je informé la femme. Il faisait des rodéos dans le temps.

– Taylor ! » a murmuré Lou Ann, mais la femme nous a ignorées.

Elle a tiré une bouffée de sa cigarette et l'a posée en équilibre sur le rebord du banc. Puis elle a ouvert son journal d'un coup sec et a replié la première page. Celle-ci montrait une grande photo en couleur de Liz Taylor en compagnie d'un Noir vêtu d'un gilet argenté sans chemise dessous. Un énorme titre en lettres majuscules annonçait : « La future maman la plus jeune du monde : enceinte à la naissance. » Le titre n'avait apparemment aucun rapport avec la photo.

Un gamin qui avait des bouchons en caoutchouc mousse orange dans les oreilles est passé en trombe sur un skate-board, suivi d'un second juste derrière. Ils avaient une façon particulière de faire basculer leurs planches pour escalader les trottoirs.

« On devrait interdire ça ici. Ça peut tuer quelqu'un », a remarqué Lou Ann en se mouchant.

À l'intérieur de l'enclos, une tortue géante en poursuivait une autre, tournant inlassablement autour d'un bouquet de palmiers nains.

« Alors, qu'est-ce qui se passe pour Angel ? »

Une femme en robe fleurie s'est assise sur le banc à côté de madame Country Club. Elle avait une peau très sombre striée de rides et portait d'énormes escarpins à talons hauts. De la cigarette de la tenniswoman, posée sur le banc entre elles deux, s'élevait une petite barrière sinueuse de fumée.

« Il a dit qu'il y aurait des papiers à signer pour le divorce, a continué Lou Ann.

– Alors où est le problème exactement ? »

Je ne voulais pas être méchante. Je ne comprenais vraiment pas.

« Mais qu'est-ce que je vais faire ?

– Écoute, franchement, qu'est-ce que ça peut bien changer ? Que tu divorces comme ceci ou comme cela, ou même que tu divorces tout court, c'est pas ça qui compte. Il est parti ton bonhomme, ma chérie. S'il arrête d'envoyer des chèques, je vois pas ce qu'on peut y faire, surtout s'il est en train de courir à cheval au milieu du paradis. M'est avis que tu vas devoir chercher du boulot, et sans tarder. »

Lou Ann s'est remise à sangloter.

« Qui voudrait de moi ? Je sais rien faire.

– On n'a pas nécessairement besoin de savoir faire quelque chose pour trouver du travail, l'ai-je raisonnée. Je n'avais jamais fait de frites de ma vie quand j'ai été prise au *Burger Derby.* »

Elle s'est mouché à nouveau.

« Comment est-ce qu'elle a pu naître enceinte ? » a demandé la femme aux chaussures vertes à sa voisine au journal.

« C'étaient des jumeaux, un garçon et une fille, lui a répondu la femme. Ils ont eu des rapports sexuels dans le ventre de leur mère. Les médecins disent qu'il y a une chance sur un million pour qu'une telle chose se produise.

– Ouais », a fait la femme aux chaussures vertes d'un air fatigué.

Elle s'est penchée en avant et a plongé la main au fond d'un grand sac en papier, façon cachemire, à anses épaisses. Nous avons toutes trois attendu qu'elle ajoute quelque chose, ou qu'elle sorte de son sac une réponse superbe, mais rien n'est venu.

D'une voix plus calme, Lou Ann m'a confié : « Tu sais, le pire c'est qu'il ne m'ait pas demandé de venir avec lui.

– Mais comment pourrais-tu partir avec lui ? Et Dwayne Ray, qu'est-ce que tu en fais ?

– C'est pas que je voudrais, mais il aurait pu me le demander. En fait, il a dit que si j'y tenais, il ne pouvait pas m'en empêcher, mais pas moyen de lui faire dire qu'il en avait envie.

– Je ne te suis pas vraiment.

– Tu sais, c'était ça le problème avec Angel. J'ai jamais eu vraiment l'impression qu'il se battrait pour moi. Je l'aurais quitté il y a bien longtemps, mais j'étais morte de peur à l'idée qu'il allait dire : " Salut, et attention à pas prendre la porte dans les fesses en sortant. "

– Écoute, c'est pas forcément qu'il ne veut pas de toi, Lou Ann. Il a peut-être simplement assez de jugeote pour ne pas t'embarquer avec un nourrisson de quatre mois sur le circuit du Montana-Colorado, ou je sais pas quoi. Je vois ça d'ici. Dwayne Ray se transformant en un de ces nains tatoués qui font des sauts périlleux dans une exhibition foraine et vendent du pop-corn à l'entracte.

– C'est pas un cirque, pour l'amour du ciel, c'est un rodéo. »

Lou Ann a couiné dans son mouchoir et s'est mise à rire malgré elle.

Au bord de la mare il y avait un distributeur de chewing-gum rempli de cacahuètes, destinées aux canards, je suppose. Mais ces derniers étaient si bien nourris que même au bord de l'eau, où les cacahuètes étaient éparpillées par poignées, ils barbotaient avec des yeux ronds pleins d'ennui.

Turtle en a déterré une de la boue et me l'a apportée.

« Haricot, a-t-elle dit.

– C'est une cacahuète.

– Tatahuète », a-t-elle répété.

Elle a fait je ne sais combien d'allers et retours, ramassant des cacahuètes et les disposant en tas. Dwayne Ray, dans sa poussette, traversait cette première aventure au zoo du sommeil du juste.

Je ne cessais de penser aux radios, et au corps de Turtle qui portait à jamais des blessures secrètes. J'ai eu envie d'en parler à Lou Ann, mais ce n'était pas le moment.

« Tu peux me dire pourquoi tu prends sa défense ? s'est insurgée Lou Ann.

– Je ne prends pas sa défense. La défense de qui ?

– Je sais ce que je dis. En tout cas tu ne prends pas la mienne. Quand je me plains d'Angel, faut pas compter sur toi pour m'accorder que c'est un minable. Tu écoutes bien gentiment et tu dis rien. »

J'ai ramassé une capsule de bouteille verte et l'ai lancée dans la mare. Les canards n'ont même pas tourné la tête.

« Lou Ann, ai-je fait, au lycée j'ai perdu toute une ribambelle d'amies comme ça. Aujourd'hui tu penses que c'est un minable, mais il se pourrait bien qu'un de ces jours tu aies envie de le revoir. Et ce jour-là tu seras tellement gênée que tu n'oseras pas me regarder en face et m'avouer que tu es toujours amoureuse de ce crétin dont l'anatomie nous a fait rigoler pendant deux mois.

– C'est fini entre Angel et moi. Je le sais très bien.

– Peu importe. Je ne veux pas que tu aies à choisir entre lui et moi. »

Elle a fourré la main dans son sac à la recherche d'un mouchoir propre.

« J'arrive pas à m'y faire, qu'il soit parti comme ça.

– Quand ? Aujourd'hui ou en octobre dernier ? » Cette histoire commençait à m'énerver. « Il y a plus de six mois qu'il est parti, Lou Ann. Tu croyais qu'il était juste sorti prendre l'air ? On est en avril maintenant, bon sang !

– T'as vu ça ? » Lou Ann montrait Turtle du doigt. Sa tête s'était redressée brusquement tel un diable qui sort de sa boîte, et ses yeux étaient fixés sur moi comme si elle avait vu le bon Dieu en personne.

« Qu'est-ce qu'il y a, Turtle ? » lui ai-je demandé, mais depuis sa pile de cacahuètes, elle m'observait d'un regard inquiet.

« Elle a déjà fait ça une fois, je m'en souviens. Le jour où on a discuté de la facture du téléphone, tu croyais qu'on nous avait arnaquées.

– Qu'est-ce que tu veux dire, qu'elle comprend quand on est en colère ? Merci du renseignement.

– Non, je dis que c'était la facture du mois d'avril. Elle lève la tête quand on prononce le mot avril, surtout si on est en colère. »

Turtle a levé la tête à nouveau.

« Tu comprends pas ? » a demandé Lou Ann.

Je ne comprenais pas.

« C'est son nom ! Avril, c'est son nom ! » Voilà que Lou Ann sautait littéralement sur son siège. « Avril, Avril. Regarde-moi, Avril. C'est ton nom, pas vrai ? Avril. »

Si c'était son nom, Turtle commençait à en avoir marre. Elle s'était remise à tapoter les flancs de sa montagne de cacahuètes.

« Il faut procéder de manière scientifique, ai-je dit. Tu dis tout un tas d'autres mots, et l'air de rien tu glisses celui-là, et tu vois si elle réagit.

– D'accord, mais c'est toi qui le fais. Je me sens pas capable d'aligner trois mots.

– Rhubarbe, ai-je commencé. Concombre, cochon, Budweiser, avril. »

Turtle a instantanément répondu au signal.

« Mai, juin, juillet, août, septembre ! a crié Lou Ann. Avril !

– Mon Dieu, Lou Ann, cette enfant n'est pas sourde.

– C'est Avril, a-t-elle déclaré. C'est son nom légitime.

– Peut-être que son nom ressemble seulement à Avril. C'est peut-être Amy. »

Lou Ann a fait la grimace.

« D'accord pour Avril, c'est pas si mal. Mais à mon avis elle est habituée à Turtle maintenant. Je crois qu'il faut continuer à l'appeler comme ça. »

Un gros canard à la tête verte luisante avait finalement décidé que le repère de cacahuètes de Turtle ne pouvait pas être ignoré plus longtemps. Il a gagné la rive et a avancé lentement, le cou tendu vers l'avant.

« Ooooh, Oooh ! » a crié Turtle, en secouant ses mains avec une telle vigueur qu'il a fait demi-tour et s'en est retourné vers la mare en se dandinant.

« Turtle, c'est très bien comme surnom, a décidé Lou Ann, mais il te faut penser à l'avenir. Et quand elle ira à l'école ? Quand elle aura quatre-vingts ans ? Tu te représentes un peu une femme de quatre-vingts ans qui s'appellerait Turtle ?

– Une Indienne de quatre-vingts ans, oui, certainement. N'oublie pas qu'elle est indienne.

– Quand même.

– Avril Turtle, alors.

– Mais non ! On a l'impression que tu parles d'un vaporisateur d'atmosphère.

– Eh bien, soit », ai-je fait. Et nous en sommes restées là.

On a passé un moment à écouter les bruits du zoo. Il y avait plus d'arbres ici que n'importe où ailleurs à Tucson. J'avais oublié à quel point des arbres remplis d'oiseaux pouvaient changer votre façon de percevoir le monde : la vie ne s'arrêtait pas au niveau de votre regard. Entre les croassements et les sifflements des merles, on entendait au loin des voitures, des singes, des cris d'enfants.

« Ma parole, ce bruit d'eau qui coule, ça me donne envie de faire pipi, a dit Lou Ann.

– Il y a des toilettes près de l'endroit où nous sommes entrées. »

Lou Ann a sorti un miroir de son sac.

« La mort réchauffée », a-t-elle commenté.

Et elle est partie à la recherche des toilettes.

La tortue géante, je venais de le remarquer, avait rejoint sa partenaire et avait entrepris de lui grimper dessus par-derrière. Son cou et sa tête étaient tendus vers l'avant dans l'effort, et à vrai dire, l'animal ressemblait tout à fait à un vieil homme chauve et édenté. Leurs carapaces noueuses en se frottant produisaient un son creux. Le temps que Lou Ann revienne des toilettes, le vieux bonhomme poussait des grognements sourds qui devaient s'entendre jusqu'aux cages des aras réprobateurs.

« Qu'est-ce que c'est que ce trafic ? J'entendais ce bruit depuis les toilettes, a déclaré Lou Ann. Ma foi, je veux bien être pendue. Je me suis toujours demandé comment elles faisaient avec leurs carapaces. Ça doit être pire que ces gaines porte-jarretelles qu'on avait au lycée pour tenir nos bas. Tu te rappelles ? »

Deux adolescents, main dans la main, se sont approchés en trottinant, histoire de jeter un coup d'œil ; ils ont gloussé, et se sont éloignés rapidement. Une femme qui portait son bébé sur sa hanche lui a tourné la tête et a passé son chemin. Lou Ann et moi, on pleurait de rire. Madame Country Club nous a adressé un regard, et après avoir replié son journal, elle a écrasé sa cigarette et s'en est allée en faisant crisser le gravier sous ses pas.

9

Ismene

Esperanza avait essayé de se tuer.

Estevan est apparu à la porte de derrière et m'a expliqué d'une voix tranquille qu'elle avait absorbé un tube de cachets d'aspirine pour enfants.

Je n'arrivais pas à comprendre pourquoi il était venu.

« Tu devrais pas être auprès d'elle ? »

Il a répondu qu'Esperanza était avec Mattie. Mattie l'avait trouvée presque aussitôt et l'avait transportée en toute hâte vers une clinique dont elle avait entendu parler, dans les quartiers sud de Tucson. On n'avait pas besoin d'y présenter de papiers. Je n'avais pas pensé à ça – tous ces problèmes supplémentaires qui avaient dû leur compliquer la vie, même en cas d'urgence. Mattie m'avait raconté l'histoire d'un travailleur saisonnier, un cueilleur de citrons à Phoenix, qui avait perdu un pouce dans une machine, il s'était vidé de son sang parce que l'hôpital le plus proche ne l'avait pas accepté.

« Elle va s'en sortir ? »

Comment pouvait-il savoir ? Il a répondu que oui, elle s'en sortirait. « On va peut-être devoir lui faire un lavage d'estomac, ce n'est pas sûr », m'a-t-il expliqué. Il semblait connaître toute l'histoire, du début à la fin, et j'ai commencé à soupçonner que c'était quelque chose qui était déjà arrivé.

Le soleil était couché et la lune venait de se lever. Un figuier poussait près de la porte, vieil arbre têtu qui avait du mal à faire ses feuilles. La lune projetait des ombres de branches de figuier qui s'enroulaient comme des mains vides sur le visage d'Estevan et sur sa poitrine. Quelque chose chez cet homme était en train de se déverrouiller.

Il m'a suivie dans la cuisine où j'étais en train de couper en dés quelques carottes et un morceau de fromage pour le repas de Turtle le lendemain.

Pour empêcher mes mains de trembler, je me suis appliquée à enfoncer le couteau dans la dure chair orange des carottes, jusqu'à la planche à découper.

« Je sais pas trop quoi dire quand il arrive des choses pareilles. Tout ce qui me vient à l'esprit semble ridicule comparé à la vie ou à la mort de quelqu'un. »

Il a acquiescé.

« Je peux t'offrir quelque chose ? Tu as mangé ? » J'ai ouvert la porte du réfrigérateur, mais Estevan m'a fait signe de la refermer. « Une bière, au moins. » J'ai décapsulé deux bières et j'en ai posé une devant lui sur la table. Aussi loin que remontent mes souvenirs, les crises se sont toujours terminées dans la cuisine, avec les femmes qui préparent à manger aux hommes. « Je sens très bien ce que je vais faire, ai-je dit à Estevan, t'obliger à manger ou alors me mettre à parler à tort et à travers. Quand je suis émue, je me raccroche aux bonnes vieilles traditions féminines.

– Ça fait rien, a-t-il répondu. Je n'ai pas faim, alors parle. »

Je ne l'avais jamais entendu dire « ça fait rien ». La vie de plongeur corrompait son anglais si parfait.

Il voulait dire, je suppose, que je pouvais parler de choses sans importance, ce que j'ai fait.

« Lou Ann a emmené le bébé chez sa belle-mère pour le week-end, une espèce de réunion de famille, ai-je commencé, en avalant trop de bière. Ils la considèrent toujours comme de la famille, mais bien sûr elle ne veut pas s'y trouver en même temps qu'Angel, alors c'est toute une organisation. Maintenant qu'Angel est parti, ça simplifie les choses. C'est complètement fou comme histoire. Tu comprends, ils sont catholiques, alors ils ne reconnaissent pas le divorce. » J'ai senti que mon visage devenait tout rouge. « Tu es peut-être catholique toi aussi. »

Mais il ne l'a pas mal pris. « Plus ou moins. Catholique de naissance.

– Est-ce que tu te doutais qu'elle allait faire ça ?

– Non. Je ne sais pas.

– De toute façon, je vois pas ce que tu pouvais y faire. C'est vrai. » J'ai fourré les morceaux de carottes dans un sac en plastique que j'ai rangé dans le frigo. « Au lycée, je connaissais un gamin, Scotty Richey, tout le monde disait que c'était un génie. C'était sûrement parce qu'il ne parlait pas. Il avait de grosses lunettes et c'était un as en trigonométrie. Il s'est tué le jour de son seizième anniversaire, juste au moment où les gens se disaient, “ Ça y est, maintenant Scott va apprendre à conduire et il va pouvoir acheter une voiture et sortir avec des filles ”, bref, il allait avoir moins de boutons et tout le reste. Et crac, on le trouve mort dans une grange avec des tas de fils électriques autour du cou. Dans le journal on a dit que c'était un accident, mais personne n'y a cru. Tu veux t'asseoir dans le salon ? »

Il m'a suivie dans l'autre pièce et j'ai viré Snowboots du canapé. Quand Estevan s'est assis près de moi mon cœur battait si fort que j'ai cru que j'allais avoir une crise cardiaque. C'était exactement ce qu'il fallait à Estevan, qu'une deuxième femme s'effondre dans ses bras.

« Et on a jamais compris ce qui était arrivé à Scotty, ai-je poursuivi. Mais le problème, à mon avis, c'est qu'il n'avait personne. Dans notre école y'avait des clans, on faisait partie de l'un ou de l'autre, ça dépendait de votre milieu. Y'avait les gosses de la ville, les enfants du quincailler ou Dieu sait quoi – c'étaient les *cheerleaders* et les joueurs de football. Puis les loubards, avec leurs mobylettes, c'étaient eux qui coupaient les arbres pour Halloween. Et puis nous, les pauvres et les gosses de la campagne. On nous appelait les Crades, ou bien les Noyeux. Le principe de base, c'est qu'on se mélangeait pas. Tu comprends ce que je veux dire ? Les Noyeux, on était le fond du panier, mais on était ensemble. On était tous invités au bal du lycée et tout le reste, mais par quelqu'un de notre groupe. Tandis que le pauvre Scotty, avec son électricité et sa trigonométrie, il faisait partie d'aucun groupe. On était comme les animaux de l'arche de Noé, on marchait par paires, mais de Scotty, y'en avait qu'un. »

Voilà que je jacassais comme une idiote. Maman appelait ça « travailler du râtelier ». J'ai bu presque la moitié de ma bière sans dire un mot de plus. Puis j'ai ajouté :

« Pour Scotty, je comprenais plus ou moins, mais Esperanza elle avait quelqu'un. Elle a quelqu'un.

Comment est-ce qu'elle a pu avoir envie de te quitter ? C'est pas juste. »

Je me rendais compte que j'en voulais terriblement à Esperanza. Je me demandais si Estevan aussi lui en voulait. Mais je n'ai pas osé lui poser la question. On est restés assis dans la pénombre du salon, perdu chacun dans ses pensées. On nous entendait avaler la bière.

Puis de but en blanc il a dit : « À Guatemala la police se servait de l'électricité pour les interrogatoires. Ils avaient un instrument appelé le " téléphone ". C'est un vrai téléphone comme ceux qu'ils utilisent pour le boulot, il a son propre générateur, commandé par une sorte de poignée. » Il a levé une main en l'air et il s'est mis à décrire des cercles devant sa paume avec son autre main.

« C'est une manivelle ? Comme dans les vieux téléphones ?

– C'est ça. Une manivelle. On les fabrique aux États-Unis.

– Qu'est-ce que tu veux dire, ils s'en servent pour les interrogatoires ? Tu veux dire qu'ils te posent des questions au téléphone ? »

J'ai senti que j'agaçais Estevan.

« Ils débranchent le fil du combiné et ils vous scotchent les deux extrémités sur le corps. À des endroits sensibles. »

Puis il m'a regardée. Ça m'est tombé dessus comme la foudre. J'en avais mal aux muscles du ventre, comme le jour où j'avais compris que depuis près d'une heure j'étais en présence du cadavre de Newt Hardbine.

« Je vais chercher une autre bière. »

Je suis allée dans la cuisine et j'ai rapporté le reste

du pack, le tenant par les anses en plastique comme un sac. J'en ai ouvert deux et je me suis affalée sur le canapé. Peu m'importait de quoi j'avais l'air. Cette espèce d'aplomb de gamine qui s'était emparé de moi tout à l'heure, je le trouvais ridicule à présent. C'était comme si j'avais flashé sur un type, pour apprendre après coup que c'était le copain de ma mère ou de ma prof de math. Cet homme était à cent coudées au-dessus de moi.

« Je sais pas comment dire, ai-je commencé. Je croyais avoir eu une vie plutôt difficile. Mais je vais de découverte en découverte, j'étais à cent lieues de me douter de tout ce qui peut arriver dans la vie.

– Je comprends qu'il serait plus facile de ne pas savoir.

– C'est pas juste, tu comprends rien du tout. Tu crois que c'est toi l'étranger ici, et que moi, je suis l'Américaine, et que je ferme les yeux quand le Président ou quelqu'un d'autre expédie tous ces trucs, des pleins bateaux de téléphones pour torturer les gens. Mais personne ne m'a demandé mon avis, O.K. ? Des fois je me sens étrangère moi aussi. Je viens d'un endroit qui est si différent d'ici qu'on dirait qu'on a débarqué sur une autre planète où la saleté tient lieu de décoration et où le passe-temps national c'est de faire des bébés. Les gens sont pas pareils, ils parlent pas pareil, rien. Les trois quarts du temps j'ai pas la moindre idée de ce qui se passe autour de moi. »

Une petite ombre s'est profilée sur le pas de la porte et on a sursauté tous les deux. C'était Turtle.

« Petite fripouille. Retourne vite au lit. Et que ça saute ! » Elle a fait un bond en arrière. Estevan et moi, on s'est retenu de sourire. « Tout de suite », j'ai fait, en prenant mon air le plus fâché. Elle a recommencé, on l'entendait derrière la porte qui frappait dans ses mains à chaque bond. Et elle est retournée dans son lit comme ça, en sautant et en battant des mains. Snowboots s'est élancé sur le dossier du canapé. Je le sentais contre ma nuque, comme s'il attendait quelque chose. Ça me rendait nerveuse.

« Tout ce que je dis c'est, ne porte pas de jugements tant que tu n'as pas tous les éléments, a dit Estevan. Tu n'as pas idée de ce qu'Esperanza a pu subir. »

Je ne savais plus où j'en étais. Il était en plein milieu d'une conversation que je n'avais même pas conscience d'avoir commencée.

« Non, ai-je fait. Je n'en ai pas idée. Ni pour elle, ni pour toi. »

Il a détourné la tête et il a passé les doigts sur le coin de ses yeux. J'ai compris qu'il pleurait, en secret, comme les hommes se croient obligés de le faire. Il a dit quelque chose que je n'ai pas bien entendu, puis un nom, Ismene.

J'ai doucement poussé Snowboots, qui pesait sur ma nuque. « Quoi ?

– Tu te souviens du jour où on a fait cette promenade dans le désert ? Tu voulais savoir pourquoi Esperanza avait les yeux rivés sur Turtle, et je t'ai dit qu'elle ressemblait beaucoup à une enfant que nous avions connue au Guatemala. » J'ai fait un signe de tête. « C'était Ismene. »

J'avais peur de comprendre. Je lui ai demandé s'il voulait dire qu'Ismene était leur fille, et Estevan m'a dit que oui, elle l'était. Elle avait été enlevée au cours d'une rafle dans leur quartier. Le frère d'Esperanza et deux de leurs amis avaient été tués. Ils étaient membres du syndicat d'enseignants auquel Estevan appartenait. Il m'a décrit dans quel état on avait retrouvé leurs corps. Il ne pleurait pas en racontant tout ça, et moi non plus. C'est difficile à expliquer, mais il y a des horreurs qui se situent au-delà des larmes. Pleurer, ce serait comme se faire du souci parce que les meubles vont être tachés quand la maison est en flammes.

Ismene n'avait pas été tuée. Elle avait été enlevée.

J'avais beau essayer, je n'arrivais pas à comprendre. Je n'étais plus assez stupide pour aller demander pourquoi ils n'avaient pas appelé la police, mais je ne voyais toujours pas pourquoi ils n'avaient pas au moins essayé de la récupérer s'ils savaient que la police l'avait emmenée, et où elle se trouvait.

« Ne m'en veux pas, ai-je dit. Je sais que je suis ignorante. Je te demande pardon. Explique-moi. »

Il ne m'en voulait pas. Il semblait retrouver du sang-froid et de la patience quand il expliquait, comme s'il était en face d'une classe.

« Esperanza et moi, nous connaissions les noms de vingt autres membres du syndicat des professeurs. Les réunions étaient tenues secrètes. On travaillait en cellules, et on communiquait par code. La plupart d'entre nous ne connaissaient pas plus de quatre autres membres par leur nom. Ce que je veux dire c'est qu'au Guatemala on est prudent. Si on veut changer quelque chose, on peut se retrouver mort du jour au lendemain. Ça n'avait rien à voir avec le – comment ça s'appelle déjà ? l'association parents-professeurs.

– Je comprends.

– Trois de nos membres venaient de se faire tuer, parmi lesquels le frère d'Esperanza, mais il en restait dix-sept. Elle et moi, on les connaissait tous, dix-sept noms. Tu comprendras qu'on était plus utiles vivants que morts. Qu'on parte à la recherche d'Ismene, c'était exactement ce qu'ils voulaient.

– Alors, ils l'ont pas tuée, ils l'ont juste gardée ? Comme... je sais pas quoi. Un ver au bout d'un putain d'hameçon ?

– Un putain d'hameçon. » Il avait détourné la tête à nouveau. « Parfois, au bout d'un certain temps, généralement... ces enfants sont adoptés. Par des couples de militaires ou des membres du gouvernement qui ne peuvent pas avoir d'enfants. »

J'étais dans du coton, comme si j'avais pris de la drogue.

« Et vous avez fait passer la vie de ces dix-sept personnes avant le fait de retrouver votre fille. Ou du moins l'espoir de la retrouver ?

– Qu'est-ce que tu aurais fait, Taylor ?

– Je sais pas. C'est malheureux, mais je sais vraiment pas. Je n'arrive même pas à me représenter un monde où les gens ont à faire de tels choix.

– C'est pourtant dans ce monde que tu vis », a-t-il répondu doucement, et je le savais, mais je ne pouvais pas l'accepter. Je me suis mise à pleurer, des flots de larmes, et impossible de m'arrêter. Estevan a passé son bras autour de moi et j'ai sangloté sur son épaule. Le barrage avait vraiment cédé.

J'étais gênée. « Je vais mettre de la morve sur ta chemise propre.

– Je ne sais pas ce que c'est, de la morve.

– Tant mieux », j'ai dit.

Je n'aurais pas pu expliquer ce que je ressentais. Toute ma vie, j'avais eu une veine incroyable, et je ne le savais même pas.

« Pour moi, même quand on a des pépins, il en sort quelque chose de bon, ai-je répondu finalement. J'ai pété mon arbre de transmission et j'ai eu Turtle. J'ai roulé sur des morceaux de verre sur une bretelle d'autoroute et j'ai trouvé Mattie. » J'ai croisé les bras très fort sur mon ventre pour m'empêcher d'avaler de l'air. « Tu te rends compte, j'ai passé la première moitié de ma vie à éviter la maternité et les pneus, et maintenant je les considère comme des cadeaux du ciel. »

Voilà que Turtle était de nouveau sur le pas de la porte. Je ne savais pas depuis quand elle était là, mais elle me regardait avec des yeux que je ne lui avais pas vus depuis cette fameuse nuit dans la plaine de l'Oklahoma.

« Viens ici, petite citrouille, lui ai-je dit. T'inquiète pas, tout va bien, j'ai juste épluché des oignons. Tu veux un verre d'eau ? » Elle a secoué la tête. « Un petit câlin ? » Elle a fait oui et je l'ai prise sur mes genoux. Snowboots a bondi à nouveau sur le canapé. J'ai senti son poids qui se déplaçait lentement le long du dossier, le long de l'accoudoir, puis il s'est roulé en boule sur les genoux d'Estevan. L'instant d'après Turtle était endormie dans mes bras.

Quand j'étais petite, j'avais une série de poupées en carton. Elles s'appelaient la famille de poupées, et au-dessous de leurs pieds, sur la base de carton, chacune avait son nom écrit : maman, papa, sœurette et fiston. J'ai aimé ces poupées avec l'énergie du désespoir, jusqu'à ce que leurs bras et leurs têtes tombent littéralement en morceaux. Je n'avais pas plus de chances de faire partie de leur gentille petite famille que je n'en aurais plus tard de trouver ma place dans le groupe des joueurs de football ou des *cheerleaders*, mais je les aimais.

Ce soir-là, pourtant, je nous ai vus tous les quatre pelotonnés sur le canapé et ça m'a fait mal. J'ai pensé que dans un monde différent on aurait pu être une famille de poupées.

Turtle s'agitait. « Non », a-t-elle murmuré, alors qu'elle n'était même pas réveillée.

« Si, ai-je répondu, au lit. »

Je l'ai portée dans sa chambre et je l'ai glissée sous les draps, arrachant sa main agrippée à mon T-shirt pour la poser sur son ours jaune en peluche, celui qui avait un cœur rose en velours cousu sur la poitrine.

« Dors bien, fais de beaux rêves. Demain on ira voir les haricots.

– 'ricots », elle a répété.

À mon retour, Snowbotts avait quitté les genoux d'Estevan et s'était installé dans la petite dépression que j'avais laissée. Je me suis assise entre eux, les pieds repliés sous les fesses. Ma gêne avait disparu à présent, même si je sentais une sorte de pincement, comme un échauffement, là où nos genoux se touchaient.

« Finalement, il suffit de connaître un peu les gens pour se rendre compte qu'il arrive des choses horribles à tout le monde. Moi je passe mon temps à gémir parce que j'ai hérité de la responsabilité de Turtle sans avoir rien demandé, et voilà que je me sens coupable.

– C'est terrible comme responsabilité, si on n'en veut pas.

– Tu parles ! Plus de la moitié des filles de mon école, si ce n'est de la terre entière, ont vécu strictement la même chose.

– Si c'est comme ça que tu le prends. »

Il s'endormait.

« Ainsi va le monde, je suppose. Si les gens réfléchissaient à deux fois, je veux dire que si on pouvait retourner un bébé après trente jours d'essai comme ces bouquins de Time-Life, alors en l'espace d'un mois la race humaine serait en voie d'extinction.

– Il y a des gens qui ne les rendraient pas, a-t-il rétorqué. J'aurais gardé Ismene. »

Ses yeux étaient fermés.

« C'était toi qui te levais la nuit pour lui donner son biberon et lui changer ses couches ?

– Non, a-t-il fait avec un petit sourire.

– Mon Dieu, ces questions que je te pose ! Ça te fait mal de parler d'Ismene ?

– Au début, mais moins maintenant. Ce qui m'aide le plus c'est de savoir que sa vie continue quelque part, avec quelqu'un. De savoir qu'elle grandit.

– Ouais », j'ai dit.

Mais je savais qu'il y avait le revers de la médaille. L'endroit où elle grandissait, comment elle était élevée. Je me suis imaginé Turtle aux mains de Virgie Mae Parsons, apprenant à regarder les gens de haut et à porter des petits chapeaux, puis au milieu de tout ça j'ai vu des uniformes de police. Un peu plus tard je me suis rendu compte que j'avais dormi. On se réveillait, puis on replongeait dans le sommeil tous les deux, on était bien. On peut pas vraiment être crispé, ai-je pensé, quand on dort avec quelqu'un sur le même canapé, qu'on se retrouve la bouche ouverte. Et puis voilà.

Snowboots est descendu du canapé. J'ai entendu ses griffes qui crissaient sur le parquet alors qu'il camouflait ses péchés.

« Pourquoi est-ce qu'on vous appelait les Noyeux ? » a demandé Estevan à un moment donné. J'essayais vainement de réfléchir, enfoncée que j'étais dans un rêve où Turtle et moi, on traversait à grand-peine un long champ plat qui n'en finissait pas. Il fallait suivre des poteaux téléphoniques pour atteindre la civilisation.

« Noyeux ? ai-je enfin répondu. Oh, c'était à cause des noix. À l'automne, les gosses de la campagne ramassaient des noix pour se payer leurs vêtements d'école.

– Et vous étiez obligés de grimper aux arbres ? »

Estevan m'étonnait. S'intéresser à ce genre de détails !

« Non. En gros, on attendait qu'elles tombent, et puis on les ramassait par terre. Le pire c'était que pour enlever les coques, il fallait les étaler sur la route, les voitures passaient dessus, et après on récupérait les noix au milieu des débris. On en ressortait avec les mains toutes noires, et là on était marqués. C'était ça le pire, aller à l'école avec des mains noires et des ongles noirs. On était un Noyeux, pas question de le nier.

– Mais sans ça, vous n'auriez pas eu d'habits neufs.

– Exactement. On était condamné si on le faisait pas, et condamné si on le faisait. L'idéal, ai-je poursuivi dans un demi-sommeil, aurait été d'avoir des habits avec de bonnes grosses poches. » Je voulais dire qu'on aurait pu cacher nos mains dedans, mais en même temps, je voyais des jupes et des pantalons avec des poches remplies de kilos et de kilos de noix. Vingt *cents* la livre, on nous en donnait. Avec quatre-vingts kilos on avait un Levis.

Quand je me suis réveillée à nouveau, les pattes de Snowboots se déplaçaient le long de ma jambe. Puis elles ont martelé le sol d'un bruit sourd. Estevan et moi on était lovés l'un contre l'autre comme des cuillères dans un tiroir, ses genoux dans le creux des miens et sa main gauche posée sur mes côtes, juste sous ma poitrine. Quand j'ai posé ma main sur la sienne, j'ai senti mon cœur qui battait sous ses doigts.

J'ai pensé à Esperanza, avec ses tresses sur les épaules. Esperanza fixant le plafond. Elle était sans doute allongée sur un lit quelque part à suer son poison pour l'éliminer de son système. On avait dû lui administrer de l'ipéca, ce sirop qui fait vomir jusqu'à avoir l'impression que les parois de votre estomac claquent littéralement l'une contre l'autre. D'un seul coup tous les maux d'Esperanza ont pris feu dans ma tête, une énorme pile de choses qui brûlaient, et la vie qui n'arrêtait pas d'en rajouter. Au milieu, il y avait une enfant qui ressemblait à Turtle. J'ai soulevé la main d'Estevan et j'ai embrassé sa paume. Elle était chaude. Puis, tout doucement je me suis glissée hors du canapé et j'ai regagné mon lit.

Le clair de lune entrait par la fenêtre de la chambre, version délavée de la soupe aux pommes de terre de maman. Soupe de lune, ai-je pensé en me pelotonnant sous les couvertures. Quelque part dans le voisinage un chat a miaulé comme un bébé, et un peu plus près, un coq a chanté, bien qu'il soit loin de faire jour.

10

L'arbre aux haricots

La nuit, même un cochon moucheté a l'air noir. Encore une de ces maximes que maman me répétait à tout bout de champ. Cela signifie que le matin on voit les choses sous un jour différent, généralement meilleur.

Et ça a été le cas. Mattie a appelé à la première heure pour dire qu'Esperanza allait s'en sortir. En fin de compte on ne lui avait pas fait de lavage d'estomac parce qu'elle n'avait pas pris assez de cachets pour faire grand mal. J'ai préparé à Estevan un énorme petit déjeuner, des œufs brouillés avec des tomates, des poivrons et de la sauce au piment vert, et je l'ai renvoyé chez lui avant de retomber amoureuse au milieu de la vaisselle. Turtle s'est réveillée toute câline, en se frottant les yeux, comme si les enfants savaient trouver d'instinct ces gestes qui sauveront toujours l'humanité de la catastrophe. Et Lou Ann est rentrée de la réunion de famille chez les Ruiz en chantant *La Bamba*.

Chose surprenante, quand on connaissait Roosevelt Park, on entendait toujours des oiseaux le matin. Il doit y avoir des clochards aussi dans le monde des oiseaux, vagabonds ébouriffés qui cherchent la compagnie de leurs semblables dans les vieux arbres faméliques. Quoi qu'il en soit, ils étaient nombreux. Il y avait une sorte de picvert qui disait : « Ha, ha, ha, allez au diable ! » Je vous le jure. Et un autre, un petit oiseau aux allures de pigeon, qui faisait : « Hip hip hip hourra. » Lou Ann soutenait mordicus que c'était : « Qui cuit quoi ? » Elle prétendait qu'elle avait lu ça dans une revue. Je voyais pas quel genre de revue pouvait s'intéresser à un sujet pareil, mais j'allais pas discuter. C'était la première fois que je la voyais défendre son opinion avec une telle obstination – ça ne lui ressemblait pas vraiment. Un jour, dans un restaurant, m'avait-elle raconté, le garçon lui avait servi par erreur le repas de quelqu'un d'autre et elle avait préféré le manger plutôt que de faire des histoires. C'était des lamelles de bœuf fumé sur toast.

Petit à petit, Lou Ann et moi, on arrangeait la maison, on remplissait les vides laissés par Angel avec des livres cartonnés, des chaises hautes, des tables à langer, et toutes sortes de jouets, à condition, naturellement, qu'ils soient plus gros qu'une balle de golf. J'avais acheté à Turtle un vrai lit d'enfant, pas un lit de bébé, chez *New To You*, le magasin d'occasions. On avait transformé la véranda en salle de jeux pour les gosses, non pas que Dwayne Ray soit capable de jouer pour de bon, mais il aimait être assis sanglé dans son siège-auto à regarder Turtle planter ses voitures dans des pots de fleurs. La voiture de pompiers c'était « domate » tandis que la voiture orange se nommait « carotte ». Il lui arrivait aussi de l'appeler Two-Two, c'était ainsi que j'avais baptisé ma Volkswagen, en souvenir du type qui s'était rempli les poches en redressant mon arbre de transmission.

J'avais également envisagé d'installer le lit de Turtle sous la véranda, mais Lou Ann avait dit que ça ne serait pas prudent, on risquait de venir crever la moustiquaire et de la kidnapper sans qu'on ait le temps de faire ouf. Ça me serait jamais venu à l'idée.

Mais c'était pas grave. La maison était vieille et spacieuse. J'avais largement la place d'installer le lit de Turtle dans ma chambre. C'était le style de maison qu'on disait faite de bric et de broc (expression qui, bizarrement, me rappelait les films d'Elvis Presley), avec des lambris, le chauffage central et quelque chose comme cinquante couches de peinture sur les chambranles de porte. Il suffisait de racler avec son pouce pour retracer l'histoire de tous les locataires jusqu'aux années 60, époque à laquelle les gens aimaient peindre leurs boiseries vert pomme et bleu roi. Les plafonds étaient si hauts qu'on apprenait tout bêtement à vivre avec les toiles d'araignée.

La chaleur était encore supportable, et les gosses bondissaient dans la maison comme des balles magiques – du moins en ce qui concernait Turtle, la participation de Dwayne Ray étant essentiellement vocale. Nous avons donc décidé de les emmener passer un moment sous la tonnelle. Il y avait déjà une semaine ou deux que les glycines étaient en fleur, mais les abeilles et le parfum qui imprégnait encore l'air leur donnaient une teinte d'un mauve très doux. En faisant abstraction du reste du parc, on pouvait avoir l'illusion de se trouver dans un petit paradis, du moins pour ceux d'entre nous qui n'ont jamais vécu dans la crainte des abeilles.

Lou Ann, après son week-end dans la famille Ruiz, n'était pas à court de potins. Apparemment, ils parlaient presque tous anglais, tous les hommes étaient beaux et adoraient danser, et toutes les femmes avaient des enfants de l'âge de Dwayne Ray. Son opinion était faite, ils étaient tous sans exception plus gentils qu'Angel, opinion à laquelle tout le monde s'était rangé sans se faire prier, y compris sa mère. La majeure partie d'entre eux s'apprêtait à partir s'installer à San Diego.

« C'est incroyable, a-t-elle dit. D'abord Manny et Ramona, tu sais, les amis qui ont vu la pluie de météores ? Et maintenant deux des frères d'Angel avec leurs femmes et leurs enfants. À croire qu'ils ont découvert de l'or là-bas. Angel parlait toujours de partir s'installer en Californie lui aussi, mais je préfère te le dire tout de suite, maman en aurait fait une attaque. Elle pense qu'en Californie on vend de la marijuana dans le rayon légumes des supermarchés.

– C'est peut-être vrai. C'est peut-être pour ça que tout le monde veut y habiter.

– Eh bien, pas moi ! J'irais pas pour tout l'or du monde. Et je vais te dire pourquoi. D'ici un an ils vont avoir le plus gros tremblement de terre de toute l'histoire. Je l'ai lu quelque part. On dit que la ville de San Diego va finir en petits morceaux dans l'océan, comme les nouilles dans la soupe.

– C'est les requins qui seront contents.

– Taylor, enfin ! C'est de ma famille que tu parles.

– La famille d'Angel. Tu es pratiquement divorcée.

– À les entendre, on dirait pas. »

Turtle avait les yeux rivés sur les glycines.

« Haricots », a-t-elle fait en les désignant du doigt.

« Abeilles, ai-je corrigé. Ces trucs qui font bzzz, c'est des abeilles.

– Et elles piquent », a fait remarquer Lou Ann.

Mais Turtle a secoué la tête. « Haricots », a-t-elle fait d'un ton catégorique, comme si elle avait passé la journée à y réfléchir. On a regardé ce qu'elle nous montrait. Les fleurs de glycine commençaient à monter en graine, et de magnifiques longues cosses vertes pendaient aux branches. Pour des haricots, c'étaient des haricots, on en aurait mangé.

« Regarde-moi ça », j'ai fait.

Encore un miracle. Les fleurs qui se transformaient en haricots.

Sur le chemin du retour, Lou Ann s'est arrêtée pour acheter un journal. Elle cherchait sérieusement du travail maintenant. Elle avait posé sa candidature dans deux ou trois écoles maternelles. Je l'imaginais parfaitement en train de faire sa propre publicité : « Vous savez, madame, je comprendrais très bien que vous ne vouliez pas embaucher une pauvre fille comme moi. »

Turtle et moi, on est parties en sens inverse, il nous fallait faire un saut à l'épicerie *Lee Sing* pour acheter des œufs et du lait. Depuis quelque temps Lou Ann refusait d'y mettre les pieds, elle prétendait que Lee Sing lui jetait le mauvais œil. La théorie de Lou Ann était que Lee Sing lui en voulait d'avoir eu Dwayne Ray et non pas une fille, ayant ainsi tourné en ridicule une méthode de prédiction chinoise absolument infaillible. Ma théorie était que Lou Ann souffrait de la même maladie que Snowboots : elle se sentait coupable de choses qui dépassaient l'imagination la plus folle.

Quoi qu'il en soit, Lee Sing était invisible. Elle disparaissait souvent dans l'arrière-boutique pour surveiller sa fameuse mère centenaire, à qui Mattie devait ses haricots violets. Lou Ann et moi, on n'avait jamais réussi à la voir en chair et en os, et ce n'était pas faute d'avoir essayé. D'après Mattie, personne ne l'avait ne serait-ce qu'aperçue depuis des années, mais ça n'empêchait pas de se dire qu'elle se trouvait là-bas derrière.

Lee Sing avait laissé son message habituel à la caisse : « Je reviens de suite, volez rien S.V.P. Lee Sing. » Tout à coup, j'ai aperçu Edna Poppy au rayon hygiène, dans la travée après celle des laitages. D'après ce que je pouvais voir, elle reniflait différentes marques de papier toilette.

« Edna ! Miss Poppy ! » j'ai crié.

Quand il me fallait l'appeler par son nom je ne prenais pas de risques, je disais le nom et le prénom. Sa tête a surgi, elle avait l'air éberluée, elle regardait en tous sens.

« C'est moi, Taylor. Ici ! »

Je l'ai rejointe dans la travée où elle avait laissé son chariot.

« Où est Mrs. Parsons aujourd'hui ? »

Je suis restée clouée sur place. Edna avait une canne blanche.

« Hélas, Virgie est au lit avec une angine. Elle m'a envoyée acheter des citrons et une goutte de whisky. Et – vous savez bien quoi... » Elle a souri et a laissé tomber un rouleau de papier hygiénique orange dans son chariot. « Auriez-vous la gentillesse de me dire si ce sont des citrons ou bien des citrons verts que j'ai pris ? » Elle a palpé de la main le contenu de son chariot et en a retiré un sac en plastique biscornu rempli de fruits jaunes.

Edna Poppy était aveugle. Je suis restée un moment plantée là, les yeux dans le vide, à essayer de réorganiser les choses dans mon esprit, comme on changerait les meubles de place dans une pièce. Edna qui n'achetait que des vêtements de la même couleur depuis l'âge de seize ans. Virgie qui la tenait toujours par le coude. Je me suis rappelé toute l'histoire que j'avais échafaudée le jour où Lou Ann et moi, on les avait invitées à dîner : Edna ravie de dénicher des barrettes rouges au drugstore. J'avais faux sur toute la ligne. C'était forcément Virgie Mae qui les avaient trouvées, retirées du présentoir de barrettes en forme de cookies, et achetées pour son amie.

« Vous m'écoutez, Taylor ?

– Excusez-moi, ai-je fait. Ils sont jaunes. Ils ne sont pas bien gros, mais ils m'ont l'air parfaits. »

À mon retour j'ai demandé à Lou Ann si elle savait. Elle était sûre que j'avais tout inventé.

« C'est une blague ? répétait-elle. Parce que si c'en est une, elle est de mauvais goût.

– Je te jure que non. Elle avait une canne blanche. Elle m'a demandé si ce qu'elle avait, c'étaient des citrons ou des citrons verts. Réfléchis deux minutes, cette façon qu'elle a de regarder au-dessus de ta tête quand elle parle. Virgie qui lui montre le chemin. Virgie qui dit toujours le nom des gens quand elles arrivent dans une pièce. »

Lou Ann était horrifiée.

« Oh, Seigneur. Dieu du ciel, j'ai envie de me cacher dans un trou de souris. Quand je pense à toutes les fois où je me suis amenée là-bas en disant : “ T'as vu ci, t'as vu ça ! Merci d'avoir jeté un œil sur Dwayne Ray. ”

– Je crois pas qu'elle le prendrait mal. Ses yeux, ce sont ses mains. Et Virgie. Elle a sa façon à elle d'avoir l'œil sur tout », ai-je dit pour réconforter Lou Ann.

Le lundi après-midi, j'ai demandé si je pouvais faire une petite visite à Esperanza. Je ne m'étais jamais aventurée au premier étage chez Mattie, je me disais vaguement que c'était en dehors des limites autorisées, mais elle a dit d'accord, que j'y monte donc. J'ai traversé le bureau encombré, où bien sûr les revues du mari de Mattie étaient toujours amoncelées (je savais à présent qu'il était mort depuis de nombreuses années, il paraissait donc peu probable que son désordre puisse disparaître du jour au lendemain), puis j'ai grimpé les marches jusqu'au salon de Mattie.

Il ressemblait comme deux gouttes d'eau à son bureau du rez-de-chaussée, un fouillis sans nom. Mais c'étaient plutôt des objets de la vie de tous les jours : du courrier sans intérêt, des factures, des crayons, des revues avec des photos en couleurs de gens comme Tom Selleck et le Président, un journal plié avec des mots croisés inachevés, des tenailles, un tournevis. Des bris et des épaves en quelque sorte (deux mots que je venais de découvrir dans le dictionnaire) qui apparaissent un beau matin sur votre table basse, y restent quelques jours, pour finalement laisser place aux rebuts de la prochaine marée.

Tables, chaises, murs, tout était recouvert. Au-dessus de la cheminée, il y avait une grande croix multicolore, faite de centaines de morceaux de terre cuite émaillés, tous de formes différentes : enfant, chien, maison, palmier, même un poisson bleu vif. À eux tous ils formaient une croix. Je n'avais jamais rien vu de pareil.

Le mur opposé à la cheminée était tapissé d'une multitude de photos, toutes de dimensions et de formats différents. Des clichés de personnes clignant des yeux au soleil, des portraits d'enfants faits en studio, des photos de Mattie en compagnie d'autres gens, tous plus foncés et plus petits qu'elle. Il y avait pas mal de dessins d'enfants. Je me suis rappelé la réponse de Mattie le jour où je lui avais demandé si elle avait des petits-enfants : si on veut. J'avais trouvé ça vraiment bizarre.

J'ai remarqué que sur pratiquement tous les dessins d'enfants il y avait des pistolets à un endroit ou à un autre, et d'énormes balles dans les airs, accrochées aux pointillés qui jaillissaient en cascade des canons de fusils. On voyait des hommes avec des casques de l'armée en forme de carapaces de tortues. Sur un dessin, un hélicoptère pissait du sang.

La salle de séjour n'avait pas de fenêtres, seulement des portes qui s'ouvraient dans quatre directions. Une vieille femme est entrée avec une boîte en carton et elle m'a regardée d'un air surpris. Elle m'a demandé quelque chose en espagnol. Je n'avais encore jamais vu quelqu'un dont le corps entier respire à ce point la tristesse. Sa peau semblait pendre de ce corps, de ses bras surtout, au-dessus des coudes, et de ses mâchoires.

« Esperanza », ai-je demandé, et elle a fait un signe de tête pour désigner la porte du fond.

La pièce semblait appartenir à une autre maison – elle était vide. Les murs étaient d'un rose clair suranné, complètement nus, à l'exception d'une croix au-dessus d'un des lits, derrière laquelle étaient coincés deux rameaux de palmiers. Les deux lits étaient faits avec soin, recouverts de grossières couvertures bleues que sans doute personne n'aurait supportées par cette chaleur. Esperanza n'était pas couchée, elle se tenait sur une chaise au dossier très droit, près de la fenêtre. Elle a levé les yeux quand j'ai frappé au battant de la porte.

« Salut, je suis venue voir comment tu allais. »

Elle s'est levée de la chaise et me l'a offerte. Puis s'est assise sur le lit. Elle ne donnait pas l'impression d'être occupée, elle devait juste se tenir là, les mains posées sur les genoux.

On s'est regardées un instant, puis on a parcouru la pièce des yeux, il y avait hélas très peu de choses à voir. Je ne comprenais pas comment j'avais pu me croire capable d'affronter une situation pareille.

« Tu te sens mieux maintenant ? Ton estomac, ça va ? »

J'ai posé ma main sur mon ventre. Esperanza a fait un signe de tête, puis elle a regardé ses mains.

J'avais perdu mes repères en pénétrant dans la maison. J'ai jeté un coup d'œil par la fenêtre en croyant apercevoir Roosevelt Park, mais ce n'était pas la bonne fenêtre. On se trouvait à l'arrière de la maison, d'où on avait une extraordinaire vue plongeante sur le jardin de Lee Sing. Peut-être qu'en restant posté là assez longtemps on avait une chance d'entrapercevoir sa vieille mère.

« Je voulais te dire, ai-je commencé, je trouve qu'Esperanza est un très beau nom. Estevan m'a expliqué que ça veut dire attendre, et aussi espérer. Qu'en espagnol le même mot veut dire les deux choses. Mais je le trouvais joli bien avant de savoir qu'il avait une signification. Il me faisait penser, je sais pas, à une cascade ou quelque chose comme ça. »

Elle a acquiescé.

« Taylor, ça ne veut rien dire d'intéressant. Un tailleur, c'est quelqu'un qui fait des ourlets aux pantalons des gens, des trucs dans ce genre. »

Sa bouche s'est étirée un tantinet en direction d'un sourire. Mais son regard était vide. Deux trous sombres, noirs.

« Tu comprends à peu près tout ce que je dis, n'est-ce pas ? »

Elle a acquiescé de nouveau.

« Je crois que c'est la même chose pour Turtle, mais les gens ne se rendent pas compte. Ils se fient uniquement à ce qu'elle dit, mais moi je sais, je vois bien qu'elle enregistre des tas de choses. Ça se voit à la façon dont elle vous regarde. »

Esperanza continuait à fixer ses mains vides. J'aurais aimé avoir quelque chose à mettre dedans, quelque chose de merveilleux à regarder.

« J'espère que ça ne t'ennuie pas que je parle de Turtle. »

Ses yeux se sont braqués sur moi comme deux merles apeurés surpris dans leur cachette.

« Estevan m'a parlé d'Ismene, ai-je dit. Je suis désolée. Quand j'ai appris que tu avais absorbé des médicaments, je n'ai pas compris comment tu avais pu te faire une chose pareille, à toi et à Estevan. Mais quand j'ai su... Mon Dieu, est-ce qu'on peut continuer à vivre avec tout ça ? »

Elle regardait ailleurs. La conversation n'aurait déjà pas été facile si on avait été deux à parler. Toute parole était forcément une parole malheureuse. Que dire à quelqu'un qui vient d'avaler un tube d'aspirine pour enfants ? Y avait-il à la bibliothèque un livre à consulter dans un tel cas ?

« Ce que je suis venue te dire, au fond, c'est que je ne sais pas comment tu arrives à tenir le coup, mais j'espère vraiment que tu vas continuer. Que tu vas garder ton *esperanza*. J'ai pensé à ça hier soir. *Esperanza*, c'est tout ce qu'on a, ce qui est fait est fait. Il faut que tu te trouves des raisons de tenir bon. »

Elle avait des larmes dans les yeux. C'était toujours mieux que rien.

« C'est terrible de perdre quelqu'un. Je veux dire, j'en ai pas l'expérience, mais je peux l'imaginer. Tu sais, Esperanza, il y a des gens qui n'ont jamais personne à perdre, et c'est sûrement bien pire. » Au bout d'un long moment, j'ai ajouté : « Il est fou de toi. »

Je me suis approchée d'elle et j'ai pris sa main dans la mienne. Je l'ai tenue un instant. Sa peau était froide, comme vidée, on aurait dit qu'il n'y avait rien dedans.

Quand je suis partie pour retourner à mon travail, j'ai vu la femme à la boîte en carton, toujours dans la salle de séjour. Elle passait en revue quelques objets qu'elle avait disposés sur le canapé – une jupe noire, un petit livre recouvert de vinyle rouge, une photographie dans son cadre, une paire de tennis de bébé tenues ensemble par les lacets – et elle les replaçait soigneusement dans la boîte.

Le mercredi, alors que je finissais de poser la dernière rustine de la journée et que je m'apprêtais à rentrer à la maison, j'ai aperçu Lou Ann qui descendait du bus à l'arrêt de Roosevelt Park. Je lui ai crié de m'attendre, et elle est venue me parler pendant que j'enlevais de mes mains la poussière noire avec le tuyau d'arrosage. Il y a une chose que je peux vous dire tout de suite à propos des pneus : faut pas avoir peur de se salir.

Lou Ann revenait d'un supermarché dans les quartiers nord, où elle s'était présentée pour un travail. Elle avait laissé Dwayne Ray et Turtle chez Edna et Mrs. Parsons.

« Tu te rends compte, la première chose que le type me dit c'est : " On a beaucoup de vols à mains armées ici, ma jolie. " Il arrêtait pas de m'appeler ma jolie et de parler à mes nichons au lieu de me regarder en face, un gros mollasson aux cheveux gras, qui doit lire une par une toutes les revues porno cachées derrière le comptoir. " Des hold-up à la pelle, ma jolie, t'as du cran ? " il me dit. Du cran ! Il avait rien trouvé de plus drôle. Bonté Divine, ça m'a flanqué les jetons vite fait. »

Elle s'était mise sur son trente et un pour l'entretien : une jolie jupe, un chemisier repassé, des bas, des escarpins. Avec la chaleur qu'il faisait ! Quelle humiliation ! J'étais furieuse.

« Quelque chose de plus intéressant va forcément se présenter, ai-je dit. T'as de quoi tenir. »

Je me suis essuyé les mains à une serviette, j'ai crié au revoir à Mattie, et on est parties.

« Je déteste cet endroit », a-t-elle fait en désignant *Fanny Heaven* du menton.

« Ouais. Si ça peut te consoler, Mattie dit que les affaires ne marchent pas très bien. Elle pense qu'être juste à côté d'un magasin qui s'appelle *Seigneur Jésus*, ça leur porte malheur. »

Lou Ann a frissonné.

« C'est cette porte qui me tape sur le système. La façon dont ils ont fait cette poignée. Comme si une femme était quelque chose qu'il suffit de pousser pour passer au travers. J'essaie de l'ignorer, mais ça m'énerve quand même.

– Dans ce cas, n'essaie pas de l'ignorer. T'as qu'à lui répondre. Dire : “ Tu me feras pas ce coup-là, espèce de fumier ”, ou quelque chose dans ce style. Autrement, ça va se faufiler dans ta tête, que tu le veuilles ou non. Tu connais, ces œufs durs qu'on conserve dans des bocaux de vinaigre dans les bars ? C'est la même chose. Au bout d'un moment, ils prennent un goût abominable, et c'est pas la faute de l'œuf. Ce que je veux te dire, c'est qu'il faut pas rester assis à ne rien faire, faut exploser.

– Tu crois vraiment ?

– Oui.

– Ce qu'il y a de bien chez toi, Taylor, c'est que tu te laisses jamais marcher sur les pieds. Où est-ce que t'as appris à être comme ça ?

– École des Noyeux. »

11

Rêves d'anges

La troisième semaine de mai, Lou Ann a trouvé du travail comme emballeuse à la fabrique de *salsa* Red Hot Mama. Ça consistait à passer la journée au coude à coude dans une file transpirante d'une centaine de personnes, à couper en dés des piments et des petites tomates, à écraser des gousses d'ail et à les jeter dans des bacs qui défilaient sans répit. Il y avait tellement de sauce qui giclait par terre qu'à la fin de la journée on pataugeait dedans. Les quelques obstinés qui espéraient encore sauver leurs chaussures enfilaient par-dessus ces vieilles paires de snow-boots transparents boutonnés à la cheville.

Ceux qui manipulaient les piments finissaient par s'habituer à avoir le bout des doigts en feu et à ne jamais se toucher les yeux ou les parties intimes (ni celles de quelqu'un d'autre), y compris les jours de congé. Ils avaient beau se récurer les mains, les résidus de Red Hot Mama avaient une façon de vous coller à la peau et de ne plus vous lâcher, pire qu'un chaperon au bal du lycée.

On gagnait vraiment sa vie à la sueur de son front. La moitié du temps, l'air conditionné ne marchait pas du tout, et les vapeurs constantes vous faisaient tellement pleurer les yeux qu'on n'avait pas le droit de porter de lentilles de contact au travail. Lou Ann avait une acuité visuelle de dix sur dix, ce n'était donc pas pour elle un problème, le reste non plus d'ailleurs. Lou Ann adorait son boulot.

Si Red Hot Mama avait attribué un prix d'enthousiasme, Lou Ann aurait eu besoin de s'acheter un coffre pour ranger ses trophées. Elle ramenait des échantillons à la maison et essayait des recettes. Certaines finissaient sur les étiquettes des bocaux, d'autres pas, Dieu merci. Elle nous expliquait doctement qu'un soupçon de coriandre en plus ou en moins ça vous changeait une *salsa* du tout au tout. Il y avait six mois de ça, je n'avais jamais entendu parler de *salsa* et maintenant j'en mangeais avec tout, des avocats au bœuf braisé.

Il y avait plusieurs degré de *salsa* : les bocaux à couvercles verts c'était de la douce, les roses de la piquante. Les couvercles rouges contenaient la variété dite « explosive ». On ne peut pas dire que la *salsa* connaissait un franc succès auprès des gosses. Dès qu'elle y goûtait, Turtle se mettait à pleurer et à haleter, s'éventant la langue en regardant Lou Ann comme si elle était un espion chargé de nous empoisonner. Dwayne Ray, quant à lui, avait la sagesse de ne pas laisser ce truc-là pénétrer dans sa bouche.

« Ça suffit comme ça, ai-je dit à Lou Ann. Si on posait le bocal sur la table et que chacun prenne ses responsabilités ? »

Mes soirs de cuisine, je préparais les plats les plus insipides que je pouvais trouver : filets de poisson grillé, purée, macaronis au fromage, histoire de donner à nos papilles gustatives une chance de repousser.

Mais Lou Ann avait gobé leur propagande de A jusqu'à Z.

« C'est bon pour la santé, disait-elle. Il y a des docteurs qui recommandent d'en prendre une cuillère à café par jour pour prévenir les ulcères. En plus, ça dégage les sinus. »

J'ai informé Lou Ann que, merci bien, mes sinus s'étaient pratiquement fait la malle.

Raconté comme ça, on pourrait penser qu'on se disputait beaucoup, mais en vérité j'appréciais vraiment Lou Ann ces derniers temps. Depuis qu'elle avait commencé à travailler, il y avait de cela quelques semaines, elle se coupait les cheveux beaucoup moins souvent et elle avait fini par s'arrêter de se comparer à divers animaux de ferme. Le fait d'avoir un travail à elle semblait avoir arrondi certains angles.

En général elle était du soir, c'est-à-dire qu'elle partait à trois heures de l'après-midi, laissant les gosses à Edna Poppy et à Mrs. Parsons jusqu'à ce que je rentre deux heures plus tard. Pendant des jours et des jours, Lou Ann s'est montrée incapable de dire trois mots à Edna, de peur de laisser échapper quelque chose en rapport avec les yeux. J'ai fini par clarifier la situation en disant carrément à Edna que pendant longtemps on ne s'était même pas rendu compte qu'elle était aveugle, tellement elle se débrouillait bien. Edna avait simplement supposé qu'on l'avait toujours su. Pour elle c'était un compliment, que ce ne soit pas la première chose qu'on ait remarqué chez elle.

À partir du moment où Lou Ann a commencé à travailler le soir, ses repas expérimentaux, au rang desquels figuraient son ragoût au-feu-les-pompiers et autres délices, se sont trouvés limités à ses jours de congé. La plupart du temps je faisais manger les gosses et je les mettais au lit avant le retour de Lou Ann à onze heures. Après quoi, elle et moi, on dînait sur le tard, ou alors, les soirs où la seule idée de nourriture vous faisait dresser les cheveux sur la tête tellement il faisait chaud, on s'installait à la table de la cuisine en culotte et en soutien-gorge et on s'éventait, tout en lisant le journal et en buvant du café glacé. Il n'était pas question de dormir de toute façon. Mais en général on discutait. Au début elle était incapable de parler d'autre chose que de coriandre et de piments et des gens qui travaillaient chez Red Hot Mama, mais au bout d'un certain temps les choses sont revenues à la normale. Elle feuilletait le journal et me lisait toutes les catastrophes.

Moi, ce qui m'intéressait, c'était la météo. On n'avait pas eu une goutte de pluie depuis cet orage de grêle avec le double arc-en-ciel en janvier, et le monde entier avait l'air desséché. Quand on passait devant un buisson ou devant un arbre, on avait presque l'impression qu'ils appelaient au secours. Tous les jours il me fallait traîner le tuyau jusque dans la cour de Mattie pour arroser les courgettes et les haricots. La stridulation des cigales suffisait à vous donner des envies de meurtre. Mattie disait que c'était leur cri d'amour, qu'elles s'accouplaient pendant les semaines les plus chaudes et les plus sèches de l'année, mais on se demandait comment une créature vivante – fût-elle une cigale – pouvait bien être attirée par ce bruit. C'était un bourdonnement aigu, strident, un bruit qui faisait mal aux yeux et vous ratatinait la peau, quelque chose qui s'apparentait au crissement d'un disque qu'on raye ou d'un morceau de craie sur un tableau.

Lou Ann disait que le chant des cigales lui donnait chaud. Pour moi, ça allait bien au-delà : je passais mon temps à diriger le tuyau à air comprimé sur les branches basses des palo verde autour de chez Mattie pour en déloger les maudits insectes qui s'en allaient valser dans les airs en explosant comme des pétards. Chaque fois que je me trouvais devant la fresque de *Seigneur Jésus* je priais pour qu'Il nous envoie de la pluie.

Mais le journal disait invariablement : pas de précipitations en vue.

« Tu te souviens de ce jour au zoo ? m'a demandé Lou Ann.

– Je me rappelle les tortues géantes. »

Lou Ann s'est mise à rire.

« Tiens, comment est-ce qu'une tortue se débrouille quand elle est enceinte, j'aimerais bien le savoir. Est-ce qu'elles ont des carapaces de grossesse ? J'ai presque envie d'y retourner pour voir comment elle s'en sort ?

– Tu sais pas ce qu'Estevan m'a raconté ? En espagnol, pour dire qu'on met un enfant au monde, on dit qu'on le donne à la lumière. Tu trouves pas ça joli ?

– Tu donnes l'enfant à la lumière ?

– Mmm-hmm. »

J'étais en train de lire un article sur les tremblements de terre sous l'océan. Ils provoquent des vagues géantes, mais dans un bateau, vous ne sentez rien du tout, tout se passe sous vous.

J'ai relevé mes cheveux en torsade, j'avais le cou trempé de sueur. Je regardais avec envie la tête blonde de Lou Ann, tondue comme un terrain de golf.

« Moi, j'étais persuadée que Dwayne Ray allait être un jumeau siamois ou quelque chose dans ce genre. J'étais tellement grosse. Quand il est né il a fallu que je demande au moins quinze fois au docteur s'il était normal, j'arrivais pas à le croire. Ça me semblait impensable qu'il ait rien.

– Et maintenant t'arrives pas à croire qu'il puisse passer une journée entière sans s'étrangler ou se noyer dans une glacière », ai-je remarqué. Mais gentiment. Puis j'ai posé mon journal et je me suis tournée vers Lou Ann. « Tu pourrais m'expliquer pourquoi tu passes ta vie à te faire de la bile, si je peux me permettre ?

– Taylor, je peux te dire quelque chose ? Promets que tu le répèteras à personne. Promets-moi que tu vas pas rigoler.

– Juré.

– Une semaine après la naissance de Dwayne Ray, j'ai fait un rêve. Un ange est apparu, descendu du ciel je suppose – j'ai pas vu cette partie. Il était habillé plutôt moderne, avec un costume, tu vois ? Une cravate marron. Mais c'était un ange, j'en suis sûre – il avait des ailes. Et il a dit : “ Je suis un envoyé de l'avenir de cette planète. ” Puis il a ajouté que mon fils ne verrait pas l'an 2000.

– Lou Ann, je t'en prie.

– Mais c'est pas ça le pire. Le lendemain, mon horoscope disait : “ Écoutez les conseils d'un inconnu. ” Tu crois pas que ça veut forcément dire quelque chose ? Ça, c'est bien réel. C'est pas un rêve. Je l'ai découpé et je l'ai gardé. Et celui de Dwayne Ray conseillait d'éviter tout voyage inutile, un truc dans ce genre, et moi j'ai compris voyager à travers la vie. Ce qu'on peut difficilement éviter de toute façon. Alors qu'est-ce que je pouvais faire ? J'étais morte de peur.

– Tu étais encore à l'affût d'une catastrophe, c'est tout. Tu peux pas nier que tu les cherches, Lou Ann, même dans les journaux. Avec un peu de persévérance, on trouve toujours ce qu'on cherche.

– Tu crois que je suis complètement givrée, Taylor, ou quoi ? J'ai toujours été comme ça. Avec mon frère, quand on était petits, on jouait avec une boîte de cigares. C'était notre jouet préféré. À l'intérieur du couvercle, il y avait une dame aguichante avec une longue robe rouge fendue je te dis pas jusqu'où. À se demander par quel miracle grand-mère Logan l'avait pas confisquée. Je crois que la dame en question tenait un cigare, ça devait être une entraîneuse ou quelque chose dans ce genre, mais nous on disait que c'était une gitane. On jouait à faire semblant. On pouvait lui dire : " Moi à l'âge de quatorze ans. " Ou n'importe quel âge, tu comprends, et alors on regardait dans la boîte et on voyait comment on serait. Mon frère, lui, il allait jusqu'à quatre-vingt-dix ans. Il disait : " Je me vois avec une longue barbe. J'habite dans une grande maison blanche avec dix-sept chiens ", etc., etc. Il adorait les chiens mais maman et grand-mère trouvaient que Buster, c'était amplement suffisant. Par contre, moi je crevais de trouille, je voulais bien aller dans le futur jusqu'à deux semaines mais pas plus. Je me voyais le jour de la rentrée en septembre, par exemple, et je disais : " Je porte une nouvelle robe rose. " Mais je serais jamais montée jusqu'à vingt ou vingt-cinq ans, ça jamais. J'avais trop peur.

– De quoi ?

– D'être morte. De regarder dans la boîte et de me voir morte.

– Mais c'était pas pour de vrai. Tu aurais pu te voir exactement comme tu voulais.

– Je sais. Mais je croyais que c'était ça que je verrais. Tu trouves pas ça complètement ridicule ?

– Peut-être que c'était à cause de ton père. Peut-être que t'es un peu obsédée par la mort, à cause de sa mort à lui.

– Je suis complètement givrée, un point c'est tout.

– Mais non, Lou Ann, t'as de bons côtés, je t'assure. »

D'habitude Lou Ann recrachait les compliments qu'on essayait de lui ingurgiter de force comme s'il s'agissait d'une mauvaise potion, mais ce soir-là ses yeux bleus me regardaient d'un air presque implorant.

« Quels bons côtés ?

– Oh, mon Dieu, des tas. » Je ne savais plus quoi dire. Ce n'était pas que la question était difficile, mais elle me prenait au dépourvu. J'ai réfléchi quelques instants.

« Tu te fais tout le temps de la bile, d'accord. Mais est-ce qu'il vaut pas mieux ça que l'indifférence ? Au moins Dwayne Ray saura toujours que, quoi qu'il arrive, tu seras toujours là. Tu le laisserais jamais se déshydrater ou grandir n'importe comment. Ce qui serait pire que tout. Les journaux sont remplis d'histoires de ce genre, tu me le répètes assez. » Je le pensais ; c'était exactement ce qu'elle faisait. « Ces gens, par exemple, qui oublient leur bébé dans une voiture et le laissent crever de chaud.

Franchement, Lou Ann, comme mère tu es tout simplement extra. »

Elle a secoué la tête.

« Je te dis que je suis complètement givrée. Et maintenant je déteins sur ce pauvre Dwayne Ray. J'y peux rien, Taylor, rien du tout. Si je pouvais connaître l'avenir, si quelqu'un me proposait de me montrer une photo de Dwayne Ray en l'an 2001, je te jure que je la regarderais pas.

– Personne ne le fera, ai-je dit gentiment, alors t'as pas à t'inquiéter. Les anges qui apparaissent dans les rêves, ça n'existe pas. À part dans la Bible, et c'est une tout autre histoire. »

En juin un paquet est arrivé. Il venait du Montana. Un paquet joyeux couvert de timbres multicolores et de cachets violets. Il contenait, entre autres choses, une paire de bottes de cow-boy pour enfant – dix fois trop grandes pour Dwayne Ray – et une magnifique ceinture en veau pour Lou Ann. Dessus étaient gravés, ou imprimés, des glands, des feuilles de chêne, et son nom. Il y avait aussi une barrette rouge et noire ornée de perles indiennes, qui n'était évidemment d'aucune utilité à Lou Ann à ce stade précis de la vie de ses cheveux.

Angel avait changé d'avis au sujet du divorce. Lou Ann lui manquait. Il voulait qu'elle vienne dans le Montana s'installer avec lui dans ce qu'il appelait une yourte. Si cette solution ne lui semblait pas acceptable, il reviendrait à Tucson pour vivre avec elle.

« Pour commencer, qu'est-ce que ça peut bien être qu'une yourte ? Ça ressemble à yaourt.

– Va savoir. Cherche dans le dictionnaire. »

Ce qu'elle a fait. « Hutte conique en peau dressée sur un cadre de bois », a-t-elle lu avec lenteur, sans la moindre trace d'accent. « Utilisée par les nomades mongols de Sibérie. »

Comme on dit dans les journaux, je me suis abstenue de tout commentaire.

« Alors, qu'est-ce que t'en penses, Taylor ? Tu crois qu'il y a un plancher, ou des murs en plâtre à l'intérieur, ce genre de chose ? Tu crois que les insectes peuvent y entrer ? Ce qui me tue, c'est qu'il me demande de venir. Tu te rends compte, il dit que je lui manque. »

Elle examinait le problème dans tous les sens, faisant tourner son alliance en or autour de son doigt. Elle avait cessé de la porter quand elle avait commencé à travailler à la fabrique de *salsa*, mais maintenant elle l'avait remise, d'un air presque coupable, comme si Angel avait pu introduire un espion dans le paquet en même temps que les bottes et la ceinture.

« J'ai des responsabilités à présent », raisonnait-elle, avec elle-même forcément, car je ne lui donnais aucun conseil, ni dans un sens ni dans l'autre. « Chez Red Hot Mama. »

Il n'y avait rien de plus vrai. En trois semaines elle avait été promue responsable de son service, un vrai record, mais naturellement elle refusait d'y voir la preuve qu'elle faisait bien son travail.

« Tu te rends compte, il m'a demandé de venir », répétait-elle encore et encore, et même si elle disait qu'elle n'allait pas prendre de décision tout de suite, j'avais le pressentiment que tôt ou tard elle partirait. Telle que je la connaissais, elle partirait.

On aurait dit que le monde avait perdu la boule.

La moitié du temps Mattie était par monts et par vaux, à « surveiller les oiseaux ». Terry, le docteur aux cheveux roux, était parti s'installer dans la réserve navajo plus au nord (pour travailler, pas parce qu'il avait des droits du sang). Quant au père William, il donnait l'impression d'être au bout du rouleau, comme on disait à Pittman.

La dernière fois que j'avais eu l'occasion de parler à Mattie, elle m'avait dit qu'il y avait de l'orage dans l'air. Il allait falloir emmener Estevan et Esperanza dans un endroit sûr plus éloigné de la frontière. Ce serait sûrement l'Oregon ou l'Oklahoma.

L'Oklahoma ! Ces étendues qui n'en finissaient pas !

« Et qu'est-ce qui se passerait s'ils restaient ici ?

– Ça bouge à l'Immigration. Ils pourraient très bien venir les arrêter, et on n'aurait pas le temps de se retourner qu'ils auraient déjà été expulsés.

– Ici ? Ils viendraient dans *ta* maison ? »

Mattie a répondu que oui. Et elle a ajouté, ce que je savais très bien, que dans ce cas elle ne donnerait pas cher de la vie d'Estevan et d'Esperanza.

« C'est invraisemblable, qu'ils fassent ça à des gens alors qu'ils savent très bien qu'ils vont se faire tuer. On doit sûrement pouvoir faire autrement.

– Les habitants du Guatemala n'ont qu'une solution s'ils veulent rester ici, c'est de prouver au tribunal que leur vie était en danger quand ils ont quitté leur pays.

– Mais elle l'était, Mattie, tu le sais très bien. Tu sais très bien ce qui leur est arrivé. Au frère d'Esperanza et aux autres. » Je n'ai pas ajouté, à leur fille. Je me demandais si Mattie était au courant. Certainement que oui.

« Leur parole n'a aucune valeur; il faut des preuves concrètes. Des photos et des documents. » Elle a soulevé un pneu et j'ai cru un instant qu'elle allait le balancer à travers la cour, mais elle s'est contentée de le poser sur la pile qui se trouvait à côté de moi. « Quand les gens fuient leur pays, ils négligent parfois d'emporter avec eux leurs pièces à conviction. »

Mattie n'était pas souvent amère, mais quand elle l'était, elle l'était.

Je ne voulais pas croire que le monde pouvait être aussi injuste. Pourtant tout était là, sous mon nez. Si la vérité avait été un serpent elle m'aurait sauté à la gorge depuis longtemps. Elle m'aurait avalée toute crue au petit déjeuner.

12

Dans la terrible nuit

À trois heures de l'après-midi toutes les cigales se sont tues d'un seul coup. Un tel vide a si soudainement empli l'air qu'on en avait mal aux oreilles. Vers quatre heures on a entendu le tonnerre. Mattie a retourné l'écriteau « fermé » à la fenêtre du magasin et m'a dit : « En route. Je veux que tu connaisses cette odeur. »

Elle voulait qu'Esperanza vienne aussi, et à ma grande surprise celle-ci a accepté. Je suis montée téléphoner à Edna et à Mrs. Parsons, encore que j'aurais pratiquement pu leur crier à travers le parc que je rentrerais plus tard que d'habitude. Edna m'a répondu qu'il n'y avait pas de problème, aucun problème, les gosses étaient très sages. On s'est donc préparées à partir. Au dernier moment il s'est trouvé qu'Estevan pouvait venir aussi, il avait sa soirée. Le restaurant était fermé, une fête de famille inattendue. On s'est tous entassés dans la cabine de la camionnette de Mattie, Esperanza sur les genoux d'Estevan, et moi à califourchon sur le levier de vitesse. Tous les trois, on n'avait pas la moindre idée de l'endroit où on allait, ni pourquoi, mais il y avait des étincelles dans l'air. J'avais l'impression d'avoir un rendez-vous mystérieux avec le destin, et le bruit courait que le destin ressemblait à Christopher Reeve.

Mattie nous a expliqué que pour les Indiens qui vivaient depuis longtemps dans ce désert, bien avant l'existence de Tucson, aujourd'hui était le Nouvel An.

« Ah bon ? Le 12 juillet ? » ai-je demandé (on était le 12 juillet), mais Mattie a répondu que non, pas nécessairement. Ils faisaient la fête quand tombait la première pluie de l'été. Ce jour-là ils entamaient la nouvelle année. C'est alors que tout recommençait : ils plantaient leurs récoltes, les enfants couraient tout nus dans les flaques d'eau pendant que leurs mères lavaient les vêtements, les couvertures, tout ce qu'ils possédaient, et ils buvaient tous du vin de fruit de cactus jusqu'à s'effondrer de bonheur. Même les animaux et les plantes revenaient à la vie quand la sécheresse prenait fin.

« Vous verrez, a dit Mattie. Vous vous sentirez exactement comme eux. »

Elle a bifurqué sur un chemin de terre. Nous avons traversé en cahotant plusieurs lits de rivières couverts de galets, comme chauffés à blanc, et nous nous sommes finalement arrêtés sur une berge à environ un mile de la ville. Puis nous avons continué à pied à travers les broussailles jusqu'à un bosquet de prosopis aux troncs noirs, tout en haut de la colline.

La vallée de Tucson se trouvait étalée devant nous, nichée dans son berceau de montagnes. La plaine déserte qui nous séparait de la ville s'offrait à nous comme une main à une diseuse de bonne aventure, avec ses buttes et ses mamelons, les lignes de vie et de cœur des lits secs de ses cours d'eau.

Venant du sud, un orage approchait, lentement. Il ressemblait à un immense rideau de douche gris-bleu tiré par la main de Dieu. C'était tout juste si on voyait au travers, si on distinguait les contours des montagnes de l'autre côté. De temps en temps de blancs rubans de lumière bondissaient nerveusement entre les nuages et les sommets des montagnes. Une brise fraîche se levait derrière nous, parcourant de frissons les troncs des prosopis.

Les oiseaux excités couraient sur le sol et se perchaient sur les herbes frêles qui se balançaient follement dans le vent.

Ce qui continuait à m'étonner dans le désert, c'est qu'il puisse abriter tant de vie. Paysanne que j'étais, je m'attendais, en débarquant dans l'Arizona, à me trouver devant une mer de dunes sans fin. Ce que j'avais appris du désert, je le tenais des vieux westerns et des dessins animés Quickdraw McGraw. Mais ce désert-ci était tout autre. On y trouvait des buissons, des arbres, des herbes, exactement comme ailleurs, sauf que les couleurs n'étaient pas les mêmes et que tout ce qui vivait avait des épines.

Mattie nous disait le nom des choses, mais les mots étrangers me rentraient par une oreille et ressortaient par l'autre. Je n'en retenais que quelques-uns. Les saguaros, c'étaient les grands arbres bourrés de piquants, aussi grands que des arbres normaux, mais si maigres, et si humains d'allure, qu'on avait toujours l'impression qu'ils regardaient par-dessus votre épaule. À cette époque de l'année, ils étaient couronnés de fruits rouge vif qui s'ouvraient comme des bouches. Puis il y avait les ocotillos, ces espèces de bâtons épineux à l'air mort qui sortaient du sol en bouquets, chacun pointant vers le ciel la flamme orange de ses bourgeons. Ils me faisaient l'effet de bougies venues de l'enfer.

Mattie nous a expliqué que toutes ces plantes qui avaient l'air mortes étaient en réalité en sommeil. Sitôt que la pluie viendrait elles feraient des feuilles et se mettraient à pousser. Tout allait si vite que ça se voyait pratiquement à l'œil nu.

L'orage en s'approchant éclatait en centaines de petits morceaux, la pluie tout là-haut s'échappant des nuages en longs panaches gris recourbés. On aurait dit cinquante ou soixante feux différents éparpillés au-dessus de la ville, sauf que les immenses colonnes de fumée étaient dirigées vers le bas. À y regarder de plus près, on voyait qu'à certains endroits la pluie n'atteignait jamais le sol. Aux trois quarts de sa chute elle s'évaporait dans l'air sec.

Des rayons de lumière ruisselaient d'entre les nuages, comme le Saint-Esprit sur la couverture d'une revue qui avait appartenu au mari de Mattie. La foudre est tombée tout près de nous et le tonnerre nous a fait sursauter Esperanza et moi. Ce n'était pas si proche que ça, en fait, environ deux miles selon Mattie. Elle comptait les secondes entre l'éclair et le tonnerre. Cinq secondes équivalaient à un mile.

Une colonne de pluie s'avançait vers nous. On voyait de grosses gouttes s'écraser sur le sol. Quand la pluie s'est rapprochée, on pouvait même les entendre, aussi bruyantes que des cailloux lancés contre une vitre. Elle arrivait à toute allure. Nous étions secs, et l'instant d'après nous étions bombardés de gouttes glacées, nos chemises mouillées collant à nos épaules. La pluie était déjà passée. Tous les quatre on sautait et on haletait, tant le froid soudain nous avait coupé le souffle. Mattie comptait à haute voix les secondes entre les éclairs et les coups de tonnerre : six, sept, boum !... quatre, cinq, six, boum ! Estevan s'est mis à danser avec Esperanza, puis avec moi, tenant son mouchoir sous son bras puis le faisant tournoyer dans les airs – c'était une danse merveilleuse et troublante, avec le tonnerre pour musique. Je me suis rappelé ce jour où lui et moi on avait sauté ensemble presque nus dans une rivière glacée, comme ça semblait loin, et quelle innocence ! Et maintenant j'étais folle amoureuse de lui. Je n'arrivais pas à m'arrêter de rire. Je ne m'étais jamais sentie aussi heureuse.

C'est à ce moment-là que nous avons senti l'odeur de la pluie. Elle était si forte qu'on aurait dit bien davantage qu'une odeur. Quand on ouvrait les mains on la sentait pratiquement monter du sol. Comment décrire une chose pareille ? Acide, pas vraiment, mais pas sucrée non plus, comme une fleur. « Âcre », a décidé Estevan. Moi j'aurais dit propre. Pour moi elle ne ressemblait à rien d'autre tant qu'à un parquet en pin qu'on vient de frotter, un parquet merveilleusement propre.

Mattie nous a expliqué que ça venait des *greasewood*, des buissons qui, disait-elle, produisaient une substance chimique quand il pleuvait. Je lui ai demandé si on avait déjà eu l'idée de la mettre en bouteille, c'était une odeur si merveilleuse. Elle a répondu que non, mais si on y était attentif, on la sentait jusqu'à Tucson. On pouvait toujours dire s'il était en train de pleuvoir quelque part dans la ville.

Je me suis demandé si cette odeur était si extraordinaire que ça, ou si c'était nous qui avions cette impression. À cause de ce qu'elle représentait.

Le soleil était couché quand nous avons pris le chemin du retour. Les nuages étaient devenus roses, puis rouge sang, et d'un seul coup il faisait nuit. Fort heureusement Mattie, qui n'y voyait rien dans l'obscurité, avait eu la présence d'esprit d'apporter une lampe de poche. La nuit était remplie de bruits – des cris d'oiseaux, le ululement aigu et tremblant d'un hibou, et quelque chose qui ressemblait à des bêlements de moutons, en cent fois plus fort. Ils résonnaient au loin, et la réponse jaillissait quasiment sous nos pieds, nous faisant sursauter. Mattie nous a dit que c'étaient les crapauds fouisseurs. Et tout ce vacarme était produit par un animal pas plus gros qu'une pièce d'un sou. Si je n'avais jamais entendu de cigales, je ne l'aurais pas cru.

« Et comment est-ce qu'un crapaud se retrouve au milieu du désert ? ai-je demandé. Il pleut des crapauds dans l'Arizona ?

– Ils y vivent, grosse maligne. Enfouis sous terre. Ils passent les mois de sécheresse dans une espèce de sommeil, comme tout le reste, et quand vient la pluie ils se réveillent, ils sortent du sol et ils se mettent à bramer. »

Je n'en revenais pas. Toutes ces choses qui étaient cachées à attendre, là précisément où l'on croyait tout voir. J'allais de découverte en découverte.

« Mon Dieu ! » ai-je fait, alors qu'un braillement éclatait juste à côté de ma chaussure.

« Il n'y a que deux choses qui méritent qu'on fasse tant de bruit, la mort et le sexe », a remarqué Estevan.

Il était possédé ce soir. Je me suis souvenu d'un rêve que j'avais fait sur lui quelques nuits plus tôt, j'en prenais conscience à l'instant. Un rêve vraiment très détaillé. J'ai senti le rouge me monter aux joues et je me suis félicitée qu'il fasse nuit. Nous suivions la voix de Mattie pour ne pas perdre la piste, prenant soin d'échapper aux étreintes des bras épineux dissimulés dans le noir.

« Pour un crapaud, ça revient au même, a répondu Mattie. C'est l'un ou l'autre. Il faut qu'ils se dépêchent d'en profiter avec ce temps. Il peut très bien ne plus pleuvoir pendant des semaines. Demain matin il y aura des œufs dans chacune de ces flaques. Dans deux jours, même moins, on verra des têtards. Et les flaques n'auront pas séché qu'ils auront des pattes et se seront tirés. »

On marchait à présent derrière Mattie en file indienne, chacun s'accrochant dans l'obscurité aux manches mouillées de son voisin. Soudain les doigts d'Esperanza se sont refermés violemment autour de mon poignet. Le faisceau de la lampe avait découvert un serpent, juste au niveau des yeux, ses anneaux puissants enroulés autour d'un tronc d'arbre lisse.

« Reculez lentement, c'est un serpent à sonnettes », a dit Mattie d'une voix calme.

Avec sa lampe, elle a suivi les anneaux jusqu'au bout, nous faisant remarquer les bulbes de la queue, aussi clairs et fragiles que des perles de verre. Le serpent se tenait à la verticale mais il ne tremblait pas.

« Je ne savais pas qu'ils pouvaient grimper dans les arbres, ai-je dit.

– Sûr qu'ils grimpent. Ils cherchent les œufs des oiseaux. »

Un petit bruit est monté de ma gorge. Je n'avais pas vraiment peur, mais il y a quelque chose dans la vue d'un serpent qui vous tend les muscles du ventre, quelle que soit la réaction que vous décidez d'avoir.

« C'est la vie », a fait remarquer Mattie, alors que nous contournions l'arbre à distance respectable. « Il faut bien que chacun se nourrisse. »

À la seconde où j'ai vu Lou Ann, j'ai compris qu'il s'était passé quelque chose. Elle était debout sous la véranda avec son air de catastrophe. Et pas seulement parce qu'elle se tenait sous une ampoule électrique jaune. Elle avait pleuré, crié peut-être – sa bouche semblait déformée. Elle n'aurait même pas dû être rentrée à l'heure qu'il était.

Dans ma hâte, j'ai failli trébucher deux fois en montant les marches.

« Qu'est-ce qui se passe ? Ça va ?

– C'est pas moi. Taylor, c'est affreux. J'ose à peine te le dire, Taylor. Il s'agit de Turtle.

– Oh ! Mon Dieu, non. »

Je me suis précipitée à l'intérieur.

Edna Poppy était assise sur le canapé, Turtle sur ses genoux. Entière à première vue. Mais ce n'était plus la même enfant. Tous ces mois qu'on avait passés ensemble étaient effacés d'un seul coup. Il suffisait de voir ses yeux : deux tasses de café noir. Je me rappelais exactement, exactement, le blanc de ses yeux, de fins croissants de lune autour du centre sombre, et je me rappelais cette teinte orangée qu'ils prenaient par intervalles à la lumière du néon de ce bar paumé.

Je ne suis pas allée vers elle, j'en étais incapable.

C'est aussi simple que ça. Je ne voulais pas qu'une chose pareille se reproduise.

Mrs. Parsons se tenait à la porte de la cuisine armée d'un balai. « Il y a un oiseau qui est entré dans la maison », m'a-t-elle expliqué, disparaissant de nouveau dans la cuisine, et l'espace d'une seconde j'ai cru qu'elle voulait dire que c'était ça, la chose terrible qui était arrivée.

Mais Lou Ann était juste derrière moi.

« Elles étaient au parc, Edna et Turtle. Il faisait tellement bon après la pluie qu'elles ont eu envie de profiter un petit moment de la fraîcheur. Virgie devait venir les prévenir si un deuxième orage s'annonçait. Mais Virgie n'est pas venue, et Edna ne s'est pas rendu compte que la nuit tombait.

– Alors, qu'est-ce qui s'est passé ? »

J'avais mal au ventre.

« Je sais pas, pas exactement. J'ai appelé la police et ils arrivent avec un médecin ou une assistante sociale, ou, mon Dieu, je sais pas, quelqu'un qui puisse parler à Turtle.

– Mais qu'est-ce qui s'est passé ? Dis-moi ce que tu sais ! »

Les yeux d'Edna paraissaient plus vitreux que d'habitude. Maintenant que je la regardais, je voyais que ses vêtements étaient en désordre. Des petites choses, son pull rouge qui avait glissé sur son épaule, un bas troué.

« J'ai entendu un bruit bizarre », a dit Edna. Elle semblait presque dans un autre monde, comme une personne hypnotisée qui parlerait en état de transe. « On aurait dit un sac de farine qui tombait par terre. Turtle était en train de parler, encore que chanter serait plus juste, et puis elle s'est tue, je n'ai plus entendu sa petite voix, mais j'avais l'impression que quelqu'un se débattait. J'ai appelé, puis j'ai brandi ma canne. Oh, j'ai fait attention à ne pas toucher le bébé. Je connais bien sa taille. » Elle a placé sa main juste à hauteur de Turtle, comme si celle-ci avait été debout devant elle.

« Et vous avez senti quelque chose ?

– Oh, oui, mon enfant. Oui. Je ne sais pas quoi, mais quelque chose qui avait – je dirais une certaine élasticité. Vous comprenez ce que je veux dire. Oh, et je hurlais, des choses terribles. D'un seul coup, j'ai senti un poids énorme sur le bas de ma jupe, et c'était Turtle.

– Il nous a fallu vingt minutes pour arriver à lui faire lâcher la jupe », a ajouté Lou Ann.

À présent, c'était à la manche d'Edna que Turtle se cramponnait.

« Oh, mon Dieu, je me sens si coupable. Si seulement j'avais eu l'idée de rentrer un peu plus tôt.

– Ça aurait pu arriver à n'importe qui, Edna, a dit Lou Ann. Vous ne pouviez pas prévoir ce qui allait se passer, la même chose aurait très bien pu m'arriver à moi. Vous lui avez sauvé la vie, voilà ce que vous avez fait. N'importe qui à votre place aurait sans doute eu peur de s'en prendre à lui. »

N'importe qui d'autre, ai-je pensé, aurait pu voir qu'il était armé d'un fusil, ou d'un couteau.

On a frappé à la porte, et tout le monde a sursauté. Mais ce n'était que la police, bien sûr : un petit homme qui nous a montré son insigne, et une femme qui nous a annoncé qu'elle était assistante sociale. Tous deux portaient des vêtements ordinaires. Edna a raconté à nouveau ce qu'elle savait. L'assistante sociale était une rousse à l'air très convenable. Elle tenait à la main deux poupées de chiffon avec des cheveux en coton : un garçon, et une fille qui avait une natte dans le dos. Elle a demandé si j'étais la mère, j'ai opiné bêtement, et elle m'a entraînée dans le couloir.

– Vous ne pensez pas qu'elle devrait être examinée par un docteur ? ai-je dit.

– Si, bien sûr. Si nous constatons qu'elle a été molestée, il nous faudra en parler avec elle.

– Elle ne parlera pas. Pas maintenant. Peut-être jamais. »

L'assistante sociale a posé la main sur mon bras. « Les enfants se remettent de ce genre de chose, croyez-moi. Ils finissent par éprouver le besoin de parler de ce qui leur est arrivé.

– Non, vous ne comprenez pas. Il est possible qu'elle ne parle jamais plus. Jamais.

– Faites-moi confiance, votre fille a plus de ressources que vous ne l'imaginez. Mais il est très important de lui donner la possibilité de dire ce qu'elle a à dire. Parfois nous nous servons de ces poupées. Leur anatomie est parfaitement adaptée », a-t-elle poursuivi, en me désignant ce dont elle parlait. Elle disait vrai. « Un enfant ne possède généralement pas le vocabulaire nécessaire pour discuter de ces choses, alors nous les incitons à jouer avec ces poupées et à nous montrer ce qui est arrivé.

– Excusez-moi », ai-je fait, et je suis partie dans la salle de bains.

Mais Mrs. Parsons s'y trouvait déjà, armée de son balai.

« Il y a un oiseau dans la maison, répétait-elle. Un moineau chanteur. Il est entré par la cheminée. »

Lui prenant le balai des mains, j'ai chassé l'oiseau

de son perchoir sur l'armoire à pharmacie. Il a pris son vol, et il a pénétré dans la cuisine où il est allé cogner avec un craquement sinistre contre la fenêtre au-dessus de l'évier, avant de retomber sur la paillasse.

« Il est mort ! » a crié Virgie.

Mais il n'en était rien. L'oiseau s'est relevé, il est parti se réfugier entre un grand bol et le fichier à recettes de Lou Ann, et il est resté là, à battre des paupières. Dans le salon, il était question de dossier médical. J'ai entendu Lou Ann qui épelait le nom du docteur Pelinowsky.

Virgie s'est approchée lentement de l'oiseau en chantonnant, la main tendue vers lui. Mais elle n'avait pas fait trois pas qu'il s'était envolé à tire-d'aile. Je l'ai tapoté doucement avec le balai, pour l'éloigner du salon rempli de policiers et de poupées à l'anatomie parfaitement adaptée, et il a filé dans le couloir en direction de la véranda. Snowboots, du moins, n'était pas en vue.

« Ouvrez la moustiquaire, ai-je ordonné à Virgie. Elle est fermée. Il faut tirer ce petit loquet. Voilà. À présent, maintenez-la ouverte. »

Lentement je me suis approchée de l'oiseau terrifié, cramponné à la moustiquaire. On pouvait voir son petit cœur battre à travers les plumes. J'avais entendu dire que la peur pouvait faire mourir un oiseau de crise cardiaque.

« Allons, j'ai dit. Allons, on va pas te faire de mal, on veut juste te libérer. »

Le moineau s'est envolé de la moustiquaire, a décrit une boucle en direction du couloir, puis il s'est engouffré par la porte ouverte et s'est enfoncé dans la terrible nuit.

Le médecin a déclaré qu'il n'y avait aucune preuve que Turtle avait été molestée. Elle était encore sous le choc, et elle avait sur l'épaule droite des bleus en forme de doigts, mais c'était tout.

« Tout ! ai-je répété plusieurs fois. Elle était morte de peur. Elle serait retournée dans le ventre de sa mère si elle avait pu, et vous dites que c'est tout ? »

Turtle n'avait pas prononcé un mot depuis l'incident, et surtout, elle était redevenue comme avant. Maintenant je connaissais un mot pour décrire cet état : catatonique.

« Tu verras, ça va lui passer du jour au lendemain, m'a dit Lou Ann.

– Et pourquoi donc ? Ça te passerait à toi ? Ça fait huit ou neuf mois que je m'évertue à la convaincre que personne ne lui fera plus jamais de mal. Pourquoi est-ce qu'elle me croirait maintenant ?

– On peut pas promettre une chose pareille à un enfant. Tout ce qu'on peut promettre c'est qu'on va s'occuper d'eux de notre mieux, si Dieu le veut, et si les petits cochons nous mangent pas. Pour le reste on ne peut qu'espérer. Et les choses s'arrangent, Taylor, crois-moi. Tant bien que mal, on finit toujours par s'en sortir. »

Et c'était Lou Ann qui disait ça, elle qui ne pouvait pas vous regarder faire quelque chose sans penser que vous alliez vous noyer, vous asphyxier ou perdre la vue, elle qui croyait que son fils allait mourir en l'an 2000 parce qu'un ange le lui avait prédit. Lou Ann qui m'avait dit un jour : « Y'a tellement de microbes dans le monde que c'est un miracle qu'on soit pas déjà tous morts. »

Je n'avais pas envie de lui parler. De toute façon elle était furieuse après moi, elle prétendait que j'avais pratiquement abandonné Turtle depuis ce soir-là.

« Pourquoi est-ce que t'es pas allée la trouver pour la serrer dans tes bras ? Qu'est-ce qui t'a pris de la laisser là comme ça avec les flics, pour courir après cet oiseau stupide, bon Dieu ? Courir après cet oiseau comme si c'était l'ennemi public numéro un ?

– Elle était déjà avec Edna.

– Tu dis n'importe quoi et tu le sais. Elle aurait lâché Edna pour toi. Pauvre gosse ! Elle arrêtait pas de te chercher des yeux, elle se demandait où t'étais passée.

– Je vois vraiment pas pourquoi. Pourquoi est-ce que je serais capable de faire quelque chose pour elle ? »

Je n'arrivais pas à dormir la nuit. Je partais au travail de bonne heure et je revenais tard, même quand Mattie insistait pour que je rentre chez moi. Lou Ann avait pris une semaine de congé au risque de remettre en cause sa récente promotion, juste pour rester à la maison avec Turtle. Toutes les trois – elle, Edna et Virgie – s'installaient avec les enfants dans la véranda, histoire de bien montrer que tout ça n'était la faute de personne.

Lou Ann quadrillait le quartier comme un détective à la télé. « On va le retrouver cet abruti », répétait-elle, et elle s'en allait frapper à toutes les portes qui donnaient sur le parc, interrogeant obstinément les ménagères sceptiques et les vieilles dames dures de la feuille, persuadée qu'elles auraient vu quelque chose ou quelqu'un de suspect. Elle avait appelé la police au moins deux fois pour essayer de les décider à venir relever les empreintes digitales sur la canne d'Edna, au cas où Edna aurait frappé l'agresseur à la main.

« Je sais que c'est sûrement un de ces pervers qui traînent dans cet endroit pourri à côté de chez Mattie », m'avait dit Lou Ann, en pensant à *Fanny Heaven* bien sûr. « Avec ces petits films dégoûtants qu'ils ont ! Y'a même des enfants parfois. Tu le savais ? Des petites filles ! C'est un type au boulot qui me l'a dit. C'est forcément quelqu'un qui a vu ces films, tu crois pas ? Sinon je vois pas comment une chose pareille pourrait venir à l'idée de qui que ce soit. »

J'ai répondu que je ne savais pas.

« Si tu veux mon avis », m'avait dit Lou Ann à plusieurs reprises, « c'est la même chose que de montrer à un enfant comment se fourrer des haricots dans les oreilles. Où veux-tu qu'on aille pêcher des idées pareilles, à part dans ce genre d'endroit ! C'est impensable de vouloir faire mal à un enfant. »

Je ne pouvais le dire. Je passais des heures assise sur mon lit à chercher des mots dans le dictionnaire. Pédophilie. Perpétration. Déviant. Malfaisant. J'empruntais des livres à la bibliothèque mais il n'y avait pas de réponses là non plus, juste des mots, encore des mots. La nuit j'écoutais les bruits dehors, j'écoutais Turtle respirer, et je pensais : elle aurait pu se faire tuer. Elle pourrait si facilement être morte à l'heure qu'il est.

Un soir après le dîner Lou Ann est venue me retrouver dans ma chambre pendant que les gosses écoutaient leur disque de *Blanche-Neige* dans le salon. J'avais sauté le repas ; je ne me nourrissais pas beaucoup ces derniers temps. Quand j'étais jeune et en pleine croissance, et que maman n'arrivait pas à me faire manger, elle disait que j'avais une jambe creuse. Maintenant je me sentais creuse de partout. Rien, rien au monde n'aurait pu remplir ce vide.

Lou Ann a frappé doucement à la porte et elle est entrée, un bol de soupe aux nouilles et au poulet en équilibre sur un plateau.

« Tu vas te dessécher et partir en fumée, ma belle. Il faut que tu manges quelque chose. »

Je l'ai regardée et je me suis mise à pleurer. S'imaginer qu'on pouvait guérir un tel mal avec de la soupe aux nouilles et au poulet !

« C'est pas le Pérou, a fait Lou Ann simplement. Mais j'aime autant te dire que c'est pas avec ta petite grève de la faim que tu vas changer quelque chose. »

J'ai posé mon livre et je me suis laissée aller dans ses bras. Je ne m'étais jamais sentie aussi désespérée.

« Je sais pas par où commencer, Lou Ann. Il y a tellement de laideur. Où qu'on se tourne, il y a toujours un gros pour s'en prendre à un petit sans défense – regarde ce qu'ils font à ces gens chez Mattie. Qu'ils aillent au diable, on nous dit, qu'ils crèvent, c'est bien leur faute s'ils sont pauvres, s'ils ont des problèmes, ou s'ils sont pas blancs, ou je ne sais quoi encore, pour qui se prennent-ils de venir dans notre pays ?

– Je croyais que c'était à cause de Turtle que tu n'avais pas le moral.

– Bien sûr que c'est à cause de Turtle. » J'ai regardé par la fenêtre. « Mais ça n'arrête jamais, jamais. » Je ne savais pas comment expliquer cette sensation de vide et de désespoir que j'éprouvais.

« Comment en rester à Turtle, à un homme qui fait du mal à un bébé quand c'est la règle générale de s'attaquer à ceux qui ne peuvent pas se défendre ?

– Toi, tu te défends, Taylor. Personne irait te chercher des poux dans la tête. »

J'ai ignoré sa remarque. « Regarde ces types dans le parc, qui n'ont pas d'endroit où aller. Et ces femmes aussi. J'y ai vu des familles entières. Pendant qu'on est tranquillement chez nous à mettre les sacs en plastique hors de portée de nos enfants, ces femmes les récupèrent pour leurs enfants ces sacs. Pour en faire des habits, tu te rends compte. Des imperméables. Et elles leur ramassent de quoi manger dans les poubelles du *McDonald*. On se dit que vivre, c'est déjà pas mal comme punition pour ces gens, mais non, il faut que les flics s'amènent le matin et les réveillent à coups de bâton. Tu l'as vu. Et tout le monde qui crie, bravo, allez-y ! Que les plus forts gagnent. Regardez-moi ! Nettoyez-nous ce quartier et que le diable emporte la racaille. »

Lou Ann écoutait.

« Ce que je veux dire c'est que personne n'a plus pitié de personne. On fait même plus semblant. Pas même le Président. On dirait que c'est devenu antipatriotique. » J'ai repris mon kleenex et je me suis mouchée. « Quelle leçon veux-tu que les gens en tirent ? C'est pas étonnant que ce soient les gosses qui trinquent. Et elle est si petite, elle a tant d'années devant elle. C'est tout simplement au-dessus de mes forces, Lou Ann. »

Lou Ann était assise les genoux repliés, nattant et dénattant une mèche de mes cheveux.

« Allons, te prends pas pour le vengeur masqué. C'est du cinéma. »

13

Cierge à floraison nocturne

Comme l'assistante sociale l'avait prédit, Turtle avait fini par récupérer. En quelques semaines elle parlait de nouveau. Elle n'avait jamais rien fait avec les poupées de chiffon sinon les planter sous les dossiers de Cynthia, par contre elle avait un peu parlé du « vilain monsieur » et raconté comment Ma Poppy lui en avait « flanqué une bonne ». Je ne voyais pas du tout où Turtle avait pu apprendre à parler comme ça, mais naturellement Edna et Virgie Mae avaient la télé. Cynthia était préoccupée par la tendance de Turtle à enterrer les poupées, elle pensait que c'était le signe d'une fixation sur la mort. Je l'ai assurée que Turtle essayait seulement de faire pousser des arbres-poupées.

Cynthia était l'assistante sociale aux cheveux roux. On allait la voir le lundi et le jeudi. De nous deux, Turtle et moi, je crois bien que c'était moi qui lui donnait le plus de fil à retordre.

Triste période. Notre joie aux premières pluies de l'été était bien vite retombée. Il pleuvait tous les jours et l'air était tellement imbibé d'eau qu'on avait l'impression d'avoir un torchon moite sur la figure. J'avais beau m'appliquer à respirer, on aurait dit que je n'arrivais pas à absorber d'air. La nuit, je restais allongée sur les draps humides et je pensais : inspire, expire. Ce qui rendait impossible toute autre pensée, et impossible le sommeil. Au point que je me demandais à quoi bon faire tant d'efforts pour rester en vie, si c'était là ce que je faisais. Je me rappelais mes encouragements à Esperanza quelques mois plus tôt, et je comprenais à quel point tout cela était ridicule. Ça n'a aucun sens de traiter une personne dépressive comme si elle n'était que triste, et de lui dire : Allons ! tiens le coup, tu t'en remettras. La tristesse, c'est un peu comme un rhume de cerveau – avec de la patience, ça passe. La dépression, c'est comme le cancer.

Cynthia avait consacré beaucoup de temps à parler avec nous des traumatismes que Turtle avait subis, de tout ce qui lui était arrivé avant que je la connaisse. L'histoire sortait de moi un petit peu à chaque fois.

Mais manifestement l'assistante sociale en avait vu d'autres. Cynthia disait que malheureusement ce genre de situation se rencontrait souvent, et pas seulement dans les réserves indiennes. Il se passait toutes sortes de choses dans les maisons blanches les plus banales et même dans des endroits bien plus chics que ça. Une petite fille sur quatre est victime de violences sexuelles de la part d'un membre de sa famille. Peut-être davantage.

Curieusement, ce n'était pas vraiment ce qui m'affectait le plus. J'étais sans doute déjà dans un état second, ou alors je n'étais pas capable de m'intéresser aux malheurs de plus d'une seule petite fille à la fois. Mais aussi, me rassurais-je, cela voulait dire que Turtle n'était pas un cas isolé. Au moins, elle aurait des gens à qui parler quand elle grandirait.

Et puis il y avait une autre mauvaise nouvelle. Au cours de la troisième semaine de nos séances avec Cynthia, elle m'a informée que l'attention des services de protection de l'enfance du département des Affaires sociales avait été attirée, au cours de l'enquête policière, sur le fait que je n'avais légalement aucun droit sur Turtle.

« Pas plus que le service d'ordures municipal sur vos poubelles », ai-je remarqué. Je crois que mes propos choquaient un peu Cynthia. « Je vous ai raconté comment ça s'est passé, ai-je insisté. Sa tante m'a juste dit de la prendre. Si ça n'avait pas été moi, ç'aurait été le premier automobiliste à avoir une place libre dans sa voiture. Je vous l'assure, la famille de Turtle ne veut pas d'elle.

– J'en ai parfaitement conscience. Mais le problème est que vous n'avez aucun droit légitime. Un accord verbal avec un membre de la famille ne suffit pas. Vous ne pouvez pas prouver à la police que c'est ainsi que les choses se sont passées. Que vous ne l'avez pas kidnappée, par exemple, ou que la famille n'a pas agi sous la contrainte.

– Non, je ne peux rien prouver. Je ne comprends pas où vous voulez en venir. Si je n'ai aucun droit sur Turtle, je ne vois pas pourquoi quelqu'un d'autre en aurait. »

Cynthia, comme certains blonds, avait des petits yeux fauves qui lui donnaient l'air d'appartenir à la famille des chats. Et contrairement à la plupart des gens, elle pouvait vous regarder droit dans les yeux et n'en pas bouger. Je suppose que ça fait partie du métier d'assistante sociale.

« L'État d'Arizona a des droits. Si un enfant n'a pas de tuteur légal, il devient pupille de l'État.

– Vous voulez parler d'orphelinats, ce genre de chose ?

– Ce genre de chose, oui. Vous avez une chance de pouvoir l'adopter au bout du compte, tout dépend depuis combien de temps vous êtes résidente, mais il vous faudrait passer par le service compétent. Un certain nombre de facteurs sont pris en considération, comme vos revenus et votre stabilité. »

Revenus et stabilité. Je fixais la gorge de Cynthia. Par cette chaleur, alors que tout le monde essayait d'être aussi légèrement vêtu que possible sans tomber pour autant sous le coup de la loi, Cynthia portait un chemisier rose à carreaux au col fermé par une broche. Elle avait dit un jour, je m'en souvenais, qu'elle était de nature frileuse.

« Et quand va-t-il falloir s'en occuper ?

– Il faut compter deux ou trois semaines pour que les papiers arrivent à un endroit où ils vont être pris en considération. Ensuite, une personne du Service de protection et placement de l'enfant prendra contact avec vous. »

La broche qui tenait son col était un camée couleur ivoire et chair qui paraissait ancien. Au moment de partir, je lui ai demandé si c'était un bijou de famille.

Cynthia a tripoté son camée et s'est mise à rire.

« Je l'ai trouvé au milieu des objets à un dollar de l'Armée du Salut.

– Je vois. »

Lou Ann était hors d'elle. Je ne l'avais jamais vue dans une telle colère. Les veines saillaient sur son front, et son visage était devenu rose, du cou jusqu'au cuir chevelu.

« Mais pour qui est-ce qu'ils se prennent ? S'imaginer qu'ils ont le droit de l'arracher à une bonne petite famille pour la mettre dans un orphelinat à vous donner la chair de poule où je te parie qu'ils les font dormir sur des sacs en toile et leur donnent à manger de la pâtée pour les cochons.

– C'est sûrement pas si terrible que ça.

– Je te crois pas. »

En réalité j'étais prête à laisser tomber.

« Qu'est-ce que je peux faire d'autre ? La loi c'est la loi. Qu'est-ce que tu veux que je fasse, prendre un fusil et garder Turtle en otage ici pendant que les flics cernent la maison ?

– Taylor, ça suffit. Arrête. Tu te comportes comme si c'était une cause perdue et comme si je te disais de faire quelque chose de stupide. Il doit y avoir un moyen d'éviter qu'ils la prennent, c'est tout ce que je dis, et tu essaies même pas de le trouver.

– Et pourquoi je le ferais ? Pourquoi je penserais que Turtle s'en sortira mieux avec moi que dans un orphelinat ? Au moins là-bas ils savent s'occuper des enfants. Il ne lui arrivera rien.

– C'est moche ce que tu dis là.

– Peut-être. »

Elle ne me lâchait pas des yeux.

« C'est pas possible, Taylor, c'est pas possible que tu sois prête à baisser les bras. Je croyais que t'étais ma meilleure amie, et maintenant, merde, je sais même plus qui tu es. »

Je lui ai répondu que je ne savais pas moi non plus, mais elle n'était pas d'humeur à se satisfaire d'une telle réponse.

« Tu sais, a-t-elle poursuivi, au lycée il y avait une fille, Bonita Jankenhorn, et je pensais que c'était la personne la plus intelligente et la plus culottée de la terre. En cours d'anglais, quand il fallait faire ces mots croisés à propos de *Silas Marner* * et je sais plus quoi d'autre, on était tous là à essayer des mots, puis on effaçait, et puis on recommençait, mais Bonita, elle, elle écrivait directement à l'encre. Elle était tellement sûre d'elle-même qu'elle retirait le capuchon et hop, elle y allait. La première fois qu'elle a fait ça, le prof a commencé à l'engueuler et Bonita a répondu : " Miss Myers, si le travail que je rends est mauvais, alors vous serez tout à fait en droit de me punir, mais pas avant. " Tu imagines un peu ? On pensait tous que cette fille avait un culot d'enfer.

« Mais quand je t'ai connue, le jour où t'es venue ici pour la première fois, je me suis dit : Bonita Jankenhorn, tu peux aller te rhabiller. Cette fille en vaut six comme toi, et vous avez le paquet cadeau par-dessus le marché.

– Eh bien, tu t'étais trompée.

– Non, je m'étais pas trompée. Tu étais vraiment comme ça. Où est-ce que ça a bien pu passer tout ça ?

– Au même endroit que ta pluie de météores. »

Je n'avais pas eu l'intention de blesser Lou Ann, mais blessée, elle l'était. Elle m'a laissée tranquille un certain temps après ça.

Seulement un certain temps. Puis elle a recommencé. En fait, je crois qu'on n'a pas cessé de se disputer pendant des semaines. On s'arrêtait juste pour reprendre notre respiration. Encore que, à

* Roman de George Eliot. *(N.d.T.)*

proprement parler, ce n'était pas de dispute qu'il s'agissait. Je ne pouvais pas vraiment ne pas être d'accord avec Lou Ann – ce que Cynthia et les soi-disant protecteurs d'enfants voulaient faire était mal. Seulement je ne savais pas ce qui était bien. Alors je passais mon temps à répéter que ce monde était un endroit terrible pour essayer d'élever un enfant. Et Lou Ann passait son temps à me répondre : « Mais enfin, Taylor, est-ce qu'on a le choix ? »

Mattie aussi avait son lot de tracas. Elle n'avait pas trouvé moyen de faire quitter la ville à Esperanza et à Estevan, encore moins de les acheminer vers une église-refuge dans un autre état. Apparemment plusieurs personnes s'étaient proposées pour les accompagner, mais à chaque fois le projet avait tourné court. Terry le médecin s'était organisé pour les conduire à San Francisco, où ils devaient rejoindre un autre groupe en route pour Seattle. Mais à cause de ses nouvelles activités dans la réserve indienne, le gouvernement aimait à surveiller ses allées et venues. Mattie disait toujours qu'elle se fiait à son flair. « Si ça sent le roussi, disait-elle, alors le jeu n'en vaut pas la chandelle. »

Malgré ses soucis, elle passait beaucoup de temps à parler de Turtle avec moi. Elle m'apprenait des choses que j'ignorais. S'il y avait des failles dans la législation, on pouvait compter sur Mattie pour les connaître. Elle était sûre qu'il existait un moyen d'adopter un enfant sans passer par les autorités.

J'ai avoué à Mattie que même si je trouvais une solution, je n'étais pas sûre que ce serait la meilleure pour Turtle.

« Tu te rappelles, le jour où j'ai débarqué avec ma

voiture au mois de janvier ? » lui ai-je demandé un matin. Nous étions installées dans la cour dans les deux mêmes fauteuils, à boire du café dans les mêmes tasses, sauf que cette fois c'était moi qui avais les lapins en train de copuler. « Dis-moi la vérité. Est-ce que ce jour-là tu as pensé que je faisais une mère acceptable ?

– Je me suis dit que tu avais l'air un peu dépassé. Ce qui est parfaitement banal. Habituellement ça se tasse quand le gosse est assez grand pour manger du beurre de cacahuète et des crackers, mais sachant ce que je sais maintenant, je me rends compte que tu en étais au stade où en sont la plupart des mères quand elles sortent de la maternité. »

Ça m'embêtait de penser que Mattie m'avait si bien percée à jour. Je me revoyais ce jour-là, roulant des mécaniques, avec mes jeans et mon pull rouge, mes réponses évasives et mon impertinence, comme si deux pneus crevés c'était de la gnognote et comme si j'étais née avec cette gosse qui sortait de ma hanche. La fille qui a pas froid aux yeux, quoi. Mais au fond de moi, je n'étais pas si solide que ça. La différence était que maintenant je me sentais deux fois plus vieille, et trop fatiguée pour jouer la comédie.

« T'avais vu tout ça, hein ? J'étais là avec cette gosse comme une poule qui a trouvé une aiguille à tricoter. Et toi, tu te mets à me parler de bébés qui se déshydratent ! Je crevais de peur. J'ai compris que c'était parfaitement idiot de prétendre que j'étais capable de prendre en charge la vie d'un enfant.

– Toute mère digne de ce nom a dû se faire ce genre de réflexion.

– Je parle sérieusement, Mattie. »

Elle a souri, elle a bu une gorgée de café, et elle a fait : « Moi aussi.

– Alors comment font les gens pour prendre une décision aussi importante ? Pour savoir s'ils vont ou non se jeter à l'eau ?

– La plupart des gens ne décident pas. Ils n'ont pas le choix, c'est tout. Tu dis toi-même que si les femmes font des enfants c'est parce qu'elles se retrouvent enceintes. »

Je regardais fixement le marc de café qui formait un cercle au fond de ma tasse. Du temps où je vivais à Pittman, on m'avait raconté l'histoire d'une femme qui avait fait fortune en lisant dans des feuilles de thé et des os de poulet qu'elle gardait dans un sac. Elle les éparpillait sur le sol de sa cuisine comme des cartes à jouer. À partir des feuilles et des os, elle disait aux gens quoi faire de leur vie. Pas étonnant qu'elle soit riche. Il n'y a rien de pire que de n'avoir que soi-même à incriminer quand on fout tout en l'air.

« Taylor, ma chérie, si je peux me permettre, tu poses la mauvaise question.

– Qu'est-ce que tu veux dire ?

– Tu te demandes : Est-ce que je suis capable de donner à cette enfant la meilleure éducation possible et de la mettre à l'abri du danger jusqu'à la fin de sa vie ? La réponse est non, tu ne peux pas. Mais personne d'autre ne le peut non plus. En tout cas, pas un orphelinat, ça c'est sûr. Au mieux ils ferment les yeux quand les gosses apprennent à crocheter une serrure et à se pinter, et ensuite ils font leur possible pour qu'ils ne se retrouvent pas en prison. Personne ne peut mettre un enfant à l'abri du monde.

C'est pour ça que tu te poses la mauvaise question, si tu as vraiment envie de prendre une décision.

– Alors, quelle est la bonne question ?

– Est-ce que j'ai envie d'essayer ? Est-ce que je pense qu'il serait intéressant, peut-être même agréable à la longue, de partager ma vie avec cette enfant et de lui donner ce que j'ai de meilleur, et peut-être, au bout du compte, me retrouver avec une bonne amie.

– Je crois pas que l'État d'Arizona voit les choses ainsi.

– Ça non, je te le garantis. »

Je me suis demandé si Mattie avait eu des enfants à elle, mais je n'osais pas lui poser la question. Ces derniers temps, chaque fois que j'étais allée au-delà des apparences, j'avais déterré une histoire de fantôme. J'ai décidé de ne pas aborder le sujet.

J'ai pris rendez-vous avec Cynthia, seule, sans Turtle. Les fois précédentes, Cynthia avait parlé de droits légitimes, d'orphelinats et de tout le reste, en présence de Turtle, celle-ci étant occupée avec le nouveau choix de jouets offerts par le département des Affaires sociales. Mais je savais par expérience que Turtle comprenait plus ou moins ce qui se disait, même si elle avait l'air de ne pas y prêter attention. Si on devait, moi ou l'État d'Arizona, insuffler à cette enfant un quelconque sentiment de sécurité, discuter de son avenir et des droits qu'on avait sur elle comme si elle était un vulgaire article de commerce n'était pas la bonne méthode. Plus j'y pensais, plus j'étais en colère. Mais ce n'était pas ce dont je voulais discuter avec Cynthia.

Le rendez-vous était un vendredi après-midi. J'ai recommencé à perdre mon sang-froid quand je l'ai vue dans son bureau, les yeux ombrés de vert pâle et les cheveux retenus par une barrette dorée. Cynthia n'était sans doute pas beaucoup plus âgée que moi, mais prenez une personne en chaussures à talons hauts, installez-la derrière un grand bureau, et l'âge ne compte plus. Elle est plus importante que vous, point final.

« Prouver qu'un enfant a été abandonné est très, très difficile, m'expliquait-elle. Dans ce cas, probablement impossible. Mais vous avez raison, il y a des démarches parfaitement légales. La pièce maîtresse d'une adoption de ce type ne peut être que le consentement écrit des parents naturels de l'enfant. Et il faudrait que vous soyez nommément désignée dans ce document.

– Et s'il n'y a pas de parents naturels ? S'ils étaient morts, par exemple ?

– Dans ce cas, il faudrait que ça vienne du parent vivant le plus proche, la personne qui en aurait normalement la garde, et un certificat de décès devrait être présenté également. Mais le plus important, comme je vous l'ai dit, est que le document fasse expressément mention de vous, en tant que nouveau tuteur.

– Quel genre de document exactement ?

– La loi varie. Dans certains états, la mère doit donner son consentement devant un juge ou un représentant du département des Affaires sociales. Dans d'autres, une simple déclaration écrite, notariée et signée devant témoins, suffit.

– Et dans une réserve indienne ? Savez-vous que parfois dans les réserves indiennes on ne délivre pas de certificat de naissance ou de décès ? »

Cynthia n'était pas du genre à aimer qu'on parle à sa place.

« J'en ai parfaitement conscience, a-t-elle répliqué. Dans certains cas, on fait des exceptions.

– Ça ne vous manque pas de savoir quel temps il fait ?

– Pardon ?

– Vous n'avez pas de fenêtre. Je me demandais juste si vous ne perdiez pas un peu le contact avec le monde extérieur, cloîtrée dans cette pièce toute la journée avec l'air conditionné et les lumières fluorescentes. »

C'était la première fois de ma vie que je disais à haute voix quelque chose comme « lumières fluorescentes ».

« Comme vous le savez, je suis venue chez vous le soir où votre – où Avril a été agressée. » Cynthia appelait toujours Turtle par son nom officiel. « Je fais ma part de travail sur le terrain.

– Bien sûr.

– Ai-je répondu à vos questions, Taylor ?

– En grande partie. Pas complètement. J'aimerais savoir comment on doit s'y prendre pour obtenir les informations que vous avez mentionnées. Sur les lois des différents états. Comme l'Oklahoma par exemple.

– Je peux faire des recherches et vous recontacter. Si vous le souhaitez, je peux vous trouver le nom de quelqu'un à Oklahoma City qui pourrait vous aider à remplir vos papiers. »

J'ai été prise au dépourvu.

« Vous seriez prête à m'aider ?

– Certainement. Je suis de votre côté dans cette affaire, Taylor. »

Elle s'est penchée en avant et elle a croisé les mains sur ses dossiers. J'ai remarqué que ses ongles n'étaient pas bien jolis à voir. Elle devait se les ronger.

« Vous voulez dire que vous préféreriez que Turtle reste avec moi plutôt que de la voir partir dans un orphelinat ?

– Il n'y a jamais eu dans mon esprit le moindre doute à ce sujet. »

Je me suis levée, j'ai fait le tour de ma chaise, et je me suis rassise.

« Excusez-moi, mais pourquoi, bon Dieu, est-ce que vous ne me l'avez pas dit avant ? »

Elle a plissé ses yeux en pièces d'or.

« Je pensais que c'était à vous de décider. »

La séance était terminée. J'avais déjà passé la porte quand je me suis ravisée. J'ai fait demi-tour et j'ai refermé derrière moi.

« Merci.

– De rien.

– Est-ce que je peux vous poser une question un peu personnelle ? C'est au sujet de votre camée. »

Elle a eu un air amusé.

« Vous pouvez.

– Vous êtes obligée de faire vos courses à l'Armée du Salut ? Je veux dire, c'est à cause de votre salaire, ou c'est simplement que vous aimez farfouiller dans les souvenirs de famille des autres ?

– Je suis thérapeute diplômée, a répondu Cynthia en souriant. Je ne réponds pas à ce genre de questions. »

Une fois dans le hall d'entrée, je me suis arrêtée pour bavarder avec une des secrétaires, qui m'a demandé où était ma petite fille aujourd'hui. Elle s'appelait Jewel. J'avais parlé avec elle plusieurs fois déjà. Elle avait un fils qui souffrait de dyslexie.

Je n'avais pas quitté le bâtiment qu'une autre secrétaire m'a rattrapée pour me remettre un message, de la part de Cynthia. Il était formulé comme suit : « Je suis sensible à la délicatesse dont vous avez fait preuve en ne souhaitant pas discuter de la garde d'Avril en sa présence. Si j'ai manqué de tact, j'en suis désolée. »

Il y avait aussi un nom : Mr. Jonas Wilford Armistead – accompagné d'une adresse à Oklahoma City – et en dessous, les mots « Bonne chance ! »

Toute la soirée, après avoir fait manger les gosses et les avoir mis au lit, j'ai arpenté la maison. J'avais hâte que Lou Ann soit de retour, mais à peine était-elle arrivée que je ne savais plus si j'étais prête à lui parler. Je n'avais pas encore vraiment pris ma décision.

« Pour l'amour du ciel, m'a dit Lou Ann, tu me mets les nerfs en boule. Assieds-toi ou alors fais la vaisselle. »

J'ai fait la vaisselle.

« Je sais pas ce qui te tracasse, mais j'espère que ça va s'arranger », a-t-elle dit. Sur quoi elle est partie lire dans le salon. Elle était plongée dans la lecture d'un roman qui s'appelait *Cheyenne, fille des vents*, qu'elle avait trouvé dans son casier chez Red Hot Mama, et qui n'avait, prétendait-elle, absolument rien à voir avec la participation d'Angel au circuit Montana-Colorado.

Je l'ai suivie dans le salon.

« Dis-moi, t'es pas en colère, que je veuille pas en parler ?

– Non.

– Je t'en parlerai demain. Faut que je réfléchisse encore un peu. »

Elle n'a pas levé les yeux.

« Ben, t'as qu'à réfléchir. Réfléchir et faire la vaisselle. »

Je n'ai pas fermé l'œil cette nuit-là. Je commençais à en avoir l'habitude. Je regardais Turtle se tourner et se retourner dans son sommeil. Ses yeux roulaient sous ses paupières, et par moments sa bouche remuait aussi. Je ne savais pas à qui elle parlait en rêve, mais en tout cas elle leur en disait plus long qu'elle ne m'en avait jamais dit. J'aurais payé cher pour être dans ce rêve.

Elle dormait encore quand je suis partie chez Mattie le lendemain matin finir un parallélisme et un équilibrage avant et arrière que j'avais laissés en plan la veille au soir. Le client devait venir récupérer sa voiture dans la journée. Je n'avais pas regardé l'heure mais il était sûrement tôt quand j'étais arrivée parce que j'avais déjà terminé, et j'étais prête à rentrer à la maison que Mattie n'était pas descendue. J'ai traîné encore un peu, à faire du café, passer un chiffon sur les étagères et mettre à jour le calendrier (il était encore ouvert au mois de mai alors qu'on était en août). J'ai longuement contemplé l'homme aztèque avec la femme inconsciente dans les bras, me demandant de quelle tragédie d'Amérique latine il pouvait bien être le symbole. Naturellement, j'ai pensé à Estevan et à Esperanza. Encore que, je le savais, c'était plus souvent l'inverse, la femme qui portait l'homme à bout de bras dans l'adversité. L'homme, la grand-mère et tous les enfants.

Finalement Mattie est descendue. On a bu une tasse de café et on a parlé.

Puis j'ai rejoint Lou Ann et les gosses au parc.

Turtle s'amusait à balayer la terre avec une vieille brosse à cheveux, propriété d'Edna sans doute puisqu'elle était rouge, et Lou Ann avait momentanément mis de côté *Cheyenne, fille des vents* pour jouer au plus fort avec Dwayne Ray. Étant bien entendu que Lou Ann ne pouvait que gagner.

« J'ai dit non ! Rends-moi ça tout de suite. Où est-ce que t'es allé pêcher ce truc-là ? » Elle a emprisonné son petit poing, qui prenait la direction de sa bouche en pilote automatique, et en a sorti une boule de gomme violette couverte de terre. « Où diable est-ce qu'il a pu trouver ça ? Bon sang, Taylor, tu te rends compte s'il l'avait mangée ! »

La bouche de Dwayne Ray est restée ouverte en forme de O pendant plusieurs secondes, en attente de la boule de gomme interceptée, puis il s'est mis à crier.

« Je connaissais une vieille paysanne autrefois qui disait qu'il fallait pas mourir sans avoir mangé un peu de terre. »

Lou Ann a attrapé Dwayne Ray et l'a fait sauter sur ses genoux. « Eh bien, peut-être que si tu arrives à ton premier anniversaire sans avoir mangé de terre tu attendras un peu plus longtemps pour mourir, voilà ce que je dis, moi. »

J'ai pris place sur le banc.

« Écoute, je viens de décider quelque chose. Je vais conduire Estevan et Esperanza jusqu'à un refuge dans l'Oklahoma. Et j'en profiterai pour essayer de retrouver quelqu'un de la famille de Turtle. »

Elle me regardait avec des yeux ronds. Dwayne Ray lui a glissé des genoux et boum, il s'est retrouvé par terre, muet pour le coup.

« Pour quoi faire ?
– Pour qu'ils me donnent leur signature.
– Et s'ils ne veulent pas ? Et si en voyant comme elle est devenue belle ils décident de la reprendre ?
– Ça m'étonnerait.
– Et si c'est le cas ?
– Merde, Lou Ann, tu t'es tuée à me seriner de faire quelque chose, d'agir, de penser positif, et patati et patata, c'est exactement ce que j'essaie de faire, être positive.
– Désolée.
– Est-ce que j'ai le choix ? Si je reste assise ici à me tourner les pouces, alors ils la prendront.
– Je sais. T'as raison.
– Si sa famille veut la récupérer, je verrai. Chaque chose en son temps.
– Et si tu ne les trouves pas ?
– Je les trouverai. »

Lou Ann, une fois n'est pas coutume, était passée à côté de la seule chose qui méritait vraiment que je m'inquiète. Les jours suivants Mattie m'a demandé au moins cinquante fois si j'étais sûre que je savais à quoi je m'exposais. Elle m'a expliqué que si je me faisais prendre je serais bonne pour cinq ans de prison et deux mille dollars d'amende pour chaque clandestin que j'avais assisté, deux personnes dans le cas présent. Pour dire la vérité, ces choses-là me passaient carrément au-dessus de la tête.

Mattie s'est obstinée.

« Ce n'est pas une simple hypothèse. C'est déjà arrivé que des gens se fassent prendre.
– Je comprends pas pourquoi tu es si inquiète pour moi. Ce qui arriverait à Estevan et à Esperanza serait bien pire que la prison et une amende. »

J'ai tout de même suggéré à Mattie que ce ne serait peut-être pas une mauvaise idée de réparer l'allumage de Two-Two, ma Volkswagen, maintenant qu'on s'embarquait pour une grande traversée. Elle m'a regardée comme si j'envisageais de descendre un élu local.

« Il est hors de question que tu partes dans cette vieille guimbarde. Tu prendras la Lincoln. Elle est beaucoup plus grande et elle tombera pas en panne. »

J'étais vexée.

« Qu'est-ce qu'elle a ma voiture ?

– Ce qu'elle a, ma fille, le soleil sera couché que j'aurai pas fini de t'en dresser la liste. T'as mille et une raisons de te faire arrêter par un flic. Si tu tiens tant que ça à Esperanza et à Estevan, tu ferais bien de commencer à te servir de ta cervelle autrement que pour faire la maligne. »

Et elle a tourné les talons. Ce n'était pas la première fois que je la voyais prête à exploser, mais jamais après moi. De toute évidence, elle ne voulait pas que je parte.

La veille de mon départ, Virgie Mae Parsons est venue frapper à ma porte. Il était tard mais Lou Ann et moi étions encore debout, à nous demander pour la énième fois ce que je devais emporter. Elle pensait qu'il fallait que je prenne mes plus beaux habits au cas où j'aurais à faire impression quant à l'état de mes finances. Une paire de bas, c'était vraiment le minimum, m'assurait-elle, auquel cas il me faudrait les lui emprunter, étant donné qu'il n'était pas dans mes habitudes de posséder ce genre de choses. Je lui ai fait remarquer qu'on était en plein été et qu'il n'était peut-être pas nécessaire d'impressionner les gens à ce point. Tout à notre conversation, nous n'avons pas remarqué le petit coup timide frappé à la porte, jusqu'au moment où il s'est fait considérablement plus fort. Lou Ann avait peur d'ouvrir.

J'ai regardé par la fenêtre.

« Ma parole, c'est Virgie Mae », ai-je dit, et je l'ai fait entrer.

Elle avait l'air un peu perdu, mais au bout de quelques secondes elle a retrouvé ses esprits : « Edna m'a demandé de venir vous chercher. Il y a quelque chose qui pourrait plaire aux enfants. Si vous pensez qu'il n'est pas trop embêtant de les réveiller.

– Quoi ? Une surprise ? » a demandé Lou Ann.

En moins d'une minute elle était de retour, tenant Dwayne Ray sous un bras et Turtle par la main. Turtle se laissait traîner d'un air grognon, alors que Dwayne Ray avait choisi de rester endormi, dodelinant de la tête comme un vieil animal en peluche. Quant à moi, je n'avais toujours pas réussi à soutirer la moindre information à Virgie.

Nous sommes sortis à sa suite, et avons monté l'allée qui conduisait à leur véranda. Je distinguais Edna assise dans la balancelle. Puis dans un coin est apparue une chose qui ressemblait à un bouquet de ballons d'un blanc argenté, suspendus dans les airs.

Des fleurs.

« *Cereus,* c'est un cierge à floraison nocturne, a expliqué Virgie Mae. Les fleurs s'ouvrent une seule nuit par an et disparaissent. »

C'était une énorme plante qui s'étalait dans tous les sens, certaines branches retombant par-dessus la balustrade de la véranda et d'autres atteignant presque l'avant-toit. Je l'avais bien sûr déjà remarquée, dans son pot minable là-bas dans le coin, tout aplatie, bourrée d'épines, très laide pour être honnête, et je m'étais demandé pourquoi Virgie Mae ne s'en débarrassait pas.

« J'ai jamais rien vu d'aussi divin », a fait Lou Ann.

D'énormes fleurs couvraient la plante, largement jusqu'au-dessus de nos têtes. Lentement, Turtle s'est avancée tout droit vers une fleur plus grosse que son visage. Elle était suspendue dans l'obscurité, à quelques centimètres de ses yeux, comme un miroir magique. J'ai pensé qu'il fallait peut-être lui dire de se méfier des épines, mais si Lou Ann n'intervenait pas, c'était pas moi qui allais m'en soucier. Je me suis agenouillée à côté de Turtle.

Il n'y avait presque pas de lune cette nuit-là, mais nos yeux peu à peu découvraient de nouveaux détails. Les fleurs elles-mêmes n'avaient pas de piquants, elles étaient presque transparentes, on aurait dit qu'elles allaient se ratatiner et se couvrir de bleus si on y posait les doigts. Les pétales s'étalaient en rayons étoilés, et il y avait au centre de chaque fleur un enchevêtrement de fils argentés, comme deux mains offertes au clair de lune. Un bateau de conte de fées, prêt à appareiller dans l'obscurité.

« C'est quoi ? » a demandé Turtle.

Elle a touché la fleur, qui ne s'est pas ratatinée, mais s'est balancée doucement au bout de sa longue branche verte.

« C'est une fleur, ma chérie, a répondu Virgie.

– Ça, elle le sait, a répliqué Lou Ann. Elle est

capable de vous dire le nom de pratiquement toutes les fleurs du catalogue Burpee, même de celles qu'on ne trouve qu'en Floride ou en Nouvelle-Écosse.

– *Cereus* », ai-je fait.

Même le nom était argenté et mystérieux.

« Céleri russe », a répété Turtle.

Lou Ann, qui avait fourré son nez dans une fleur, nous a signalé qu'elle avait une odeur. Elle en a approché Dwayne Ray, mais il n'avait pas l'air spécialement réveillé.

« C'est tout juste si je sens quelque chose, a-t-elle remarqué, mais qu'est-ce que c'est doux ! Un peu comme de la tarte, ou ce bonbon au citron qui me rendait dingue quand j'étais petite. C'est très très léger.

– Je le sens d'ici. »

C'était Edna qui parlait depuis sa balancelle.

« Heureusement qu'Edna est là pour le remarquer, a expliqué Virgie. Si ça ne tenait qu'à moi, je passerais complètement à côté. Parce qu'elles sortent à la nuit tombée, vous comprenez, et j'oublie de surveiller les bourgeons. Une année Edna avait un rhume de cerveau, et on les a ratées. »

Les yeux de Lou Ann étaient aussi grands et étoilés que la fleur qu'elle contemplait. Elle était aussi captivée que Turtle.

« C'est un signe, a-t-elle dit.

– De quoi ?

– Je sais pas. Quelque chose de bon.

– Je peux aller chercher les cisailles et vous en couper une, si vous voulez, a proposé Virgie Mae. Si vous la mettez dans le réfrigérateur elle tiendra jusqu'à demain. »

Mais Lou Ann a secoué la tête.

« Non merci. Je veux m'en souvenir comme ça, dans le noir.

– Dès qu'on les cueille, elles perdent leur parfum, a dit Edna. Je ne sais pas pourquoi, mais il s'en va d'un seul coup. »

Si le cierge à floraison nocturne était le signe de quelque chose, c'était que nous aurions beau temps pour voyager. Le matin, le ciel était couvert et il faisait frais. Une fois de plus, nous avons tiré les enfants du lit, et Lou Ann et Dwayne Ray nous ont accompagnés chez Mattie. Turtle voulait qu'on la porte, comme Dwayne Ray, mais on avait déjà les sacs.

« On va juste marcher un petit peu, lui ai-je dit. Après tu pourras dormir dans la voiture aussi longtemps que tu voudras. »

Estevan et Esperanza avaient une seule valise à eux deux et elle était plus petite que la mienne, qui ne contenait même pas les affaires de Turtle. J'avais des bagages pour une semaine, dix jours au pire, et eux pour le reste de leur vie.

Plusieurs autres personnes étaient venues leur dire au revoir, parmi lesquelles la vieille femme que j'avais vue un jour au premier étage de chez Mattie, et une autre très jeune, accompagnée d'une enfant, sa fille ou sa sœur peut-être, ou personne de sa famille en particulier. Il y a eu beaucoup d'étreintes et d'embrassades. On parlait surtout espagnol. Mattie passait rapidement des uns aux autres, présentant les gens, chargeant la voiture, me faisant cent recommandations de dernière minute.

« Il va sans doute falloir que tu la titilles un bon

coup le matin », m'a dit Mattie, et dans l'état d'hébétude où j'étais, j'ai mis un moment à comprendre qui ou quoi il allait falloir titiller. « Elle est réglée pour l'Arizona. Je sais pas comment elle va se comporter dans l'Oklahoma.

– T'inquiète pas. N'oublie pas, les voitures acariâtres, ça me connaît.

– Je sais. Tu t'en sortiras très bien », a-t-elle dit, mais elle n'avait pas l'air convaincu.

Nous sommes montés dans la voiture et, sur ordre de Mattie, nous avons attaché nos ceintures. Alors elle s'est penchée à la fenêtre et m'a glissé quelque chose dans la main. C'était de l'argent. Esperanza et Estevan étaient tournés de l'autre côté. Très lentement, ils épelaient quelque chose – certainement pas une adresse – à la vieille femme qui l'écrivait au dos d'une enveloppe à fenêtre.

« D'où tu sors ça ? ai-je demandé tranquillement à Mattie. On a de quoi se débrouiller.

– Prends-le, grosse bêtasse. Pas pour toi, pour eux. » Elle a refermé ma main sur l'argent. « Être sans le sou, c'est pas la meilleure façon de s'en sortir.

– T'as pas répondu à ma question.

– Ça vient de quelque part, Taylor, restons-en là. Il y a les héros qui prennent les risques, et les autres qui font ce qu'ils peuvent dans les coulisses.

– Mattie, tu veux bien arrêter avec tes histoires de héros et de prison et tout le reste ?

– J'ai pas dit prison.

– Arrête, un point c'est tout. Estevan et Esperanza sont mes amis. Et même si ça n'était pas le cas, je vois pas pourquoi je ferais pas ça. Si je voyais quelqu'un qui va se faire écraser par un camion je l'enlèverais du milieu. N'importe qui le ferait. Si je suis un héros, alors c'est un bien triste jour pour nous tous. »

Elle a eu une façon de me regarder qui m'a fait penser à maman.

« Arrête, ai-je continué. Tu vas me faire pleurer. » J'ai tourné la clef de contact et le moteur s'est mis en marche avec un ronronnement étonnant, comme une lionne qui se réveille de sa sieste. « C'est la belle vie, les voitures qui démarrent toutes seules.

– Quand je t'ai embauchée, c'était pour réparer des pneus, rien d'autre. Est-ce que c'est clair ?

– Je sais.

– Puisque tu le sais.

– Je le sais. »

Elle s'est penchée vers moi, elle m'a serrée dans ses bras, et, oui, je me suis mise à pleurer. Puis elle a posé des baisers sur sa main, a tendu le bras et les a déposés sur les joues d'Esperanza et d'Estevan, puis de Turtle.

« Que Dieu vous bénisse, a-t-elle dit. Et bon voyage.

– Sois prudente », a ajouté Lou Ann.

Mattie, Lou Ann et les autres se tenaient dans la lumière de l'aube, agitant les mains. Ç'aurait pu être la photo d'une famille la plus ordinaire qui soit, sans le fond de pneus à flancs blancs. Esperanza et Turtle ont agité la main jusqu'à ce qu'on ne voie plus personne. Je battais des paupières comme si elles avaient été des essuie-glaces, m'efforçant de garder une vue claire de la route.

Sur les conseils de Mattie, on a emprunté une petite route pour sortir de la ville, on rejoindrait l'autoroute quand on aurait passé la limite sud.

Tout à coup, on a vu un merle écrasé en plein milieu de la route, aplati sur la ligne blanche. Avec les voitures et les camions qui défilaient, des rafales de vent soulevaient son aile rigide qui retombait en un geste pitoyable de quelqu'un qui appelle au secours. J'ai failli appuyer sur le frein, mais naturellement il n'y avait pas la moindre raison de s'arrêter pour un oiseau mort.

14

Saint patron

Nous avons été arrêtés par l'Immigration à environ cent miles de la frontière du Nouveau-Mexique. Mattie m'avait prévenue de cette possibilité et chacun s'y était préparé de son mieux. Esperanza et Estevan étaient habillés aussi américain qu'on pouvait l'être sans avoir l'air franchement détestable : lui portait un jean et un T-shirt avec un alligator, qui provenaient d'une église des quartiers est où les gens déposaient des affaires qui étaient nettement la classe au-dessus de chez *New To You*, le magasin d'occasions de Lou Ann. Esperanza avait une jupe-culotte mauve, un T-shirt jaune, et des lunettes de soleil à monture rose. Elle était assise à l'arrière avec Turtle. Alors qu'on filait sur la route, ses longs cheveux, qui n'étaient pas nattés, fouettaient ses épaules et claquaient dans le vent, proclamant vaillamment une liberté qui n'avait rien à voir avec la vie d'Esperanza. À deux reprises je lui ai demandé si elle n'avait pas trop d'air, mais elle a fait signe que non.

Toutes les voitures en direction de l'est étaient inspectées par la patrouille des frontières. La circulation étant bloquée, on avait tout le temps de s'énerver tant et plus. Ce genre de contrôle était de pure routine, il n'avait pas été organisé dans le seul but de nous arrêter, mais ça n'empêchait rien, c'était l'impression qu'on avait. Tous, je pense. J'étais au comble de l'angoisse. Mes dents jouaient des castagnettes, comme aurait dit maman.

« Il y a un endroit extraordinaire un peu plus loin qui s'appelle Texas Canyon », leur ai-je dit, sachant très bien qu'aucun de nous n'y arriverait sans doute jamais. Esperanza et Estevan atteindraient-ils seulement leur prochain anniversaire ? « Vous verrez. C'est plein de rochers tout ronds. Turtle et moi, on a adoré. »

Ils acquiesçaient sans un mot.

Quand notre tour est venu j'ai pointé le menton en avant comme les riches, j'ai enclenché une vitesse de la Lincoln et je me suis garée près de la baraque en tôle ondulée. Un jeune fonctionnaire a passé la tête dans la voiture. Je sentais son after-shave.

« Tous citoyens américains ? il a demandé.

– Oui », ai-je répondu en lui présentant mon permis de conduire. « Voici mon frère Steve, et ma belle-sœur. »

Le fonctionnaire a acquiescé poliment. « Le gosse est à vous ou à eux ? »

J'ai regardé Estevan, ce qui était stupide.

« Elle est à nous », a répondu Estevan, sans la moindre trace d'accent.

Le fonctionnaire nous a fait signe d'avancer. « Bonne journée », a-t-il ajouté.

Une fois tout danger écarté, Estevan s'est confondu en excuses.

« J'ai pensé que ce serait le plus vraisemblable, dans la mesure où tu hésitais.

– Ouais, j'ai fait.

– Tu m'as regardé. Je me suis dit que ça pourrait sembler suspect si je répondais qu'elle était à toi. Il aurait pu se demander pourquoi tu ne l'avais pas dit.

– Je sais, je sais, je sais. T'as raison. C'est pas un problème. Ce qui compte c'est qu'on soit passé. »

Mais en réalité ça me contrariait. Tout comme il me déplaisait que Turtle appelle Esperanza « Ma ». Ce n'était pas raisonnable de prendre ça mal, je le savais, Turtle appelait toutes les femmes Ma quelque chose. Un nom comme Esperanza, c'était tout simplement au-dessus de ses moyens.

À Texas Canyon, on a fait une halte dans une aire de repos. Mais il n'y avait pas de toilettes, juste des tables de pique-nique. J'ai emmené Turtle derrière un gros rocher qui faisait penser à de la guimauve. Depuis que j'avais découvert qu'elle avait trois ans, je prenais sa propreté très au sérieux.

À notre retour, Estevan et Esperanza se tenaient près de la rambarde de protection, le regard plongé dans une interminable vallée de rochers. Une grande pancarte de bois, sur laquelle on pouvait voir des dinosaures, des espèces de fougères géantes et des montagnes explosant dans le lointain, expliquait qu'il s'agissait de coulées de lave provenant d'une éruption volcanique très ancienne. Au milieu des initiales et des cœurs taillés au canif sur la pancarte, quelqu'un avait gravé le mot « repentir ».

Le décor, il est vrai, était parfait pour vous mettre dans cet état d'esprit. Il n'y avait pas un buisson ou un arbre à la ronde, que des rochers et encore des rochers, du ciel et encore du ciel. Estevan a déclaré que le monde aurait eu exactement cette allure si Dieu s'était mis en grève après le deuxième jour.

C'était bizarre comme idée, mais Estevan avait fait partie d'un syndicat d'enseignants, il était normal qu'il ait ce genre de raisonnement.

Comme ils ne semblaient pas très à l'aise en dehors de la voiture, on a roulé sans plus s'arrêter. Une interminable rivière d'autoroutes. Après ma Volkswagen, conduire la grosse voiture blanche de Mattie c'était comme gouverner un bateau, même si j'avais jamais gouverné quoi que ce soit. Estevan et Esperanza n'ayant pas de permis de conduire en bonne et due forme – si seulement il ne leur avait manqué que ça ! – c'est moi qui ai pris le volant. C'était plus sûr. La première nuit on essaierait de ne pas faire d'étape, on s'arrêterait juste pour un petit somme quand j'en aurais besoin. Lou Ann nous avait préparé un thermos de café glacé. Quant à la deuxième nuit, leur avais-je dit, je connaissais un motel dans l'Oklahoma où on pourrait certainement être hébergés gratis.

Estevan et moi, on a parlé d'une foule de choses. Il m'a demandé si l'alligator était un symbole national des États-Unis, on en voyait partout sur les chemises des gens, juste au-dessus du cœur.

« Pas que je sache », lui ai-je répondu, tout en me disant que ce ne serait peut-être pas mal choisi.

Il m'a expliqué que le symbole national des Indiens était le quetzal, un bel oiseau vert à longue queue. Je lui ai raconté qu'au zoo j'avais vu des aras qui ressemblaient à des soldats, je me demandais si les quetzals étaient comme ça. Il a répondu que non. Si on essayait d'enfermer cet oiseau dans une cage, il mourait.

Peu après le coucher du soleil on a troqué l'autoroute contre une route à deux voies qui, coupant à travers les montagnes, retrancherait deux cents miles de Nouveau-Mexique à notre voyage. J'aurais nettement préféré garder le Nouveau-Mexique et faire l'économie de l'Oklahoma, mais c'était dans l'Oklahoma qu'on allait. J'avais tendance à l'oublier. J'avais tout le temps l'impression qu'on se dirigeait vers le Kentucky. Je voyais la tête que ferait maman quand on s'arrêterait devant sa maison.

Une voiture qui arrivait pleins phares en sens inverse m'a éblouie. Je lui ai lancé des appels de phare et elle est passée en veilleuse.

« Il te manque beaucoup ton pays ? ai-je demandé à Estevan. Je sais que c'est une question stupide. Mais c'est pas fatigant de se trouver si loin de tout ce qu'on connaît ? Ça m'arrive souvent, à moi. J'aimerais me glisser dans un trou quelque part et me reposer. Être en hibernation, comme ces crapauds dont Mattie nous a parlé. Et pour vous, c'est tellement pire ; vous ne parlez même pas votre propre langue. »

Il a poussé un long soupir.

« Je ne sais même plus ce qui me manque. Quel aspect de mon pays. À Guatemala, c'étaient les montagnes qui me manquaient. Ma langue, ce n'est pas l'espagnol, tu le savais ? »

Je lui ai dit que non, je ne le savais pas.

« Nous sommes des Mayas, nous parlons vingt-deux langues différentes. Esperanza et moi, on se parle en espagnol parce qu'on vient de régions différentes des montagnes.

– Qu'est-ce que ça veut dire maya, exactement ?

– Les Mayas vivaient dans le soi-disant Nouveau Monde bien avant que les Européens ne le découvrent. Nous sommes un peuple très ancien. En ce temps-là nous avions des observatoires d'astronomie, et nous pratiquions la chirurgie du cerveau. »

J'ai pensé aux planches en couleurs des livres d'histoire de mon école : Christophe Colomb arpentant la plage avec son collant et son chapeau à plumes, et un tas de Peaux-Rouges hirsutes vêtus de pagnes détalant comme des lapins. Quelle plaisanterie.

« Nos véritables noms sont des noms indiens. Tu ne pourrais même pas les prononcer. Nous avons choisi des noms espagnols quand nous sommes allés habiter en ville. »

Je n'en revenais pas.

« Alors, Esperanza est bilingue. Et toi, tu es – comment dit-on ? – trilingue. »

Je savais qu'Esperanza connaissait un peu d'anglais aussi, mais elle le parlait si rarement qu'il était difficile de dire ce qu'elle savait. Un jour j'avais admiré un petit médaillon en or qu'elle portait toujours autour du cou et elle avait dit, avec un accent, mais très distinctement : « C'est saint Christophe, le saint patron des réfugiés. » Ma surprise n'aurait pas été plus grande si saint Christophe en personne s'était mis à parler.

Saint Christophe avait un visage doux. Il ressemblait beaucoup à Stephen Foster, dont on pouvait dire, j'imagine, qu'il était le saint patron du Kentucky. En tout cas c'était lui qui avait écrit l'hymne de l'état.

« Moi aussi, je me suis trouvé un nouveau nom quand je suis partie de chez moi, ai-je dit à Estevan. On a tous ça en commun.

– C'est vrai ? Comment tu t'appelais avant ? »

J'ai fait la grimace.

« Marietta. »

Il a ri.

« C'est pas si mal que ça.

– C'est une ville en Géorgie. Où la voiture de mes parents est tombée en panne, je crois. Ils étaient en route pour la Floride. Ils n'y sont jamais arrivés. À la place, ils se sont arrêtés dans un motel et ils m'ont faite.

– C'est très romantique comme histoire.

– Pas spécialement. C'était une erreur. Enfin, pas vraiment une erreur, d'après maman, mais un accident. Les erreurs, c'est quand on regrette après.

– Et eux ils n'ont pas regretté ?

– Maman, non. C'est tout ce qui compte, dans mon cas.

– Donc ton père est finalement parti en Floride ?

– Ou ailleurs.

– Esperanza non plus n'a pas eu de père. Mais les circonstances n'étaient pas les mêmes bien sûr. »

Sur le siège arrière Esperanza caressait les cheveux de Turtle et doucement elle lui chantait des chansons d'une voix aiguë, céleste. Je connaissais assez d'espagnol pour comprendre que la façon qu'avait sa voix de plonger et de glisser sur les mots était plus étrangère que ça. Je me rappelais les sérénades d'Estevan le jour de notre premier pique-nique. Ce ne pouvait être que des chansons mayas, pas espagnoles. Des chansons plus vieilles que Christophe Colomb, plus vieilles peut-être que saint Christophe. Je me suis demandé si, du temps où ils avaient encore Ismene, ils lui chantaient des chansons dans leurs deux langues. C'était incroyable, cette accumulation de langues, dans un pays comme celui-là. Quand je pensais au Guatemala j'imaginais des paysages de livres d'images : des jungles remplies d'oiseaux à longue queue, des femmes vêtues de robes comme des arcs-en-ciel.

Naturellement il y avait quelques ombres au tableau. La police partout, tout le temps. Des villages entiers d'Indiens qu'on déplaçait, et qu'on redéplaçait. Ils n'avaient pas fini de planter leurs récoltes, disait Estevan, que la police arrivait, mettait le feu à leurs maisons et à leurs champs, et les chassait à nouveau. La stratégie consistait à les épuiser, pour qu'ils soient trop fatigués ou trop affamés pour se défendre.

Turtle s'était endormie, la tête sur les genoux d'Esperanza.

« Qu'est-ce qu'ils ont tous ces gens à vouloir toujours se débarrasser des Indiens ? » ai-je demandé, sans vraiment attendre de réponse. Je repensais aux images de mon livre d'histoire. Des astronomes et des chirurgiens ! Ils auraient dû s'attaquer au cerveau de Christophe Colomb pendant qu'il était encore temps.

Au bout d'un moment Estevan a dit : « Ce qui m'est le plus pénible, c'est de n'être chez moi nulle part. Être de trop, où que je me trouve. »

J'ai pensé à mon grand-père cherokee, à son peuple qui croyait que Dieu habitait dans les arbres, et à cette plaine déserte de l'Oklahoma où on les amenait de force comme du bétail. Mais malgré tout, même la nation cherokee était *quelque part*.

« Tu sais ce qui me tue ? lui ai-je demandé. C'est que les gens vous traitent d'illégaux. Ça me met hors de moi, je sais pas comment vous pouvez le supporter. Un être humain peut être bon ou mauvais, il

peut avoir raison ou tort, j'imagine. Mais comment est-ce qu'on peut dire de quelqu'un qu'il est illégal ?
– Je ne sais pas. C'est à toi de me le dire.
– On peut pas. Un point c'est tout. »

Le deuxième jour on est arrivé dans la plaine. La pointe du Texas, puis l'ouest de l'Oklahoma s'étalaient de tous côtés comme une crêpe colossale. Ce qui était devant nous ressemblait tellement à ce qui était derrière qu'on avait l'impression qu'on n'en verrait jamais le bout.

Estevan, qui apparemment avait passé du temps sur un bateau, a dit que ça lui rappelait l'océan. Il existait un mot en espagnol pour décrire la maladie mentale qui touche ceux qui ne voient rien d'autre que l'horizon. Esperanza, au début, semblait comme étourdie, puis un peu effrayée. Elle a demandé à Estevan, qui traduisait ses paroles, si nous nous trouvions près de Washington. Je lui ai assuré que non, et lui ai demandé ce qui lui faisait penser cela. Elle trouvait qu'on devrait construire le palais du Président dans un endroit tel que celui-ci : si quelqu'un venait l'attaquer, ses gardes le repéreraient de très loin.

Pour ne pas mourir d'ennui, on essayait de trouver des jeux de mots. Turtle était la seule à ne pas sembler perturbée par le paysage. Pendant des centaines de miles, elle a raconté à Esperanza une espèce d'histoire à rallonge qui ressemblait à une version végétarienne des fables d'Ésope. Une fois à court d'idées elle a joué avec son poupon, une vieillerie de chez Mattie, vêtu d'un pyjama à carreaux rouges sur lequel on avait cousu à la main des boutons de taille normale. Turtle adorait le poupon et l'avait appelé, sans l'aide de personne, Shirley Poppy.

Après avoir contourné Oklahoma City, on a pris la route 35 en direction du nord, refaisant en sens inverse ma première traversée de l'Oklahoma. C'est en fin d'après-midi qu'on est arrivés au motel de *La Flèche brisée*. J'ai cru tout d'abord que l'établissement avait changé de propriétaire, ce qui, en un sens, était le cas : Mrs. Hoge était morte, et Irene était méconnaissable, comme réduite à la seule enveloppe de ce qu'elle avait été. Elle avait perdu cinquante kilos en vingt-quatre semaines en mangeant un repas surgelé Weight Watcher par jour et rien d'autre, à part des infusions de camomille, sans sucre.

« J'ai dit à Boyd que s'il voulait manger autre chose il n'avait qu'à se le préparer lui-même. Quand on est capable de découper une pièce de viande, on doit pouvoir apprendre à faire la cuisine », nous a-t-elle expliqué.

Elle avait entamé ce régime sur le conseil de son médecin quand elle avait décidé qu'elle voulait avoir un bébé.

Irene semblait enchantée de nous revoir, Turtle et moi, et elle a insisté pour nous inviter tous à manger. Bien que n'ayant pas le droit d'y goûter, elle nous a fait un rôti à la cocotte avec des oignons et des pommes de terre. Et elle nous a appris que Mrs. Hoge était décédée en janvier, à peine quelques semaines après mon départ.

« On savait bien qu'il n'y en avait pas pour longtemps », a-t-elle expliqué à Esperanza et à Estevan. « Elle avait cette maladie où on tremble tout le temps.

– C'était une maladie ? ai-je demandé. Je ne savais pas qu'on pouvait en mourir. Je croyais que c'était la vieillesse.

– Non », a fait Irene en secouant gravement la tête. « Parkerson.

– Qui ?

– C'est le nom de la maladie. Je vois qu'elle parle maintenant », a-t-elle remarqué en désignant Turtle qui était occupée à nommer tous les légumes de l'assiette d'Esperanza. Elle les prenait l'un après l'autre, ce qui donnait ceci : « tate, carotte, carotte, carotte, carotte, tate, oignon », ainsi de suite. Vers la fin du repas, elle a dit également « voiture » ; sous toute cette nourriture, les assiettes étaient décorées de vieilles voitures.

Quand tout le monde a été couché, j'ai passé un moment avec Irene qui attendait le retour de son mari, il devait rentrer de Ponca City vers minuit. On s'est installées sur de hauts tabourets derrière le comptoir, dans le bureau brillamment éclairé, à regarder à travers la grande vitre l'autoroute et la longue plaine plate derrière. Elle disait que c'était affreux ce que Mrs. Hoge pouvait lui manquer.

« Oh, je sais qu'elle était pas *gentille* », a-t-elle fait dans un long soupir, son sein amaigri se soulevant de tristesse. « C'était toujours : " Voici ma belle-fille Irene qui est même pas capable de faire un lit au carré, et qui en est fière. " Mais au fond elle pensait pas à mal. »

Le lendemain matin il a fallu prendre une décision. Soit on se rendait directement à une église-refuge qui se trouvait légèrement à l'est d'Oklahoma City, soit on passait encore une journée tous ensemble. Ils pouvaient m'accompagner jusqu'au bar où j'avais hérité de Turtle, et m'aider à dénicher quelqu'un qui serait peut-être de sa famille. Je leur ai avoué que pour ce qui était du soutien moral, je ne disais pas non, mais je comprendrais très bien qu'ils ne veuillent pas passer plus de temps que nécessaire sur la route, avec tous les risques que cela comportait. Sans hésiter, ils ont dit qu'ils voulaient venir avec moi.

Retrouver mon ancienne route a été une autre paire de manches. J'étais sortie de l'autoroute quand ma direction avait commencé à faire des siennes, ça je le savais, puis j'avais roulé sur une petite route pendant plusieurs heures avant d'en rejoindre une plus importante. De cette nuit-là, je ne me rappelais pratiquement aucun détail précis qui aurait pu me servir de repère. De toute façon, les repères, il fallait les chercher dans cette région.

Ce qui a fait tilt, c'était le panneau qui annonçait le Pioneer Woman Museum. Ça, je m'en souvenais. Là, on a trouvé une route à deux voies qui, j'en étais presque sûre, était la bonne.

À peine avions-nous quitté l'autoroute, les voitures de tourisme rapides faisant place aux breaks et aux pick-ups dans lesquels étaient entassées des familles entières, que nous étions dans la nation cherokee. Ça se sentait. L'Oklahoma, de toute évidence, était un bon choix : Estevan et Esperanza ne détonneraient pas. Pratiquement la moitié des gens qu'on voyait étaient des Indiens.

« Est-ce que les Cherokees ressemblent aux Mayas ? ai-je demandé à Estevan.

– Non.

– Est-ce qu'un Blanc ferait la différence ?

– Non. »

Au bout d'un moment j'ai ajouté : « Et un Cherokee ?

– Peut-être. Peut-être pas », a-t-il répondu avec son sourire parfait.

J'ai demandé à Turtle si elle reconnaissait quelque chose. Quand je regardais dans le rétroviseur, je la voyais sur les genoux d'Esperanza, qui jouait avec ses cheveux et essayait ses lunettes. Un peu plus tard je les ai vues qui s'amusaient à frapper dans leurs mains. Elles semblaient parfaitement heureuses toutes les deux : *Madone et Enfant aux lunettes roses*. Personne, pas même un Maya, n'aurait pu dire le contraire. À un moment j'ai cru – mais je n'aurais pas pu le jurer – entendre Esperanza appeler Turtle Ismene. J'avais l'estomac qui commençait à se nouer.

J'essayais de rester gaie.

« Je répète toujours à Turtle qu'elle est aussi bien que les gens qui sont arrivés sur le *Mayflower*, ai-je dit à Estevan. Ils ont débarqué à Plymouth Rock. Elle, c'était juste dans une Plymouth. »

Estevan n'a pas ri. Pour être honnête, je ne lui avais peut-être pas dit qu'elle était née dans une voiture, mais je crois aussi qu'il était préoccupé, il se répétait l'histoire qu'il s'était inventée, à lui et à sa jeune épouse cherokee. Il ne manquait pas d'imagination. Il avait peaufiné les moindres détails, ses parents n'étaient pas d'accord avec ce mariage, mais ils s'étaient radoucis quand ils avaient vu quelle femme adorable était Hope.

« Steven et Hope, a-t-il fait. Maintenant il nous faut un nom de famille.

– Pourquoi pas Two Two ? C'est un vrai nom

cherokee. Et il est dans ma famille depuis plusieurs mois.

– Two Two », a-t-il répété solennellement.

Ma voiture me manquait. Lou Ann me manquait. Elle, au moins, riait à mes plaisanteries.

J'étais certaine que je ne reconnaîtrais pas le bar, si tant est qu'il soit encore là, mais à la seconde où je l'ai vu, tout m'est revenu. La petite bâtisse de brique avec son enseigne Budweiser, et de l'autre côté du parking, un garage. Le garage semblait fermé.

« C'est ici », me suis-je écriée. J'ai ralenti. « Qu'est-ce que je fais ?

– Arrête la voiture », a suggéré Estevan, mais j'ai continué à rouler. Mon cœur cognait comme un piston. Cinq cent mètres plus loin, je me suis arrêtée. « Désolée, mais je peux pas. »

Pendant une minute personne n'a parlé.

« Quelle est la pire chose qui puisse arriver ? a demandé Estevan.

– Je sais pas. Que je ne trouve personne qui connaisse Turtle. Ou que je trouve quelqu'un et qu'il veuille la reprendre. » J'ai réfléchi quelques instants. « Le pire serait de la perdre, d'une façon ou d'une autre.

– Et si tu n'essaies pas ?

– On la perd. »

Estevan m'a serrée dans ses bras. « Courage », a-t-il dit. Puis Esperanza m'a prise dans les siens. Puis Turtle. J'ai fait demi-tour et je me suis dirigée vers le bar.

« Laissez-moi y aller seule d'abord. »

J'avais l'impression que ce n'était plus le même bar. Je me rappelais toutes les inscriptions – « en cas de feu, criez au feu ». Elles avaient disparu. Il y avait des rideaux en vichy bleu aux fenêtres, des bouquets de roses en plastique dans des verres et des petits chrysanthèmes sur toutes les tables. J'allais ressortir quand j'ai vu la télé. Bonne image, mais pas de son. Et le présentoir de cartes postales était là aussi, simplement les priorités avaient changé, les lacs pittoresques avaient pris le pas sur l'université Oral Roberts.

Une adolescente en jean et tablier est sortie de la cuisine. Elle avait un visage indien tout rond caché derrière de grandes lunettes à monture bleue.

« Du café ? a-t-elle demandé gaiement.

– D'accord », ai-je répondu en m'asseyant au comptoir.

« Puis-je faire autre chose pour vous ?

– Peut-être. Je cherche quelqu'un.

– Ah bon, qui ? Vous aviez rendez-vous ici pour déjeuner ?

– Non, ça n'a rien à voir. C'est un peu compliqué. Je suis passée par ici en décembre et j'ai rencontré des gens qu'il faut que je retrouve. Ils doivent habiter dans le coin. C'est très important. »

Elle s'est appuyée sur ses coudes.

« Comment ils s'appelaient ?

– Je sais pas. Il y avait une femme, et deux hommes avec des chapeaux de cow-boy. Il me semble que l'un des deux devait être son mari, ou son petit ami. Je sais, tout ça ne mène nulle part. Ed connaissait leurs noms.

– Ed ?

– C'est pas lui qui s'occupe du bar ?

– Non. C'est mes parents qui en sont les propriétaires. On l'a acheté en mars, je crois. Ou avril.

– Dans ce cas, peut-être que vos parents connaissent Ed. Est-ce qu'il est dans le coin ? »

Elle a haussé les épaules.

« Le bar était à vendre. À mon avis, le propriétaire devait être mort. C'était dégoûtant là-dedans.

– Vous voulez dire qu'il est mort ici dans le bar ? »

Elle a ri.

« Non, je veux juste parler de la crasse et tout le reste. Pour enlever la graisse qui était collée à la cuisinière, ça a été un boulot de Romain. C'était *noir*. J'avais envie de me tirer et de rentrer chez moi. On est pas d'ici, on vient des terres tribales. Mais y'a des gosses que j'aime bien maintenant ici.

– Y'a des gens d'avant qui continuent à venir ? Des hommes qui boivent un coup après le boulot, par exemple ? »

Elle a haussé les épaules.

« C'est juste. Comment est-ce que vous le sauriez ? »

Je regardais ma tasse de café, des fois que j'aurais pu y lire l'avenir.

« Je sais pas quoi faire », ai-je dit.

Elle a fait un signe de tête en direction de l'extérieur.

« Vous devriez peut-être dire à vos amis de venir manger. »

Ce que j'ai fait. On s'est assis à une des tables rutilantes de propreté, avec ses fleurs en plastique, et on a commandé des croque-monsieur. Turtle sautait sur son siège et donnait des petits morceaux de fromage doré à Shirley Poppy. Estevan et Esperanza étaient silencieux. On s'en doute. On pouvait pas se permettre de parler espagnol dans cette région. Ça se serait remarqué.

Après le repas je suis allée payer à la caisse.

Aucun autre membre de la famille ne s'étant manifesté, j'ai demandé à la fille s'il n'y aurait pas dans le coin quelqu'un qui pourrait m'aider.

« Vous connaissez le type qui tient le garage à côté ? Bob Two Two ? »

Elle a secoué la tête.

« Il est jamais venu ici, parce qu'on sert de la bière. Il pratique une religion, je sais plus laquelle.

– Vous allez pas me dire qu'il est mort lui aussi, trop c'est trop.

– Non, il a fermé, c'est tout. Il me semble que mon père a dit qu'il avait trouvé un endroit plus près de Okie City.

– Y'a même pas un an que je suis passée ici. »

Elle a haussé les épaules.

« Y'a personne qui vient de toute façon. J'ai jamais compris pourquoi on viendrait dans ce garage. »

J'ai fourré la monnaie dans ma poche.

« Ben, merci quand même. Merci d'avoir essayé de m'aider. J'espère que votre famille s'en sortira bien avec ce bar. C'est chouette ce que vous avez fait. »

Elle a fait un petit geste des épaules.

« Merci.

– Qu'est-ce que vous vouliez dire quand vous avez dit que vous veniez des terres tribales ? On n'est pas dans la nation cherokee ici ?

– Ici ? Non, c'est rien ici. On doit sûrement se trouver sur les bords, y'a un panneau sur la route qui dit " entretenu par la tribu cherokee ". Mais le principal se trouve à l'est, en direction des montagnes.

– Y'a des montagnes dans l'Oklahoma ? »

Elle m'a regardée comme si j'étais attardée mentale.

« Évidemment. Les monts Ozark. Venez que je vous montre. » Elle s'est approchée du présentoir de cartes postales et en a pris quelques-unes avec des paysages. « Voyez comme c'est joli ? Ça, c'est le lac des Cherokees ; avant on y allait tous les étés. Mes frères aiment bien pêcher, mais moi je déteste les vers. Et ça c'est une autre vue du même lac. Et voilà le lac Oologah.

– C'est vraiment beau. C'est la nation cherokee ?

– Ça en fait partie. C'est très grand. La nation cherokee c'est pas un endroit en particulier. C'est des gens. On a notre propre gouvernement et tout ça.

– Je savais pas. »

J'ai acheté les cartes postales. J'en enverrais une à maman, même si elle était mariée maintenant et n'avait plus besoin de notre « atout de secours », les droits du sang. Mais je devais quand même des excuses à mon arrière-grand-père, tout mort qu'il était.

Au dernier moment j'ai pensé à la télé. « C'est la seule chose qui n'a pas changé. Qu'est-ce qu'il a ce poste ? Personne ne monte jamais le son ?

– Elle est cassée, cette saloperie. On a le son sur une chaîne et l'image sur une autre. » Elle est passée à la chaîne suivante, des parasites bleus avec un son parfait. C'était une pub pour le Coca-Cola Light. « Ma grand-mère aime la laisser sur la chaîne 9, elle est presque aveugle de toute façon, mais le reste de la famille, on préfère la 8.

– On peut obtenir l'émission sur Oral Roberts ? »

Elle a haussé les épaules. « Je suppose. Moi, j'aime *Magnum.* »

Je m'étais vaguement dit qu'une fois dans la voiture et sur la route, tout prendrait son sens et je saurais quoi faire. Erreur. Cette fois-ci je ne savais même pas quelle direction prendre. Si seulement Lou Ann était là, ai-je pensé. Lou Ann qui adorait jouer au détective. Je savais ce qu'elle dirait, j'abandonnais trop vite. Mais qu'est-ce que je pouvais faire ? Occuper le bar pendant une semaine ou deux pour voir si la femme revenait ? Est-ce que je la reconnaîtrais si c'était le cas ? Est-ce qu'elle accepterait de m'accompagner à Oklahoma City pour signer les papiers ?

La possibilité, même la plus lointaine, de retrouver quelqu'un de la famille de Turtle n'avait jamais existé. J'avais traversé le pays comme un gosse qu'on envoie à la chasse aux bécassines. C'était un tour qu'on aimait jouer, de préférence à un cousin de la ville, qui consistait à l'envoyer dans les bois avec un sac en papier juste pour voir combien de temps il mettrait pour se rendre compte qu'on l'avait pris pour un imbécile.

Mais je me demandais tout de même pourquoi j'avais fait tant de chemin. D'une manière générale, je ne suis pas une imbécile. Je devais vouloir quelque chose, et le vouloir très fort, pour croire à ce point aux bécassines.

« Je peux pas abandonner », ai-je dit en faisant demi-tour. J'ai frappé du poing contre le volant à plusieurs reprises. « Je ne peux pas. Je veux aller au lac des Cherokees. Ne me demandez pas pourquoi. »

Ils n'ont rien demandé.

« Alors, vous voulez venir avec moi, ou on vous

dépose à votre église maintenant ? Pour moi c'est pas un problème. »

Ils voulaient venir avec moi. Avec le recul, je me rends compte qu'on avait du mal à se séparer.

« On fera un pique-nique au bord du lac et on passera la nuit dans un bungalow. Peut-être qu'on trouvera un bateau quelque part et qu'on ira faire un tour sur le lac. Ça nous fera des vacances. Quand c'était vos dernières vacances ? »

Estevan a réfléchi un moment. « Jamais.

– Moi non plus », j'ai fait.

15

Le lac des Cherokees

Deux heures plus tard, Esperanza et Estevan étaient transformés. Inexplicablement. Ils se montraient soudain sous un jour nouveau, comme ces images saintes qu'on gagnait si on assistait au cours de catéchisme pendant les grandes vacances : des images floues, chatoyantes, parsemées de mouchetures roses et bleues, qui représentaient Jésus sur la croix ; à peine les inclinait-on qu'une colombe s'envolait de Sa poitrine. C'était le Saint-Esprit.

Je ne savais toujours pas ce qu'était la nation cherokee, ni où elle se trouvait, mais on devait s'en approcher parce qu'en roulant vers l'est on voyait de moins en moins de Blancs. Tout et n'importe quoi avait l'air indien. Les enfants étaient des enfants indiens, et les chiens avaient l'air de chiens indiens. À un moment donné, une voiture de police nous a rattrapés ; on a tous immédiatement fait silence et ouvert l'œil, comme on en avait pris l'habitude, mais quand elle nous a doublés, on a bien été obligés de rire. Le flic était indien.

Il devait y avoir bien longtemps qu'Estevan et Esperanza ne s'étaient pas trouvés dans un endroit où ils étaient comme tout le monde, flics compris.

Leur soulagement se voyait jusque dans leur corps. Je crois qu'ils avaient littéralement grandi. Et Turtle était à sa place aussi, c'était son pays d'origine. C'était moi l'intruse.

Bien sûr, en principe j'avais assez de sang cherokee pour que ce soit pris en compte. Mais je savais que je ne revendiquerais jamais mes droits du sang, et que je ne le pourrais sans doute pas, même si je le voulais – il devait y avoir une limite dans le temps. Quand même, j'étais soulagée de voir que la nation cherokee n'était pas un fiasco complet. Une fois j'avais lu une histoire, j'ai un peu oublié les détails, mais je crois que c'était l'histoire d'une femme qui avait gardé toute sa vie une rivière de diamants dans un coffre-fort, pensant que si un jour elle se trouvait aux abois, elle pourrait toujours la vendre, tout ça pour découvrir sur son lit de mort que les diamants étaient faux. C'était plus ou moins ce que j'avais ressenti pendant ma première et terrible traversée de l'Oklahoma.

Ça faisait chaud au cœur de découvrir, en définitive, que notre atout de secours à moi et à maman recelait tout de même quelques diamants : le lac Oologah, le lac des Cherokees.

« Les Cherokees ont leur propre congrès et leur propre président, ai-je rapporté à Esperanza et à Estevan. Vous le saviez ? »

Je ne savais plus si ce que je disais était vrai ou si j'étais en train de broder à partir de ce que la fille du restaurant m'avait raconté.

Le paysage s'animait à vue d'œil. Au départ c'était toujours globalement plat, mais la plaine verte ondulait gentiment comme un grand couvre-lit froissé. Puis il y a eu de vraies collines. On a traversé des petites villes aux noms indiens qui me rappelaient un peu le Kentucky. Çà et là on voyait des arbres.

Tout à coup, Turtle a crié : « Maman ! » Elle montrait quelque chose par la fenêtre.

Mon cœur a eu un raté. À ma connaissance elle n'avait encore jamais appelé quiconque maman. On a regardé, mais il n'y avait vraiment personne au bord de la route. Un poste d'essence et un cimetière, c'est tout.

Turtle et Esperanza devenaient inséparables. Turtle passait son temps assise sur ses genoux, jouant avec elle, pleurnichant aux aires de repos quand Esperanza la quittait pour se rendre aux toilettes. Je suppose que j'aurais dû lui être reconnaissante de la prendre en charge. Sans elle, je ne voyais vraiment pas comment j'aurais réussi à occuper Turtle pendant que je conduisais. On avait déjà fait un long voyage toutes les deux, bien sûr, mais c'était pendant la période catatonique de Turtle. À l'époque, je crois qu'on aurait pu la fourrer dans une boîte et l'expédier en Arizona par la poste, ça ne lui aurait fait ni chaud ni froid. À présent, les choses avaient changé.

Le lac des Cherokees était un endroit où il était tout à fait concevable que Dieu puisse habiter. Il y avait beaucoup d'arbres.

Mais c'était tout de même pousser le bouchon un peu loin que de qualifier les monts Ozark de montagnes. Passons. Ils avaient leur utilité : je me sentais à nouveau en sécurité, une bonne surprise se cachait peut-être juste derrière la prochaine colline.

En un rien de temps on avait trouvé une petite

maison où loger. Elle était parfaite : deux chambres, une cheminée sur laquelle trônait un oiseau (empaillé) à longue queue, et une salle de bains équipée d'une baignoire à pieds de griffon (dont l'un traversait le plancher, mais les trois autres paraissaient stables). Il y avait toute une rangée de ces petites maisons aux toits verts et aux murs couverts de mousse, qui serpentaient le long d'une rivière. L'endroit s'appelait Saw Paw Grove. Esperanza et Estevan ne voulaient pas y passer la nuit, mais j'ai insisté. Nous avions l'argent de Mattie, et en plus, ce n'était pas si cher que ça. Pas plus cher que la nuit précédente si je n'avais pas eu des connaissances à *La Flèche brisée.* Non sans mal, j'ai convaincu Esperanza et Estevan qu'ils n'avaient pas à avoir mauvaise conscience. Pour une fois, on avait bien le droit de s'amuser.

Ils n'avaient qu'à considérer ça comme un cadeau. « En tant qu'ambassadeur de mon pays, je vous offre une journée de vacances pour quatre personnes, tous frais payés, au lac des Cherokees. Si vous n'acceptez pas, ce sera un incident international. »

Ils ont accepté. On s'est installés sous la petite véranda, derrière la maison, à surveiller que Turtle ne se prenne pas les pieds dans les trous là où le plancher avait pourri, et à regarder la rivière blanche qui passait comme l'éclair. L'eau dans l'Arizona n'était jamais aussi pressée. La mousse et les fougères étaient d'un si beau vert que je les buvais des yeux. Même les planches pourries semblaient merveilleuses. Dans l'Arizona les choses ne pourrissaient pas, pas même les pommes. Elles se momifiaient. Si j'avais fait la paix avec le désert, mon âme avait soif.

Tout le long de la rivière poussaient des fleurs rouge et jaune en forme d'étoiles qui se balançaient au bout de longues tiges élancées. Turtle nous a informés que c'étaient des « combines » et nous avons accepté son autorité. Estevan s'est aventuré le long de la berge glissante pour les cueillir. J'ai pensé en moi-même : Où trouver un autre homme capable de risquer sa vie pour une fleur ? Il est à moitié tombé dans le ruisseau, se trempant jusqu'au genou, pour la galerie surtout, je crois. Même Esperanza riait.

Quelque chose se passait à l'intérieur d'Esperanza. Quelque chose se dégelait. Un jour j'avais vu une émission sur le printemps en Alaska. On y racontait tout un tas de choses sur les rivières qui recommençaient à couler, on voyait d'énormes blocs de glace qui grondaient, tremblaient, se heurtaient, puis volaient en éclats. Ainsi en était-il d'Esperanza. Derrière ses yeux, ou plus profond, dans les artères près de son cœur, quelque chose commençait à bouger. Quand elle tenait Turtle sur ses genoux elle semblait vraiment heureuse. Son regard était clair et lorsqu'elle nous parlait, à Estevan et à moi, elle nous regardait dans les yeux.

Estevan a survécu à son expédition et nous a tendu une fleur à chacune. Il a embrassé Esperanza, lui a murmuré quelque chose en espagnol qui comprenait les mots « mi amor », et a placé la fleur dans sa boutonnière. Elle sortait de sa poitrine tel un diable de sa boîte. Je les imaginais quand ils étaient jeunes, intimidés l'un par l'autre, en train de se faire des plaisanteries comme celle-là. J'ai tressé la tige de ma fleur dans mes cheveux. Turtle agitait la sienne comme un bâton de tambour-major, en criant « combines, combines ! » Mais personne ne trouvait la réaction appropriée, on manquait sans doute d'imagination.

J'étais censée les appeler Steven et Hope pour qu'ils s'y habituent doucement. J'en étais incapable. J'avais jeté aux orties mon propre nom comme une vieille chemise, mais je ne pouvais pas les aider à changer le leur.

« Je les adore, vos noms, ai-je expliqué. C'est pratiquement tout ce qui vous reste de ce que vous aviez en arrivant ici. Je crois que vous devriez vous contenter d'être Steven et Hope quand vous êtes obligés de jouer la comédie, mais gardez votre nom pour vos amis. »

Ils n'ont rien répondu ni l'un ni l'autre, mais ils ne m'ont plus demandé de les appeler par un faux nom.

Un peu plus tard, on a trouvé un endroit où on louait des bateaux à la demi-heure, et on est partis, Estevan et moi, faire un tour sur le lac. Esperanza n'avait pas envie de nous accompagner, elle ne savait pas nager, et je n'étais pas sûre de vouloir emmener Turtle. Elles sont donc restées sur la berge à donner à manger aux canards.

On s'est relayés tous les deux pour ramer et faire de grands signes en direction de la berge, jusqu'à ce que Turtle ne soit plus qu'un petit point sautillant. On était alors au milieu du lac, le bateau dérivait. Le soleil rebondissait sur l'eau, couvrant nos visages d'ombres et de paillettes brillantes. J'ai roulé mon jean jusqu'aux genoux et j'ai agité mes pieds dans l'eau. Au fond du bateau, il y avait un assortiment de choses qui sentaient le poisson, parmi lesquelles un flotteur rouge et blanc et une collection de capsules de canettes de bière.

Estevan a quitté sa chemise et s'est adossé à l'avant du bateau, les mains jointes derrière la tête, sa poitrine lisse de Maya offerte au soleil. Et à moi. Comment pouvait-il faire ça, s'il avait la moindre idée de ce que je ressentais ? Je savais qu'Estevan avait parcouru une longue et dure route au-delà de l'innocence, et pourtant il lui arrivait de faire des choses si simples et si candides qu'elles vous brisaient le cœur. Jamais, jamais je n'ai désiré quoi que ce soit aussi fort que de sentir cette poitrine contre mon visage. Je me suis tournée vers le rivage pour qu'il ne voie pas l'eau que j'avais dans les yeux.

J'ai retiré la fleur fanée de ma tresse et je me suis mise à tortiller la tige entre mes doigts.

« Vous allez beaucoup me manquer, ai-je dit. Vous tous. Vous deux, je veux dire. »

Estevan n'a pas répondu que j'allais lui manquer. Nous ne pouvions pas nous permettre ce genre de conversation, nous le savions. À plus d'un titre, puisque nous avions loué ce bateau pour une demi-heure.

Au bout d'un moment il a dit : « Jette une pièce et fais un vœu.

– C'est du gaspillage », ai-je répondu en battant des pieds dans l'eau. « Ma mère disait toujours que quelqu'un qui jette de l'argent mérite d'être pauvre. Je préfère encore la pauvreté imméritoire.

– Imméritée, a-t-il corrigé, en souriant.

– Imméritée. » Même mon anglais allait partir à vau-l'eau sans lui.

« Dans ce cas, on peut se servir de ça », a-t-il dit en ramassant une capsule de bouteille de bière. « C'est parfait pour des vœux américains. »

Au lac des Cherokees, j'ai fait deux vœux américains avec des capsules de canettes de bière. Un seul avait une chance infime de se réaliser.

Le soir venu nous avons trouvé des tables de pique-nique dans une petite forêt de pins au bord de l'eau. Mattie et Irene nous avaient préparé des fruits et des sandwichs pour la route, dont la plus grande partie se trouvait encore au fond du coffre dans une glacière. On a jeté sur la table un vieux poncho en toile et on a étalé les pots de condiments, les bananes, les pommes, les sandwichs au foie d'oie et tout le reste. D'autres pique-niqueurs çà et là mastiquaient consciencieusement des petits repas bien équilibrés, avec des choses qui allaient bien ensemble, les quatre groupes d'aliments dûment représentés. Nous on s'en fichait. On était d'humeur à faire un banquet.

Le soleil déclinait derrière nous, mais il éclairait encore les nuages à l'est, un vrai coucher de soleil en cinémascope. Des reflets de nuages roses flottaient à la surface du lac. On aurait dit une peinture à quatre sous. À condition de ne pas laisser mon esprit s'aventurer trop loin dans l'avenir, j'étais totalement heureuse.

Turtle avait encore de l'énergie à revendre. Plutôt que de manger elle préférait nettement sauter et courir autour des arbres. De temps en temps elle trouvait une pomme de pin qu'elle nous rapportait, à moi ou à Esperanza. Je m'efforçais de ne pas comparer mon tas à celui d'Esperanza. Avec sa salopette et son T-shirt à rayures vertes, Turtle ressemblait à un derviche tourbillonnant. Elle avait été tellement sage qu'on ne s'était pas rendu compte à quel point elle avait dû se sentir claquemurée dans la voiture. C'est drôle comme on oublie de penser à ce que veulent les enfants, du moment qu'ils se tiennent tranquilles.

Difficile, également, d'être déprimé en compagnie d'un enfant de trois ans, pour peu qu'on y prête attention. Au bout d'un moment, vos soucis semblent n'être rien d'autre qu'une élucubration d'adulte.

Estevan nous a demandé ce qu'on préférait, le lever ou le coucher du soleil. On parlait tous en anglais maintenant, il fallait qu'Esperanza s'y mette sérieusement. Je ne pouvais qu'être d'accord – c'était une question de survie.

« Le coucher du soleil, parce que le lever arrive trop tôt, a gloussé Esperanza. Elle était très intimidée quand elle s'exprimait en anglais. Elle semblait avoir une tout autre personnalité. »

Moi je préférais le lever du soleil. « Quand le soleil se couche, je me sens toujours un peu triste.

– Pourquoi ? »

J'ai réfléchi tout en pelant ma banane. « Je crois que ça vient de ma petite enfance. Il y avait toujours un tel boulot à abattre. Le matin on a l'impression qu'on a une chance d'en venir à bout, mais le soir on se rend compte qu'on n'a pas fait grand-chose. »

Esperanza a attiré notre attention sur Turtle, qui était en train d'enterrer Shirley Poppy dans la terre meuble au pied d'un pin. C'était trop drôle.

Je suis allée m'accroupir près d'elle.

« Faut que je t'explique quelque chose, ma prune. Y'a des choses qui deviennent des buissons ou des arbres quand on les plante. D'autres non. Les haricots, ça pousse, les poupons non.

– Oui, a fait Turtle, en tapotant son petit tas de terre. “ Maman ”. »

C'était la deuxième fois de la journée qu'elle mentionnait quelqu'un sous le nom de maman. J'ai enregistré la chose avec une espèce de choc électrique. C'est parti de mes mains et de mes pieds et ça a fini dans mes tripes.

Je me suis agenouillée et j'ai attiré Turtle contre moi. « Tu as vu ta maman être enterrée comme ça ?

– Oui. »

Cela a été une de ces nombreuses fois dans notre vie, à Turtle et à moi, où je devais me trouver sans savoir quoi faire. Je me rappelais les paroles de Mattie, il était vain de penser qu'on pouvait tenir un enfant à l'abri de la vie. Si telle avait été mon intention, il était temps que je comprenne qu'avec Turtle il ne fallait pas y songer.

Je l'ai serrée dans mes bras et on est restées longtemps à se balancer tendrement au pied du pin.

« Pauvre Turtle ! C'est très très triste quand quelqu'un meurt. On ne verra jamais plus cette personne. Tu comprends qu'elle a disparu, n'est-ce pas ? »

Turtle a répondu : « Tu pieures ? » Elle a enfoncé un doigt dans ma joue.

« Ouais, je pleure. »

Je me suis penchée pour tirer un mouchoir de ma poche arrière.

« Je sais qu'elle devait t'aimer beaucoup, mais elle a été obligée de partir et de te laisser à d'autres gens. Au bout du compte, c'est avec moi qu'elle t'a laissée. »

Sur le lac, depuis leur bateau, des gens lançaient leurs lignes en silence dans l'ombre des arbres. J'étais souvent partie seule à la pêche quand j'étais petite fille, et même plus jeune, avec maman, que je devais encombrer plus qu'autre chose. Je me revoyais très clairement jetant dans l'eau une poignée de cailloux pour voir les poissons se sauver à toute allure. Je me mettais alors à crier comme un beau diable. Je les voulais ces poissons et je ne voyais pas pourquoi je n'aurais pas pu les avoir. À l'âge de Turtle rien ni personne d'important ne m'avait jamais été enlevé.

Et c'était toujours vrai. Je n'avais peut-être pas démarré avec grand-chose, mais il me restait presque tout.

Au bout d'un moment j'ai dit à Turtle : « Tu sais déjà que les promesses, ça n'existe pas. Mais je ferai tout mon possible pour rester avec toi.

– Oui », a répondu Turtle. Et elle s'est prestement dégagée pour s'en retourner vers son tas de terre où elle a soigneusement disposé une poignée d'aiguilles de pin. « Pousser des haricots, elle a fait.

– Tu veux laisser ta poupée ici ?

– Oui. »

Un peu plus tard ce soir-là, j'ai demandé à Esperanza et à Estevan s'ils accepteraient de faire une dernière chose avec moi. Pour moi, à vrai dire. C'était un service que je leur demandais, un très grand service. Puis je leur ai expliqué ce que c'était.

« Vous n'êtes pas obligés de dire oui. Je sais que vous courez de gros risques, et si vous ne vous sentez pas de le faire, je comprendrai. Prenez votre temps, je veux être sûre que vous avez bien réfléchi. Vous me donnerez votre réponse demain matin. »

Esperanza et Estevan ne souhaitaient pas réfléchir. Séance tenante, ils ont répondu qu'ils étaient d'accord.

16

En toute conscience et en toute liberté

Mr. Jonas Wilford Armistead était un grand homme aux cheveux blancs qui montrait plus de dispositions pour établir des actes notariés que pour affronter le public. Bien que prévenu de notre arrivée, il m'a paru un peu dépassé quand il nous a vus entrer à la queue leu leu dans son bureau, et j'ai cru comprendre qu'il paniquait. Il ne cessait de faire passer papiers, stylos et photos de famille d'un côté de son bureau à l'autre, et attendait obstinément pour s'asseoir que tout le monde ait trouvé un siège, ce qui a pris un certain temps car il n'y avait pas assez de chaises. Mr. Armistead a dû envoyer sa secrétaire, Mrs. Cleary, en emprunter une à côté dans le bureau de Mr. Wenn, l'agent immobilier.

Mr. Armistead portait un appareil acoustique compliqué dont une partie était logée dans ses oreilles, le reste, des fils électriques noirs et blancs et une petite boîte en argent, devant être placé pour être pleinement efficace à un endroit très précis de son bureau, qu'il semblait incapable de trouver. Si un jour il y parvenait, j'avais envie de lui suggérer de marquer cette zone spéciale à la peinture comme on le fait couramment sur les terrains de basket.

La boîte en argent était équipée sur un côté de minuscules commandes, que Mr. Armistead tripotait sans arrêt, apparemment sans grand succès. Mrs. Cleary, du moins pour le temps où ils avaient à coexister, semblait avoir ajusté son propre volume sonore en conséquence. Même quand elle s'adressait à nous, elle criait littéralement. Cela avait un effet intimidant, spécialement sur Esperanza.

On a quand même réussi à bavarder gentiment tout en attendant. Ce qui était d'autant plus admirable si l'on considère que pas un mot de ce qui était dit n'était vrai, pour autant que je sache. Estevan mentait étonnamment bien, parlant avec force détails de la ville d'Oklahoma où lui et sa femme avaient vécu, et des divers emplois qu'il avait tenus. Je leur faisais part de mon projet d'aller m'installer dans l'Arizona avec ma sœur et son petit garçon. Je crois qu'on était tous épatés de la quantité de choses qui germaient dans nos têtes comme des grains de maïs.

Ma sœur ! J'avais supplié ma mère pour en avoir une autrefois. Elle n'avait rien contre, mais pour cela, il aurait fallu une intervention quasi miraculeuse. À l'époque je ne voyais pas du tout ce qu'elle voulait dire. Aujourd'hui j'en connaissais un rayon sur le célibat.

Mrs. Cleary est bientôt revenue, faisant rouler une chaise sur ses petites roues. Elle a posé plusieurs questions pour savoir quels formulaires elle devait préparer. Nous nous sommes décalés à nouveau pour faire place à Estevan et à la nouvelle chaise, et Mr. Armistead a enfin accepté de descendre de son imposante hauteur pour se jucher comme une cigogne à longues pattes sur le fauteuil derrière son bureau.

« Notre amie quittant l'état, il devenait urgent de faire le nécessaire », a expliqué Estevan.

Esperanza a fait un signe de tête.

« Mr. et Mrs. Two Two, vous n'êtes pas sans savoir qu'il s'agit d'un accord définitif. » Mr. Armistead parlait très lentement, comme on le voit souvent faire avec les enfants pas très intelligents et les étrangers. Il ne se doutait pas une seconde, j'en suis sûre, que la famille Two Two venait d'un tantinet plus loin que la nation cherokee.

Ils ont acquiescé derechef. Esperanza serrait Turtle très fort dans ses bras et des larmes commençaient à se former dans ses yeux. Il paraissait évident que, de nous trois, elle était en première position pour obtenir une nomination aux Oscars.

« Au bout de six mois environ, un nouveau certificat de naissance sera délivré, et l'ancien sera détruit, a poursuivi Mr. Armistead. Dès lors, vous ne pourrez sous aucun prétexte revenir sur votre décision. C'est une affaire très sérieuse.

– Il n'a pas été délivré de certificat de naissance, a crié Mrs. Cleary. Il est né en terre tribale.

– Elle. Dans une Plymouth, ai-je ajouté.

– Nous comprenons, a dit Estevan.

– Je tenais simplement à m'en assurer.

– Nous connaissons très bien Taylor, a répondu Estevan. Nous savons qu'elle sera une bonne mère pour notre enfant. »

Ils avaient beau se trouver pratiquement dessus, Mr. Armistead et Mrs. Cleary semblaient considérer les « terres tribales » comme un pays éloigné, à peine touché par la civilisation. Et cela, pour eux, expliquait tout, y compris le fait que Hope, Steven, et Turtle, n'avaient d'autres papiers qu'une série de photos souvenir en noir et blanc, prises au lac des Cherokees. Et il leur suffisait que moi, citoyenne reconnue en possession d'une carte de sécurité sociale, je sois prête, sous peine de je-sais-pas-quoi, à jurer (et à signer des documents dans ce sens) qu'ils étaient les personnes qu'ils disaient être.

On avait à ce stade épuisé tout sujet de conversation. J'avais à peu près retrouvé mon calme, mais du même coup j'étais vidée. Le simple fait d'être assis dans ce petit bureau encombré à essayer d'avoir l'air qu'il fallait et de dire ce qu'il fallait, demandait une énergie considérable. Je ne voyais pas comment on allait s'en sortir.

« Nous l'aimons, mais nous ne pouvons pas nous en occuper », a dit brusquement Esperanza.

À son accent, s'ajoutait le fait qu'elle pleurait. Mr. Armistead n'a pas bronché, et Mrs. Cleary pas davantage. Ils ont dû penser que c'était un accent cherokee.

« Nous en avons longuement discuté », ai-je ajouté. Le tour que prenait la conversation commençait à m'inquiéter.

« Nous l'aimons. Peut-être qu'un jour nous aurons d'autres enfants, mais pas maintenant. La vie est trop dure. Nous ne restons jamais au même endroit, nous n'avons rien, pas de chez nous. »

Esperanza sanglotait. Ce n'était pas de la comédie. Estevan lui a tendu un mouchoir, qu'elle a porté à son visage.

« Pieure, Ma ? a demandé Turtle.

– Oui, Turtle, ai-je dit. Elle pleure. »

Estevan a tendu les bras pour lui prendre Turtle. Il l'a mise debout, ses petites tennis bleues résolument plantées sur ses genoux, et, la tenant doucement par les épaules, il l'a regardée dans les yeux.

« Tu seras très sage, d'accord. Sage, et forte comme ta mère. »

Je me demandais de quelle mère il voulait parler, il y avait tellement de possibilités. J'étais touchée à l'idée qu'il pouvait s'agir de moi.

« O.K. », a fait Turtle. Il l'a délicatement remise à Esperanza, qui a entouré Turtle de ses bras et l'a serrée sur sa poitrine, se balançant longuement d'avant en arrière, les yeux fermés. Les larmes s'écoulaient le long des rides à peine esquissées de ses joues.

Nous autres, on regardait. Mr. Armistead avait cessé de s'agiter et les mains de Mrs. Cleary s'étaient immobilisées sur ses papiers. Nous étions en face d'une mère et de sa fille, rien de moins. Une mère et son enfant – dans un monde qui n'en avait cure – qui allaient être séparées. Tout le monde le croyait. Sans doute que Turtle le croyait. Et moi aussi.

De toutes les fois où il m'a semblé que j'allais la perdre, c'est la seule où j'ai réellement frôlé la catastrophe. Je n'aurais pas pu la prendre à Esperanza. Si elle me l'avait demandé je n'aurais pas pu dire non.

Quand Esperanza a été remise et Turtle tranquillement assise sur ses genoux, celle-ci avait la goutte au nez.

Esperanza a essuyé le nez de Turtle avec le grand mouchoir d'Estevan et l'a embrassée sur les deux joues. Puis elle a défait le médaillon d'or de saint Christophe, saint patron des réfugiés, et le lui a passé autour du cou. Enfin elle m'a donné Turtle.

Esperanza m'a dit : « Nous saurons qu'elle est heureuse et qu'elle grandira avec une personne au grand cœur.

– Merci », ai-je dit.
Je ne trouvais rien d'autre à dire.

Il a fallu extrêmement longtemps, c'est du moins ce qu'il nous a semblé, pour rédiger une déclaration. Mrs. Cleary est partie la taper, elle est revenue, et elle est repartie deux fois pour apporter des modifications. Après plusieurs séances de Corrector on avait enfin réussi à produire un document officiel.

> Nous, les soussignés, Mr. Steven Tilpec Two Two et Mrs. Hope Roberta Two Two, ayant déclaré sous serment être les parents naturels de Avril Turtle Two Two, confions par la présente la garde de notre unique fille à Ms. Taylor Marietta Greer, qui sera à dater de ce jour sa seule tutrice et parente.
>
> Nous jurons solennellement avoir pris cette décision en toute conscience et en toute liberté.
>
> Signé devant témoins le..... du mois de....., dans le bureau de Jonas Wilford Armistead, Oklahoma City, Oklahoma.

Mrs. Cleary est repartie dans le bureau de Mr. Wenn, cette fois pour lui emprunter sa secrétaire, qui serait le deuxième témoin de la signature. Miss Brindo, qui semblait avoir largement assez de sang cherokee pour prétendre aux droits du sang, portait un jean moulant et des chaussures rouges brillantes à talons hauts, et faisait claquer son chewing-gum. Elle avait une coiffure compliquée qui tenait droit sur sa tête, et quelque chose me disait qu'elle menait une vie beaucoup trop ennuyeuse pour le potentiel qu'elle avait. J'ai regretté qu'elle ne sache pas ce dont elle était témoin ce matin-là.

D'une certaine manière j'avais envie qu'ils le sachent tous, dans vingt ans peut-être, quand il serait beaucoup trop tard pour y changer quoi que ce soit. Les cheveux de Mrs. Cleary et de Mr. Armistead se seraient dressés sur leur tête à eux aussi, s'ils avaient su les choses étonnantes qu'on pouvait rendre légales dans un modeste petit bureau de l'état d'Oklahoma.

Nous nous sommes tous serré la main, j'ai réglé les derniers détails de l'adoption avec Mr. Armistead, et nous sommes ressortis à la queue leu leu, nouvelle et étrange combinaison d'amis et de parents. Je lisais le soulagement sur les épaules et le dos d'Estevan. Il tenait la main d'Esperanza. Elle séchait toujours ses larmes mais son visage avait changé. Il brillait comme un caillou poli par la mer.

Ils portaient tous les deux des chemises de travail propres, bleu clair, aux coudes usés. Esperanza avait une vieille jupe en jean et des souliers plats. Je leur avais demandé de ne pas mettre leurs plus beaux habits pour l'occasion, pas les vêtements destinés à l'Immigration. Il fallait donner l'impression que Turtle allait avoir une vie plus confortable avec moi. Pourtant, quand ils étaient sortis ce matin-là déguisés en réfugiés, j'avais eu envie de crier : « Non ! J'ai eu tort. Ne sacrifiez pas votre fierté pour moi. » Mais ils avaient tellement envie que ça marche.

17

Rhizobia

Il m'était venu à l'idée que Turtle avait peut-être effectivement reconnu le cimetière dans lequel sa mère était enterrée. Si c'était le cas, ne fallait-il pas la ramener sur les lieux. Mes inquiétudes ont bien vite été dissipées. Alors que nous roulions vers l'église presbytérienne Pottawatomie de Saint-Michael et tous les anges, futur asile de Steven et Hope Two Two, nous avons passé quatre cimetières, et à chaque fois Turtle a crié « maman ! ».

Un jour viendrait où, de la voiture, elle se contenterait de faire de grands signes à la vue des pierres tombales et dirait tranquillement « au revoir ».

On a tourné en rond un bon moment avant de trouver l'église. C'était en réalité vers la vieille église que Mattie nous avait dirigés. Ses renseignements dataient. Les fidèles avaient transféré lieu de culte, pasteur et réfugiés dans un nouveau groupe de bâtiments quelques kilomètres plus loin. Je commençais à me dire que les habitants de l'Oklahoma n'avaient pas plus de domicile fixe que les clochards de Roosevelt Park avec leurs vieilles couvertures pleines de taches d'herbe.

L'église était une pimpante bâtisse de bois fraîchement repeinte en blanc, avec une porte d'entrée et des gouttières violettes. Quand Mattie évoquait l'*Underground Railroad*, ce réseau de gens qui acheminaient les régugiés d'église en église, pour moi c'était vraiment le fin fond des ténèbres. Je n'aurais jamais imaginé des vieilles Lincoln blanches aux sièges tachés de limonade, et encore moins des églises blanches aux gouttières violettes.

Le révérend et Mrs. Stone, qui apparemment nous attendaient un ou deux jours plus tôt, semblaient très soulagés de nous voir. Mais nous étions là, c'était le principal. Ils ont aidé à porter les bagages le long d'un trottoir bordé d'ageratums, jusqu'à une petite maison située derrière le presbytère. Pendant ce temps, Estevan et moi on avait entrepris de mettre de l'ordre dans la voiture. Tout s'était mélangé pendant le voyage, il y avait des affaires de Turtle partout. C'était un vrai rat à poches cette gosse, si quelque chose lui faisait envie (comme la brosse à cheveux d'Esperanza), elle s'en emparait, et elle mettait à la place autre chose (un cracker à moitié grignoté). Turtle elle aussi était épuisée par les événements de la journée, ou de ces derniers jours, et affalée sur le siège arrière, elle dormait du sommeil du juste, comme aurait dit Lou Ann. Esperanza et Estevan lui ayant déjà dit au revoir d'une manière très réelle dans le bureau de Mr. Armistead, ils ne jugeaient pas nécessaire de la réveiller à nouveau. Mais j'ai tenu bon.

« C'est arrivé trop de fois que les gens qu'elle aime lui soient enlevés sans la moindre explication. Je veux qu'elle vous voie, et qu'elle voie cet endroit, pour qu'elle sache que c'est ici qu'on vous laisse. »

Turtle s'est réveillée à contrecœur, et tout ensommeillée elle a accepté mes explications. « Au revoir », a-t-elle dit, en se levant sur son siège et en faisant des signes par la fenêtre ouverte.

Je crois que nous ressentions tous le même épuisement. Il y a des jours où il est tout simplement impossible de dire au revoir. C'est dans une espèce d'hébétude que j'ai pris Esperanza dans mes bras et que j'ai serré la main du révérend et de Mrs. Stone. La journée semblait trop lumineuse, trop pleine de planches blanches et de joyeuses fleurs violettes, pour perdre deux amis à jamais.

Je me suis retrouvée avec Estevan, qui jetait un dernier coup d'œil sous le siège arrière. Je me suis occupée du coffre.

« Vous devriez prendre une partie de la nourriture, ai-je dit. Turtle et moi, on mangera jamais tout ça, ça va se gaspiller. Au moins les bocaux qui ne sont pas entamés, comme la moutarde et les pickles. »

Je me suis penchée au-dessus de la glacière, déplaçant et replaçant les aliments qui nageaient dans la glace fondue.

Estevan a posé la main sur mon bras. « Taylor. »

Je me suis redressée.

« Qu'est-ce que vous allez devenir ici ? Qu'est-ce que vous allez faire ?

– Survivre. Telle a toujours été notre intention.

– Mais quel genre de travail allez-vous trouver par ici ? Ils n'ont sûrement pas de restaurants chinois, et c'est sans doute une bonne chose. Oh mon Dieu », ai-je fait, fourrant mon poing dans ma bouche. « Fais-moi taire. »

Estevan a souri.

« Ça, jamais.

– J'ai tellement peur pour toi. Et pour Esperanza. Pardonne-moi de dire ça, c'est probablement très bien comme endroit, mais je ne supporte pas de vous savoir coincés ici pour toujours.

– Il ne faut pas penser que c'est pour toujours. Imagine-nous de retour au Guatemala avec nos familles. Avec un autre bébé. Quand le monde aura changé.

– Quand est-ce que ça sera ? Jamais.

– Ne dis pas ça. »

Il a touché ma joue. J'avais peur de me mettre à pleurer, ou pire. De me jeter à ses pieds, comme une dame dans un vieux film ridicule, et de refuser de le laisser partir.

Quand les larmes sont enfin venues je les ai accueillies avec soulagement. Ce n'étaient que des larmes. « Estevan, je sais que ça ne sert à rien de dire des choses comme celles-là, mais je ne veux pas te perdre. Je n'ai jamais perdu quelqu'un que j'aime, et je crois que je n'en suis pas capable. » J'ai détourné les yeux, vers la rue plate et pavée. « Je n'ai jamais rencontré quelqu'un comme toi. »

Il a pris mes deux mains dans les siennes. « Moi non plus, Taylor.

– Tu pourras écrire ? Je veux dire, ce n'est pas trop risqué ? Tu pourrais me donner une fausse adresse par exemple.

– Nous te donnerons des nouvelles par Mattie. Ainsi tu sauras où nous sommes et ce qui nous arrive.

– Ça me paraît si peu.

– Je sais. »

Ses pupilles noires ne lâchaient pas mes yeux. « Il faudra s'en contenter, n'est-ce pas ? On peut pas éviter d'avoir mal ? Il faut vivre avec.

– Oui. Hélas.

– Estevan, est-ce que tu comprends ce qui s'est passé pour Esperanza ce matin dans ce bureau ?

– Oui.

– Je n'arrête pas d'y penser, c'était comme une – comment dire ?

– Une catharsis.

– Une catharsis, ai-je répété. Et elle semble heureuse, aussi heureuse que si elle avait réellement trouvé un endroit sûr où laisser Ismene, tu imagines. Mais elle croit à quelque chose qui n'est pas vrai. Tu comprends ce que je veux dire ? C'est pas bien, d'une certaine façon.

– *Mi'ija*, dans un monde aussi mal fait que celui-ci, on n'a pas le choix, on fait ce qu'on peut. »

Il a posé les mains sur mes épaules et m'a embrassée très très tendrement, puis il s'est retourné et s'est dirigé vers la maison.

Nous avions tous les quatre enterré quelqu'un que nous aimions dans l'Oklahoma.

J'ai appelé maman d'une cabine dans une station-service Shell. J'ai tiré des poches de mon jean deux poignées de pièces, je les ai étalées sur l'étagère de métal, et j'ai composé son numéro. J'avais une peur bleue qu'elle me raccroche au nez. Elle avait toutes les raisons de le faire. Je n'avais pas donné le moindre signe de vie depuis deux mois, pas même pour la féliciter à l'occasion de son mariage. Elle avait écrit pour dire qu'ils s'étaient vraiment bien amusés au mariage et que Harland venait s'installer à la maison. Jusque-là il avait toujours vécu dans une espèce de garçonnière, qui en l'occurrence se résumait à un lit, une plaque chauffante et un piège à cafards en guise de tiroir à chaussettes, le tout situé au fond du garage.

La communication était mauvaise. « Maman, désolée de te déranger. Je suis juste à la sortie d'Oklahoma City, et j'ai eu envie de te donner un petit coup de fil. C'est moins loin que de l'Arizona.

– C'est toi ? Mon Dieu, c'est toi ! Ça par exemple ! Comme c'est gentil d'appeler. »

Elle semblait si loin.

« Alors comment ça va, maman ? Qu'est-ce que tu penses du mariage ? »

Elle a baissé la voix : « Dis-moi, y'a quelque chose qui va pas ?

– Où es-tu allée chercher ça ?

– Soit tu es enrhumée, soit tu as pleuré. Ta voix est tout en haut de ta tête. »

Les larmes ont recommencé à couler, et j'ai dû demander à maman de patienter un peu. J'ai posé le combiné pour me moucher. La seule chose à laquelle Lou Ann n'avait pas pensé était que j'aurais dû mettre deux douzaines de mouchoirs dans mes bagages.

Quand j'ai repris la communication, l'opératrice demandait de remettre des pièces, ce que j'ai fait. Maman et moi, on écoutait leur drôle de chanson, bing bong bing bong, et on ne s'est rien dit pendant un petit moment.

« Je viens de perdre quelqu'un que j'aimais, ai-je dit finalement. Je viens de lui dire au revoir et je ne le reverrai jamais.

– Et pourquoi tu l'as laissé partir ? Je t'ai jamais vu lâcher quelque chose à quoi tu tenais.

– C'est pas pareil, maman. Il appartenait à quelqu'un d'autre. »

Elle a rien dit pendant un moment. On écoutait les parasites qui se baladaient sur la ligne. On aurait dit une musique venue de la planète Mars.

« Maman, on dirait que – je sais pas. Que je suis morte.

– Je sais. T'as l'impression que tu rencontreras jamais personne qui vaille qu'on se retourne dans la rue, mais tu te trompes. Tu verras.

– Non, c'est bien pire. Ça m'est complètement égal de rencontrer quelqu'un d'autre. Je sais même pas si j'en ai envie.

– Écoute Taylor, ma chérie, faut pas être aux aguets, c'est la meilleure des choses à faire. Comme ça tu perdras pas ton temps. Laisse les choses arriver par surprise pendant que tu vaques à tes occupations.

– Je crois pas que ça m'arrivera. Je me sens trop vieille.

– Vieille, mon œil ! Allons, mon enfant, regarde-moi. Je suis si loin sur la pente descendante que j'arrive même plus à faire suivre les cochons, et voilà qu'il me prend la fantaisie de me marier comme une jeune fille. Heureusement que t'es pas ici, faudrait que tu dises à tout le monde : " Faites pas attention à cette vieille folle, c'est ma mère qu'a été piquée par la mouche de l'amour à un âge avancé. " »

J'ai ri. « T'es pas d'un âge avancé !

– J'ai fait la plus grande partie du chemin.

– Chut, maman, ne dis pas ça.

– Oh, t'inquiète pas pour moi, ça m'est égal si je casse ma pipe demain. Je prends du bon temps.

– C'est bien, maman. Je suis contente. Vraiment.

– J'ai arrêté de faire le ménage. Je prends du linge à laver de temps en temps pour être à l'abri du besoin, mais à la place je vais bientôt m'inscrire au club féminin de jardinage. La seule crasse que j'aie envie de récurer à présent, c'est la mienne. Les réunions ont lieu le jeudi. »

J'étais épatée. Maman à la retraite.

« C'est drôle, j'ai dit. J'arrive pas à t'imaginer sans un fer à repasser ou un balai-brosse, ou quelque chose de ce genre à la main.

– Ben, fais-le, ma fille. Ça te fera chaud au cœur. Tu te rappelles Mrs. Wickentot ? Celle qui allait toujours à l'épicerie en talons hauts et qui pétait plus haut que son cul ?

– Oui, je m'en souviens. Ses gamins me snobaient régulièrement. J'étais “ la fille de la femme de ménage ”.

– Eh bien, tu peux te tranquilliser maintenant, parce que je me la suis payée vite fait bien fait avant de partir. Je lui ai dit qu'avec toutes les saloperies qu'elle avait dans ses placards, et quand on sait comme elle surveille ses garçons, rapport à ce que j'ai trouvé sous leur lit, j'arrêterais de regarder les gens de haut, voilà ce que j'y ai dit.

– Tu lui as dit ça ?

– Exactement. Et mieux que ça. Au bout de toutes ces années, tu sais, ces dames s'imaginent que tu leur appartiens, que tu oserais jamais souffler mot de peur de te faire virer. Ben, maintenant je crois qu'elles crèvent de trouille, toutes autant qu'elles sont, que je fasse passer un article dans le journal. »

Je le voyais comme si j'y étais. En dernière page, juste sous la rubrique nécrologique et les actes fiduciaires. Ou encore mieux, dans la rubrique mondaine :

« Alice Jean Greer Elleston a l'honneur d'annoncer qu'Irma Ruebecker a vingt-six litres de gelée de baies de sureau complètement moisie dans son sous-sol, que les assiettes de Mae Richey seraient bouffées par les cafards si elle n'avait pas trouvé de bonne, et que les fils de Minerva Wickentot lisent des revues porno. »

Je n'arrivais plus à m'arrêter de rire.

« Tu devrais le faire. Ça vaudrait bien les trente-cinq *cents* du mot.

– Oh, ça m'étonnerait que je le fasse. Mais c'est une bonne chose pour une femme que d'avoir quelque chose comme ça dans sa manche, tu crois pas ? » Elle a eu un petit rire. « Ça oblige les gens à vous respecter.

– Maman, t'es vraiment extraordinaire. Je sais pas comment le bon Dieu a fait pour mettre autant de culot dans une seule petite personne. »

À peine les mots avaient-ils franchi mes lèvres que je me suis rendu compte que c'était quelque chose qu'elle me disait autrefois. Au lycée, quand j'en bavais, elle me le répétait pratiquement tous les deux jours.

« Et comment ça va ta petite ? »

Elle n'oubliait jamais de prendre des nouvelles de Turtle.

« Elle va bien. Elle dort dans la voiture en ce moment, sinon je te la passerais pour qu'elle te dise bonjour. Ou plutôt petit pois ou carotte. On sait jamais ce qu'elle va dire.

– Ma foi, elle tient de toi.

– Dis pas ça, maman. C'est la preuve qu'un bébé n'est pas un bâtard. S'il tient de toi, c'est que c'est vraiment le tien.

– J'avais jamais vu les choses comme ça.

– C'est pas grave. Je crois que je suis un peu à vif, tu sais, étant donné qu'elle n'est pas ma vraie fille.

– Le sang, tu sais, c'est pas le seul moyen de transmettre l'honnêteté à un enfant. C'est le reste qui compte. Ce qu'on leur raconte, Taylor. Prends quelqu'un de mauvais, ça lui fait du bien de dire à ses gosses qu'ils sont encore pires que lui. Et en plus, c'est exactement ce qu'ils vont devenir. Tu te rappelles les Hardbine ?

– Ouais, Newt. Je me rappelle surtout Newt.

– Ce garçon, il a pas eu sa chance. Il faisait tout son possible pour être ce que tout le monde à Pittman disait qu'il était.

– Maman, t'as toujours été si bonne avec moi. Y'a longtemps que je voulais te le dire. J'avais l'impression d'avoir décroché la lune. Des fois j'arrivais pas à croire que tu pensais ce que tu disais.

– Mais la plupart du temps tu le croyais.

– Ouais. Je crois que la plupart du temps je pensais que tu avais raison. »

L'opératrice est intervenue pour demander d'ajouter de l'argent. Mon tas de monnaie s'amenuisait. « On a presque terminé », l'ai-je informée, mais elle a répondu que c'était de l'argent qu'on devait. J'étais à bout de *quarters* et j'ai dû mettre tout un stock de pièces de cinq *cents*.

« Tu sais pas quoi ? » j'ai dit à maman quand les pièces ont été tombées. « J'ai une grande nouvelle. Turtle est ma vraie fille. Je l'ai adoptée.

– C'est pas vrai ? T'es vraiment une fille épatante. Comment t'as fait ?

– Oh, c'est une longue histoire. Je te raconterai dans une lettre, c'est trop compliqué au téléphone. Mais tout est légal. J'ai les papiers pour le prouver.

– Seigneur, pitié ! Mariée et officiellement grand-mère, tout ça dans le même été. Je languis de la voir.

– On reviendra un de ces jours. Pas cette fois, mais un jour. C'est promis.

– Méfie-toi, parce qu'un de ces quatre, moi et le vieux Harland on risque de débarquer dans l'Arizona.

– Ce serait sympa. »

On n'avait ni l'une ni l'autre envie de raccrocher. On s'est dit au revoir chacune au moins trois fois.

« Maman, c'est la dernière fois. Je raccroche, d'accord. Au revoir. Et donne bien le bonjour à Harland pour moi, O.K. ? Dis-lui de ma part d'être gentil avec toi sinon je viens lui botter les fesses.

– J'y dirai. »

Turtle et moi, on avait un après-midi entier à tuer à Oklahoma City en attendant que les papiers de l'adoption soient visés. Après sa sieste elle pétait le feu. C'était un vrai moulin à paroles, et elle voulait jouer avec le médaillon d'Esperanza. Je lui ai montré quel effet il faisait dans le rétroviseur extérieur.

« Il faut que tu le gardes, lui ai-je expliqué. C'est saint Christophe, le saint patron des réfugiés. À mon avis tu en fais partie. Ballotée par la tempête, tu l'as été autant qu'on peut l'être. »

Une tempête c'est un violent orage où les choses volent dans tous les sens. « Ballotés par la tempête » était une phrase du poème inscrit sur la statue de la Liberté, qui commençait par ces mots : « Laissez venir à moi vos pauvres, ceux qui sont fatigués... » Estevan connaissait le poème par cœur. Quand on pense à la façon dont l'Amérique avait traité les siens, il devait se dire que c'était la plus énorme plaisanterie jamais gravée en lettres géantes dans de la pierre.

Je me suis efforcée de ne pas penser à Estevan, mais au bout d'un moment j'ai décidé que ça me faisait plus de bien d'y penser que l'inverse. Et Turtle était de bonne compagnie. On s'est baladées dans la Lincoln de Mattie, deux femmes en vadrouille. Ce qu'elle préférait, c'était passer sur les ralentisseurs du *Burger King*.

Cet après-midi-là nous avons eu ce que je considère être notre deuxième vraie conversation, la première ayant eu lieu au pied d'un pin au lac des Cherokees. Ça donne à peu près ça :

« Qu'est-ce que tu veux faire ?

– D'accord.

– Tu as faim ?

– Non.

– Alors, où est-ce qu'on va, à ton avis ? Y'a quelque chose que t'as envie de voir pendant qu'on est dans une grande ville ?

– Ma Woo-Ahn.

– Lou Ann est à la maison. On la verra quand on rentrera. Et Edna, Virgie, Dwayne Ray et tout le monde.

– Waneway ?

– C'est ça.

– Ma Woo-ahn ?

– Voilà. Seulement, écoute-moi bien. À partir de maintenant, tu n'as qu'une seule maman dans le monde entier. Tu sais qui c'est ?

– Oui.

– Qui ?

– Ma.

– Voilà. C'est moi. T'as des tas d'amis. Lou Ann

est ton amie, et Edna, Mattie et tous les autres, et ils t'aiment tous, et ils s'occupent de toi de temps en temps. Esperanza et Estevan étaient de bons amis eux aussi. Je voudrais que tu ne les oublies pas, d'accord ?

– Steban et Mespanza, a-t-elle acquiescé gravement.

– Pas mal, j'ai fait. Je sais qu'il y a de quoi être perdue. Y'a eu beaucoup de changements dans la direction. Mais à partir d'aujourd'hui je suis ta maman, et ça veut dire que c'est moi qui t'aime le plus. Pour toujours. Tu comprends ce que ça veut dire ?

– Veut rire ? » Elle avait pas l'air très convaincue.

« Toi et moi, on se quitte plus. Tu es ma Turtle.

– Urdle, a-t-elle déclaré en se désignant du doigt.

– C'est ça. Avril Turtle Greer.

– Ableurdledear.

– Exactement. »

Sur un coup de tête, j'ai appelé 1-800-Seigneur, d'une cabine de la bibliothèque municipale où on était venues passer un moment parce que Turtle avait décidé qu'elle avait envie de regarder des livres. Je ne sais pas ce qui m'a pris. J'avais gardé ça tout ce temps, comme maman nos droits du sang, et maintenant que j'avais touché le fond et survécu, je suppose que je savais que je n'avais pas vraiment besoin de notre « atout de secours ».

La ligne a sonné deux fois, trois fois, puis j'ai eu un message enregistré. Il débutait par « aide-toi et le Ciel t'aidera », pour me déclarer ensuite que je tenais là la chance de ma vie, je m'aiderais et aiderais le corps spirituel tout entier en versant une généreuse contribution aujourd'hui même à la Fondation de la source de foi. Si j'avais l'extrême amabilité de ne pas quitter, une opératrice serait disponible un court instant pour enregistrer mes promesses de dons. Je n'ai pas quitté.

« Merci de votre appel, a-t-elle dit. Pouvez-vous énoncer vos nom et adresse et le montant de vos dons ?

– Pas de dons, j'ai répliqué. Je voulais juste vous dire que vous m'avez aidée à traverser des moments difficiles. Je me suis toujours dit : Si je suis vraiment à bout, je peux toujours appeler 1-800-Seigneur. C'est simple, vous avez été une vraie source de foi. »

Elle savait pas trop quoi penser.

« Donc, vous ne souhaitez pas faire une promesse de dons dans l'immédiat.

– Non, j'ai dit. Et vous, est-ce que vous souhaitez me faire une promesse de dons ? M'envoyer cent dollars par exemple, ou un repas chaud ? »

Elle a semblé agacée. « Je ne peux pas faire ce genre de chose, madame.

– Pas de problème, j'ai fait. J'en ai pas besoin, de toute façon. Surtout maintenant. J'ai un plein coffre de pickles et de mortadelle.

– Madame, cette ligne est très encombrée. Si vous ne souhaitez pas faire de dons...

– Disons que nous sommes quittes. »

Et j'ai raccroché. J'avais envie de chanter et de danser dans les grands couloirs moquettés de la bibliothèque municipale d'Oklahoma City. Je connaissais un film où des gosses faisaient la roue sur les tables de la bibliothèque pendant que Marian la bibliothécaire essayait de les chasser en faisant « pscht ! ». Je me sentais exactement comme eux.

En réalité, Turtle et moi, on a fait poliment le tour des rayons. Ils n'avaient pas *Le vieux McDonald avait un appartement*, et en fin de compte on en a vite eu assez de traîner dans le rayon des livres d'enfants. On est donc passées aux encyclopédies. Certaines avaient de belles images. Turtle a jeté son dévolu sur l'*Encyclopédie d'horticulture*. On y trouvait des images de légumes et de fleurs qui dépassaient largement son vocabulaire et le mien. Elle était installée sur mes genoux et ensemble on tournait les grandes pages brillantes. Elle montrait du doigt des plantes qui lui plaisaient, et moi je lui lisais les commentaires. Elle a même trouvé un arbre aux haricots.

« Dis donc, petite rusée, moi je serais passée complètement à côté », lui ai-je dit. C'était vrai. La photo était en noir et blanc et ne ressemblait pas tant que ça à notre plante de Roosevelt Park, mais la légende disait que c'était une glycine. J'ai pincé Turtle. « Tu sais ce que tu es ? Un génie de l'horticulture. » Je n'aurais pas été surprise de lui entendre dire « horticulture » un de ces jours, mot que j'avais prononcé pour la première fois il y avait quelques mois.

Turtle était aux anges. Elle donnait des claques enthousiastes à la photo, à tel point que le jeune homme assis derrière ses fichiers a jeté un regard par-dessus ses lunettes dans notre direction. Le livre devait valoir cent dollars au moins, et il était très propre.

« Hé, faut pas frapper ce livre, ai-je fait. Je sais que c'est passionnant. Frappe donc la table à la place. »

Elle s'est mise à donner des petites tapes à la

table, pendant que je lui lisais à voix basse le cycle de vie de la glycine. C'est une plante grimpante ornementale que l'on trouve à des latitudes tempérées, et elle est originaire de l'Orient. Elle fleurit au début du printemps, est fécondée par les abeilles, et forme des cosses ressemblant à des haricots. Tout ça, nous le savions déjà. Elle fait effectivement partie de la famille des haricots. Toute plante de la famille des haricots porte le nom de légumineuse.

Mais voici la partie la plus intéressante : les glycines, comme les autres légumineuses, vivent souvent dans un sol pauvre, disait le livre. Leur secret a pour nom rhizobia. Ce sont des insectes microscopiques qui vivent sous terre en petites grappes agglutinées sur les racines. Ils aspirent de l'azote dans le sol et le transforment en engrais pour la plante.

Les rhizobia ne font pas vraiment partie de la plante, ce sont des créatures distinctes, mais elles vivent toujours avec les légumineuses, espèce de chemin de fer souterrain qui monte et descend sur les racines.

« Je t'explique, ai-je dit à Turtle. C'est toute une organisation invisible qui est destinée à aider la plante, mais on ne se douterait jamais qu'elle est là. » J'adorais cette idée. « C'est exactement la même chose avec les gens. Edna, par exemple, elle a Virgie, et Virgie a Edna, et Sandi elle a Kid Central Station, et tout le monde a Mattie. Et ainsi de suite. »

Les glycines, si elles étaient livrées à elles-mêmes, s'en sortiraient tout juste, ai-je expliqué à Turtle, mais mets-les avec des rhizobia et elles feront des miracles.

À quatre heures nous nous sommes rendues au palais de justice du comté pour récupérer les papiers de l'adoption. Grâce aux indications de Mr. Armistead, nous nous sommes retrouvées dans un grand bureau très clair où au moins vingt femmes étaient assises à taper des imprimés. À elles toutes elles faisaient un sacré raffut. Celle qui s'est présentée au guichet avait des épaules aux muscles ronds qui saillaient sous son blazer en coton rose et une permanente en voie de disparition dans ses cheveux cherokees absolument raides – un corps qui tentait de retourner à son état naturel. Elle a pris nos noms et nous a invitées à nous asseoir, il y en avait pour un moment. L'attente me rendait nerveuse, même si personne n'avait l'air assez important pour arrêter ce qui avait été mis en route. Il n'y avait rien après tout, qu'une pleine salle de femmes qui, au milieu de machines à écrire, de violettes du Cap et de photos d'enfants sur leurs bureaux, faisaient tout bonnement ce qu'on leur disait de faire. Qu'importe, j'avais peur de paraître angoissée, assise là à attendre, comme si l'une d'elles avait pu me percer à jour et se mettre à crier : « Il s'agit d'une imposture ! Ce n'est pas la mère adoptive ! » Et toutes ensemble, elles se lèveraient pour se lancer à ma poursuite, avec leurs escarpins à talons hauts et leurs jupes droites.

J'avais besoin de trouver à m'occuper. J'ai demandé s'il n'y aurait pas un téléphone d'où je pouvais appeler un autre état. La femme musclée m'a dirigée vers une cabine située dans le hall.

J'ai fait le numéro de Lou Ann. Il a fallu une éternité pour que la communication s'établisse, et quand enfin Lou Ann a décroché elle avait l'air encore plus nerveuse que moi, ce qui n'arrangeait pas les choses.

« C'est bon, Lou Ann, tout s'est bien passé. J'appelle en PCV, j'ai plus de monnaie. On va pas s'attarder sinon bonjour la note de téléphone.

– Oh, laisse tomber, Taylor, je m'en fiche de la note. » Lou Ann s'est détendue dès qu'elle a su qu'on n'avait pas été écrabouillés dans un accident de voiture. « Je sais pas combien de fois j'ai dit cette semaine que je donnerais un million de dollars pour parler à Taylor, alors maintenant je te tiens. Il s'est passé tellement de choses que je sais plus où j'en suis. Où est-ce que t'es d'abord ?

– Oklahoma City. Je rentre. » J'ai hésité quelques secondes. « Alors, qu'est-ce qui s'est tant passé ? T'as décidé de reprendre Angel ? Ou de partir vivre dans son yurdle ou je sais pas trop quoi ?

– Angel ? Sûrement pas, il faudrait me payer. Tiens, tu sais pas ce que sa mère m'a dit ? Elle a dit qu'Angel, il veut toujours ce qu'il n'a pas. Que j'aurais pas posé le pied dans le Montana qu'il déciderait qu'il en a de nouveau assez de moi. Elle a dit que j'en valais cinq ou six d'Angel.

– C'est sa propre mère qui a dit ça ?

– Tu te rends compte ? Évidemment c'était tout en espagnol, il a fallu qu'on me le traduise, mais en gros c'était ça. Et tout se tient, tu trouves pas ? Y'a pas un proverbe qui dit que l'amour ne fait pas le bonheur ?

– C'est l'argent, pas l'amour.

– C'est pareil, ça marche quand même. Oh, zut, raccroche pas, y'a Dwayne Ray qui va se mettre quelque chose dans la bouche. »

J'ai attendu pendant que, pour la dix-neuf millième fois, elle sauvait Dwayne Ray de la mort. J'adorais Lou Ann.

Turtle jouait à marcher le plus longtemps possible sur des meubles sans toucher terre. Elle ne se débrouillait pas mal du tout. Il y avait une longue rangée de bancs vieillots avec dossier et accoudoirs, alignés côte à côte contre un mur du couloir. Cela me faisait penser à une chaîne de forçats – on aurait pu mettre cent types sur ces bancs, tous réunis par des menottes. Ou bien une très grande famille, assise à attendre une nouvelle importante. Ils auraient pu tous se tenir par la main.

« Bon, me revoilà. Alors, j'ai encore une chose à te dire. Tu te rappelles la pluie de météores ? Eh bien, j'ai appelé Ramona Quiroz à San Diego et y'a jamais eu de pluie de météores, jamais. Tu te rends compte ? C'est vraiment la goutte qui a fait déborder le vase.

– Dieu merci », ai-je répondu. Je me suis dit que personne d'autre que moi n'aurait pu comprendre ce que Lou Ann venait de dire.

« Voilà pour le scoop, l'histoire d'Angel. Maintenant je sors avec un gars de chez Red Hot Mama, il s'appelle Cameron John. Cameron c'est son prénom et John c'est son nom. C'est incroyable, non ?

– J'ai eu un prof de sciences comme ça, dans le temps. Dis-moi, est-ce que Red Hot Mama distribue un manuel sexuel pour les gens qui manipulent les piments – comment le faire sans toucher quoi que ce soit ?

– Taylor, je te jure. Il est aux tomates, et moi mon boulot c'est de donner des ordres, tu le sais très bien. J'ai vraiment hâte que tu le connaisses, pour voir ce que t'en penses. Je sais que maman tomberait raide morte à la seconde où elle le verrait – il doit mesurer au moins deux mètres et il est aussi noir que le valet de pique. Mais, Taylor, qu'est-ce qu'il est gentil ! Mon gros problème c'est que j'arrête pas de me dire que je mérite pas que quelqu'un soit aussi gentil avec moi. Il m'a invitée chez lui à dîner et il m'a fait un truc extraordinaire avec du riz et des cacahuètes et je sais pas quoi encore. Avant il était rastafarien.

– Rasta quoi ?

– Rastafarien. C'est une religion. Et il a ce chien – un doberman pinscher ? Il s'appelle Mr. T, mais c'est pas Cameron qui l'a appelé comme ça, on lui a donné. Il a les oreilles percées, Taylor, je te jure que c'est vrai, avec plein de petits anneaux en or. J'en reviens pas d'être sortie avec ce type. Je suis devenue sacrément culottée depuis que je te connais. Y a six mois j'aurais crevé de trouille à l'idée de le rencontrer dans la rue.

– Qui ça, Cameron ou Mr. T ?

– Les deux. Et oh, tu peux pas savoir comme il est gentil avec Dwayne Ray. Ça m'a donné envie de pleurer, ou de prendre une photo, de voir cet énorme type en train de jouer avec ce minuscule bébé tout blanc.

– Alors, tu vas aller t'installer chez lui, ou quoi ? »

Je m'efforçais d'avoir l'air heureuse pour elle.

« Qui, moi ? Non ! Y a pas plus gentil que Cameron, mais je suis très bien comme ça. Honnêtement je suis sûre que tu es cent fois plus facile à vivre que lui et Mr. T.

– Oh ! Eh bien, je suis contente.

– Taylor, tu te rappelles le jour où t'étais en colère après moi parce que tu voulais pas qu'on ressemble à une famille ? Tu disais qu'il ne nous manquait plus qu'un petit chien appelé Spot ? Ben, t'énerve pas, mais j'ai dit à quelqu'un que toi, Turtle et Dwayne Ray, vous étiez ma famille. Quelqu'un au travail qui m'a dit : " T'as une famille chez toi ? " Et j'ai répondu : " Ben oui ", sans même réfléchir. Je voulais parler de vous tous. C'est sans doute parce qu'on en a vu de toutes les couleurs. On se connaît par nos bons et nos mauvais côtés, des choses que personne d'autre ne sait. »

Je savais pas trop quoi répondre.

« Je veux pas dire, jusqu'à ce que la mort nous sépare, et tout le tintouin. Mais sur cette terre rien n'est garanti, si on réfléchit bien, tu crois pas ? J'ai beaucoup pensé à tout ça. Tes enfants, ils sont pas vraiment à toi, c'est juste des gens dont tu essaies de t'occuper, en espérant que plus tard ils continueront à t'aimer et qu'ils seront toujours entiers. Ce que je veux dire, c'est que tout ce qu'on a, c'est comme un prêt, tu comprends ?

– Ouais. Comme les livres de bibliothèque. Tôt ou tard, il faudra les ramener.

– Exactement. Alors, à quoi bon se rendre malade. Autant vaut en profiter tant qu'on les a.

– Oui, après tout, on pourrait dire qu'on est une famille », j'ai dit.

Je regardais Turtle qui escaladait les accoudoirs du dernier banc près de la porte d'entrée, grande ouverte sur la rue. Elle s'est retournée et m'a regardée, puis elle a pris le chemin du retour.

Il y a eu un silence à l'autre bout de la ligne.

« Lou Ann, t'es toujours là ?

– Je supporte plus le suspense, Taylor. Tu l'as toujours ?

– Qui ça ?

– Turtle, évidemment.

– Oh, bien sûr. Elle est officiellement ma fille maintenant.

– Quoi ? a crié Lou Ann. Tu plaisantes !

– Non. C'est fait, juste une question de formalités. Il reste tout le tralala administratif, obtenir un certificat de naissance, ce qui va prendre environ six mois, mais c'est pas grand-chose. Et je me dis qu'il faut plus longtemps que ça pour faire un enfant.

– C'est incroyable. T'as trouvé sa mère ? Ou sa tante, ou je sais pas trop qui ? »

J'ai jeté un coup d'œil dans le couloir.

« Je peux pas vraiment parler ici. On sera de retour dans un ou deux jours maximum, et je te dirai tout, d'accord ? Mais il nous faudra toute une nuit et beaucoup de cochonneries à manger. Tu sais pas quoi ? Ta *salsa* m'a manqué. La piquante, pas l'explosive. »

J'ai entendu le souffle de Lou Ann, comme une petite fuite dans un pneu. « Taylor, j'avais une peur bleue que tu reviennes sans elle. »

Le soleil n'était pas couché qu'on avait quitté Oklahoma City et qu'on roulait dans la plaine. On se serait cru au bon vieux temps, avec l'horizon bas au loin, à l'ouest. J'ai montré à Turtle le certificat d'adoption et elle l'a regardé très longtemps, si l'on considère qu'il n'y avait pas d'images.

« Ça veut dire que tu es mon enfant, lui ai-je expliqué, et moi, je suis ta mère, et personne ne pourra dire le contraire. Je garde ce papier pour quand tu seras plus grande, mais il est à toi. Pour que tu saches toujours qui tu es. »

Elle balançait la tête de haut en bas comme une poule, tout en regardant fixement quelque chose au-dehors qu'elle seule pouvait voir.

« Tu sais où on va maintenant ? On va à la maison. »

Elle a frappé des talons contre le siège. « Maison, maison, maison, maison », chantait-elle.

La pauvre gosse avait passé tant de temps dans une voiture qu'elle se sentait probablement davantage chez elle sur l'autoroute que partout ailleurs.

« Tu te rappelles la maison ? lui ai-je demandé. Cet endroit où on habite avec Lou Ann et Dwayne Ray ? On va y être en un rien de temps. »

Mais cela ne semblait pas avoir la moindre importance pour Turtle, elle était heureuse où elle était. Le ciel cendré est devenu gris, puis il a viré au noir, un noir liquide parsemé d'étoiles, et elle ne dormait toujours pas. Elle regardait la route sombre et me distrayait avec sa chanson aux légumes, sauf que maintenant il y avait des gens mélangés aux haricots et aux patates : Dwayne Ray, Mattie, Esperanza, Lou Ann et tous les autres.

Et moi. J'étais le principal ingrédient.

Rivages poche / Bibliothèque étrangère

Harold Acton
Pivoines et poneys (n° 73)

Sholem Aleikhem
Menahem-Mendl le rêveur (n° 84)

Kingsley Amis
La Moustache du biographe (n° 289)

Jessica Anderson
Tirra Lirra (n° 194)

Reinaldo Arenas
Le Portier (n° 26)

James Baldwin
La Chambre de Giovanni (n° 256)

Melissa Bank
Manuel de chasse et de pêche à l'usage des filles (n° 326)

Quentin Bell
Le Dossier Brandon (n° 102)

Stefano Benni
Baol (n° 179)

Ambrose Bierce
Le Dictionnaire du Diable (n° 11)
Contes noirs (n° 59)
En plein cœur de la vie (n° 79)
En plein cœur de la vie, vol. II (n° 100)
De telles choses sont-elles possibles ? (n° 130)
Fables fantastiques (n° 170)
Le Moine et la fille du bourreau (n° 206)

Elizabeth Bowen
Dernier automne (n° 265)

Paul Bowles
Le Scorpion (n° 3)
L'Écho (n° 23)
Un thé sur la montagne (n° 30)

Mary Elysabeth Braddon
Le Secret de lady Audley (n° 340)

Emily Brontë
Les Hauts de Hurle-Vent (n° 95)

Louis Buss
Le Luxe de l'exil (n° 327)

Robert Olen Butler
Un doux parfum d'exil (n° 197)
Étrange murmure (n° 270)
La Nuit close de Saigon (n° 296)
La Fille d'Hô Chi Minh-Ville (n° 339)

Calamity Jane
Lettres à sa fille (n° 232)

Peter Cameron
Week-end (n° 245)
Année bissextile (n° 303)

Ethan Canin
L'Empereur de l'air (n° 109)
Blue River (n° 157)

Truman Capote
Un été indien (n° 9)

Willa Cather
Mon ennemi mortel (n° 74)
Une dame perdue (n° 101)
Destins obscurs (n° 117)
La Mort et l'Archevêque (n° 144)
Mon Ántonia (n° 159)
La Maison du professeur (n° 217)
L'Un des nôtres (n° 285)
Des ombres sur le rocher (n° 337)

Daniel Chavarria
Madrid cette année-là (n° 341)

Gaetano Carlo Chelli
L'Héritage Ferramonti (n° 290)

Rafael Chirbes
Tableau de chasse (n° 316)

Fausta Cialente
Les Quatre Filles Wieselberger (n° 10)

Barbara Comyns
Les Infortunes d'Alice (n° 94)

Joseph Conrad
Le Duel (n° 106)

Lettice Cooper
Une journée avec Rhoda (n° 137)
Fenny (n° 264)

Giuseppe Culicchia
Patatras (n° 227)
Paso Doble (n° 309)

Silvio D'Arzo
Maison des autres (n° 78)

Robertson Davies
L'Objet du scandale (n° 234)
Le Manticore (n° 260)
Le Monde des Merveilles (n° 280)

Angela Davis-Gardner
Un refuge en ce monde (n° 118)
Felice (n° 203)

Andrea De Carlo
Oiseaux de cage et de volière (n° 178)

Walter de la Mare
L'Amandier (n° 108)
Du fond de l'abîme (n° 141)
À première vue (n° 219)

Daniele Del Giudice
Le Stade de Wimbledon (n° 209)

Erri De Luca
Une fois, un jour (n° 119)
Acide, arc-en-ciel (n° 201)
En haut à gauche (n° 251)
Tu, mio (n° 315)

Alfred Döblin
L'Assassinat d'une renoncule (n° 25)

Heimito von Doderer
Un meurtre que tout le monde commet (n° 14)

Michael Dorris
Un radeau jaune sur l'eau bleue (n° 121)

John Meade Falkner
Le Stradivarius perdu (n° 153)

Eva Figes
Lumière (n° 5)

Ronald Firbank
La Fleur foulée aux pieds (n° 304)
Les Excentricités du cardinal Pirelli (n° 305)

Richard Ford
Rock Springs (n° 220)

Mavis Gallant
Les Quatre Saisons (n° 82)
Voyageurs en souffrance (n° 175)
L'Été d'un célibataire (n° 205)
Chroniques de Mai 68 (n° 246)

Jane Gardam
La Dame aux cymbales (n° 276)

William Gass
Au cœur du cœur de ce pays (n° 146)

Kaye Gibbons
Ellen Foster (n° 4)
Une femme vertueuse (n° 31)

Barry Gifford
Les Vies parallèles de Jack Kerouac (n° 81)
Paysage avec voyageur (n° 133)

Lars Gustafsson
Musique funèbre (n° 135)

MacDonald Harris
La Valise de Hemingway (n° 149)

Christopher Isherwood
Le Condor (n° 28)
Octobre (n° 284)

Henry James
Mémoires d'un jeune garçon (n° 27)
Owen Wingrave (n° 36)
Le Dernier des Valerii (n° 62)
Un épisode international (n° 97)
Carnet de famille (n° 292)

Diane Johnson
Nuits persanes (n° 185)

Elizabeth Jolley
L'Héritage de Miss Peabody (n° 87)
Tombé du ciel (n° 131)

Foxybaby (n° 161)
Le Puits (n° 282)
Francis King
La Maison des ténèbres (n° 349)
Barbara Kingsolver
L'Arbre aux haricots (n° 224)
Les Cochons au paradis (n° 242)
Les Yeux dans les arbres (n° 331)
Rudyard Kipling
Le Miracle de saint Jubanus (n° 85)
Fatos Kongoli
Le Paumé (n° 271)
L'Ombre de l'autre (n° 301)
Mirko Kovač
La Vie de Malvina Trifković (n° 111)
Gavin Lambert
Le Crime de Hannah Kingdom (n° 104)
Wendy Law Yone
Tango birman (n° 342)
Ella Leffland
Rose Munck (n° 134)
David Lodge
Jeu de société (n° 44)
Changement de décor (n° 54)
Un tout petit monde (n° 69)
La Chute du British Museum (n° 93)
Nouvelles du Paradis (n° 124)
Jeux de maux (n° 154)
Hors de l'abri (n° 189)
L'homme qui ne voulait plus se lever (n° 212)
Thérapie (n° 240)
Rosetta Loy
Les Routes de poussière (n° 164)
Un chocolat chez Hanselmann (n° 255)
Madame Della Seta aussi est juive (n° 318)
Alison Lurie
Les Amours d'Emily Turner (n° 7)
La Ville de nulle part (n° 21)
La Vérité sur Lorin Jones (n° 32)

Des gens comme les autres (n° 38)
Conflits de famille (n° 46)
Des amis imaginaires (n° 71)
Comme des enfants (n° 107)
Femmes et Fantômes (n° 182)
Liaisons étrangères (n° 207)
Ne le dites pas aux grands (n° 279)
Un été à Key West (n° 300)

Norman Maclean
Montana, 1919 (n° 140)
La Rivière du sixième jour (n° 213)
La Part du feu (n° 243)

Norman Mailer
Les vrais durs ne dansent pas (n° 177)

Javier Marías
L'Homme sentimental (n° 24)
Le Roman d'Oxford (n° 114)
Un cœur si blanc (n° 186)
Ce que dit le majordome (n° 237)
Demain dans la bataille pense à moi (n° 253)
Quand j'étais mortel (n° 295)

Olga Masters
Le Cœur labyrinthe (n° 115)

Jay McInerney
Toute ma vie (n° 229)

Steven Millhauser
La Galerie des jeux (n° 37)

Lorrie Moore
Des histoires pour rien (n° 8)
Vies cruelles (n° 61)
Anagrammes (n° 91)
Que vont devenir les grenouilles ? (n° 236)

Frank Moorhouse
Quarante/Dix-sept (n° 112)

Guido Morselli
Dissipatio (n° 173)

Alice Munro
Les Lunes de Jupiter (n° 147)
Amie de ma jeunesse (n° 198)
Secrets de Polichinelle (n° 328)

Vladimir Nabokov
L'Enchanteur (n° 215)
Roger Nimier
Les Indes Galandes (n° 64)
Whitney Otto
Le Jour du patchwork (n° 184)
Cynthia Ozick
Le Rabbi païen (n° 29)
Grace Paley
Les Petits Riens de la vie (n° 1)
Plus tard le même jour (n° 13)
Énorme changement de dernière minute (n° 163)
Victor Paskov
Ballade pour Georg Henig (n° 33)
Pier Paolo Pasolini
Descriptions de descriptions (n° 168)
Walker Percy
Le Cinéphile (n° 18)
L'Amour parmi les ruines (n° 88)
Les Signes de l'apocalypse (n° 172)
Annie Proulx
Nœuds et dénouement (n° 267)
Cartes postales (n° 332)
Barbara Pym
Adam et Cassandra (n° 15)
Secret, très secret (n° 35)
Lorsqu'un matin d'orage (n° 47)
Elisabetta Rasy
La Première Extase (n° 228)
Simon Raven
Les Mauvaises Fréquentations (n° 324)
Les Riches payent tard (n° 350)
Laura Restrepo
Douce Compagnie (n° 293)
Bernice Rubens
Le Visiteur nocturne (n° 329)
Umberto Saba
Couleur du temps (n° 6)
Comme un vieillard qui rêve (n° 17)

Lisa Saint-Aubin de Terán
Les Jours de l'Orénoque (n° 90)

John Saul
Baraka (n° 142)
De si bons Américains (n° 183)
Mort d'un général (n° 216)
Paradis Blues (n° 338)

Karel Schoeman
En étrange pays (n° 249)

Budd Schulberg
Un homme dans la foule (n° 76)
Le Désenchanté (n° 77)
Le Visage de Hollywood (n° 156)

Carl Seelig
Promenades avec Robert Walser (n° 65)

Carol Shields
Swann (n° 126)
La République de l'amour (n° 160)

Jane Smiley
Portraits d'après nature (n° 148)
L'Exploitation (n° 199)
Un appartement à New York (n° 218)
Moo (n° 277)
Chagrins (n° 308)

Natsumé Sôseki
Oreiller d'herbes (n° 2)
Clair-obscur (n° 22)
Le Voyageur (n° 122)
Le 210e jour (n° 286)

Muriel Spark
La Porte Mandelbaum (n° 319)

Elizabeth Spencer
Nouvelles du Sud (n° 188)

Tilman Spengler
Le Cerveau de Lénine (n° 151)

Robert Louis Stevenson
Fables (n° 20)
La Magicienne (n° 34)
Olalla (n° 56)

Wilma Stockenström
Le Baobab (n° 323)

Italo Svevo
Le Destin des souvenirs (n° 12)

Paco Ignacio Taibo II
Le Rendez-vous des héros (n° 204)

Elizabeth Taylor
Angel (n° 41)
Mrs. Palfrey, Hôtel Claremont (n° 67)
Cher Edmund (n° 98)
Noces de faïence (n° 125)
Une saison d'été (n° 155)
La Bonté même (n° 190)
Le Papier tue-mouches (n° 250)
Une partie de cache-cache (n° 273)
Le Cœur lourd (n° 307)

Gore Vidal
Un garçon près de la rivière (n° 269)

Alberto Vigevani
Le Tablier rouge (n° 136)
Un été au bord du lac (n° 195)

Evelyn Waugh
Trois nouvelles (n° 138)

Fay Weldon
Copies conformes (n° 128)

Paul West
Le Médecin de Lord Byron (n° 50)

Rebecca West
Femmes d'affaires (n° 167)

Joy Williams
Dérapages (n° 120)

Tim Winton
Cet œil, le ciel (n° 225)
La Femme égarée (n° 262)

Banana Yoshimoto
N·P (n° 274)

Evguéni Zamiatine
Seul (n° 16)
Le Pêcheur d'hommes (n° 19)

Achevé d'imprimer sur rotative
par l'imprimerie Darantiere à Dijon-Quetigny
en juillet 2001

Dépôt légal : mai 1997
N° d'impression : 21-0894

13e édition